Sortilèges & sacs à main

Sarah Mlynowski

Sortilèges & sacs à main

*Traduit de l'anglais
par Marianne Bertrand*

Albin Michel

Titre original :
Bras and Broomsticks
(Première publication : Delacorte Press, Random House Children's Books,
Random House Inc., New York, 2005)
© 2005, Sarah Mlynowski
Illustration couverture et conception graphique du titre :
© 2005, Robin Zingone

Pour la traduction française :
© Éditions Albin Michel, 2005

Pour Aviva,
ma petite sœur
qui restera toujours ma petite sœur,
même quand elle aura soixante-douze ans
et moi soixante-dix-neuf
(OK, Aviva, soixante-dix-huit et demi).

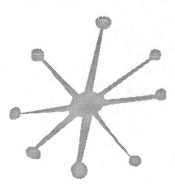

Merci cent milliards de fois à :

Laura Dail, mon remarquable agent, qui aime Rachel et Miri autant que moi-même ; Wendy Loggia, pour ses brillants conseils et son enthousiasme inépuisable ; Beverly Horowitz, Isabel Warren-Lynch, Tamar Schwartz, Gayley Carillo, Emily Jacobs, Jennifer Black, et tous ceux qui se sont donné tant de mal pour mon livre chez Delacorte ; ma mère, Elissa Ambrose, pour avoir ajouté beaucoup d'humour et l'essentiel de la ponctuation ; Lynda Curnyn, pour avoir toujours répondu à la seconde à mes mails intitulés : EST-CE QUE C'EST DRÔLE ? ou encore : EST-CE QUE ÇA VEUT DIRE QUELQUE CHOSE ? ; Jess Braun, pour avoir lu tout ce que j'ai écrit depuis que nous avons neuf ans, et parce qu'elle ne se présenterait jamais, au grand jamais, à un casting pour un défilé de mode ; Robin Glube, dont l'aide m'a été précieuse ; pour leur amour et leur soutien : Bonnie, Ronit, Jessica D., Vickie, John, Dad, et Louisa (ma BM – en l'occurrence ma belle-mère, et non belle-moche) ; et Todd, mon FM (Futur Mari), qui fait de chaque jour un miracle.

BIEN MIEUX
QUE DES SOULIERS DE RUBIS

1

J'ai rêvé de bien des choses pour mes quatorze ans... d'un petit copain, de la paix dans le monde, d'un décolleté avantageux. Aucun de mes rêves ne s'est réalisé.

Jusqu'à maintenant.

Debout devant mon casier, je suis en train de remonter la fermeture éclair de ma doudoune noire quand je remarque soudain les baskets.

C'est la paire en daim verte que j'ai admirée dans la vitrine de Bloomie le week-end dernier. Maman a dit que je ne pouvais pas les avoir parce qu'elles coûtaient plus cher que notre télé. Et je les ai aux pieds.

– Mais, comment...

Incrédule, je cligne des yeux.

Où sont passées les vieilles bottes noires usées jusqu'à la semelle que je porte d'habitude ?

– Je veux dire, quand est-ce que ?...

11

Aurais-je emprunté les chaussures de quelqu'un d'autre par mégarde après la gym ? Suis-je une voleuse ?

Impossible. La seule fois où j'ai pris quelque chose qui ne m'appartenait pas, c'est quand j'ai mis l'appareil dentaire de Jewel par erreur. Dégoûtant, oui. Criminel ? Non.

Mon cœur bat la chamade. C'est complètement dingue... Comment mes pieds ont-ils atterri dans ces chaussures ?

Attendez une mini-minute. Peut-être que maman les a achetées pour me faire une surprise ? Non pas qu'elle ait l'habitude de faire ce genre de chose, mais j'ai été très sage ces derniers temps (après avoir été privée de sortie pour un truc absolument ridicule, je n'en parle même pas). Elle sait se montrer généreuse quand il s'agit de récompenser les bonnes actions.

J'ai sûrement dû les lacer ce matin sans même m'en rendre compte. Mouais, ça ne tient pas debout... Mais je me suis couchée très tard hier soir, et je suis toujours complètement à l'ouest quand je suis fatiguée.

Voilà qui n'explique toujours pas pourquoi je ne me suis pas aperçue que je les portais *avant*. Je jette un nouveau coup d'œil. Ces chaussures sont d'un vert lumineux. Étincelant, même. Comme si elles faisaient tout leur possible pour attirer mon attention.

Peu importe. Des nouvelles baskets ! L'accessoire idéal pour mon super-programme d'après les cours. Je souris comme quelqu'un à qui on viendrait d'ôter ses bagues dentaires.

– Je peux t'emprunter ton téléphone ? dis-je à Tammy, qui farfouille dans sa sacoche.

Le moins que je puisse faire, c'est de remercier maman –

peut-être que la prochaine fois, elle craquera pour un portable.

– Super, les pompes, dit Tammy en jetant un œil. Quand est-ce que t'en as changé ?

– Je les ai pas... changées. Je les ai, euh... portées toute la journée.

Non ? Voilà que je ne suis plus très sûre, à nouveau.

Tammy lève le pouce de sa main droite et me passe le téléphone de l'autre. Elle utilise des signes de la main pour exprimer ses humeurs et elle a fréquemment recours au mime subaquatique depuis qu'elle a pris des cours de plongée sous-marine en famille l'année dernière à Aruba. Le pouce en l'air signifie « Sortons de l'eau », ce qui veut dire qu'elle a envie de se tirer d'ici.

Ma mère décroche à la première sonnerie.

– Merci pour les baskets, maman ! Elles sont super ! Je suis désolée de ne pas les avoir remarquées ce matin.

Silence. Ensuite, des bruits étouffés sur la ligne.

– T'es toujours là ? je demande en claquant des talons.

Je n'aurais jamais cru que le daim vert soit aussi glamour.

– Je t'entends pas.

Je perçois des chuchotements agités, puis un « CCChhhhut ! » sonore.

– Il faut que tu rentres à la maison, me dit maman.

– Quoi ? Pourquoi ?

Mon estomac est en chute libre.

Nouveau silence. Nouveaux chuchotements agités.

– Il faut que je te parle, répond-elle, la voix mal assurée. C'est très important.

13

– Mais j'ai des projets extrêmement importants, moi aussi, après le lycée !

Mon destin doit se jouer à la pizzéria Stromboli ! C'est un désastre absolu.

– Et puis t'as dit que je pouvais y aller quand je t'ai appelée il y a une heure !

– Il s'est passé quelque chose, réplique sèchement ma mère, causant ma perte. Je te demande de rentrer immédiatement.

Ma doudoune fourrée commence à me faire l'effet d'un four.

– On ne peut pas parler de cette chose si importante plus tard ?

Ma mère pousse un de ses soupirs genre pourquoi-faut-il-que-je-porte-tout-le-poids-du-monde-sur-mes-épaules.

– Rachel, assez.

– Très bien.

Je lâche un soupir, moi aussi. J'en ai un bien à moi, et il est tout aussi martyresque. Maigre triomphe, j'appuie sur le bouton rose pour raccrocher avant qu'elle ait pu dire au revoir.

– Je peux pas venir, dis-je à Tammy en lui rendant son téléphone.

J'ai les joues en feu. Pourquoi est-ce que je n'ai pas attendu de rentrer à la maison pour remercier maman ?

Tammy ajuste sa queue de cheval châtain clair et serre le poing devant sa poitrine, son signe pour « Plus d'oxygène », ce qui signifie qu'elle est désolée pour moi. Elle essaie toujours de vous remonter le moral. En plus, elle est intelligente et on peut lui faire confiance. Elle est toujours là quand j'ai besoin de parler à quelqu'un. Plus important, quand je me promène sans le vouloir avec des graines de sésame entre les dents, elle me prévient aussitôt discrètement en tapotant ses lèvres. C'est vraiment une super-amie. C'est juste que – bon, d'accord, c'est moche d'avoir des préférences – j'aime mieux Jewel. Mais, vu la façon dont elle m'a traitée, je pourrais aussi bien me promener avec une écharpe « Viens-de-me-faire-larguer » en travers de la poitrine que je n'ai pas.

Soupir.

Ces quatre derniers mois, depuis qu'elle est allée se pavaner au casting du défilé de mode du lycée Kennedy et qu'on l'a retenue, Juliana Sanchez (Jewel pour les intimes, ou PP) a littéralement muté : mon ancienne complice et meilleure copine est maintenant membre à part entière du cercle très fermé de la jet-set du lycée. Oui, elle est des leurs maintenant. À l'exception de quelques minutes en cours de maths, je n'ai pratiquement plus l'occasion de lui parler. Elle me manque.

J'espérais qu'en allant à la pizzéria Stromboli, j'aurais une chance de regagner mes galons de PP (Pire Pote) auprès de Jewel. (Désolée pour l'acronyme PP ringard, mais on l'utilise depuis toujours, Jewel et moi.) Tous les gens cool y seront. Une chance qu'on ait pensé à moi : Mick Lloyd a invité Jeffrey Stars, qui a invité Aaron Jacobs, qui a invité Tammy, laquelle m'a invitée. Et tu n'y vas pas si tu n'es pas invité. Tu ne peux pas : tu ne saurais pas dans quelle pizzéria/café/appartement-sans-parents le cercle a choisi d'aller, alors tu ne saurais pas où te pointer. Si seulement ils choisissaient le même endroit chaque fois, comme dans *Friends*. On n'a jamais vu Monica débarquer dans un nouveau café, le Pas-Si-Central Perk, en train de se demander où tous les autres avaient bien pu passer.

À l'extrémité du couloir, j'aperçois Raf Kosravi devant son casier, qui attrape son manteau. Une mèche de ses cheveux de jais retombe sur ses yeux assortis, et il la repousse du dos de la main.

Mon cœur. Bat la. Chamade. Et Pas. À cause. Des pompes.

Soupir. À cause de ma mère, je vais peut-être rater un moment précieux pour flirter avec Raf, le garçon dont je suis amoureuse.

Je suis aussi amoureuse de Mick Lloyd. Oui, je sais que ça a l'air bizarre d'aimer deux garçons à la fois, mais dans la mesure où je n'ai jamais dit plus de deux mots à chacun d'eux (« Bonnes vacances » à Raf, et « Excuse-moi » à Mick), je ne m'en fais pas trop si mon cœur balance. Mick Lloyd est plutôt le genre Américain typique, blond, mignon, qu'on peut voir dans tous les jeux télé de rencontres. Un grand sourire, une fossette sur chaque joue et des cheveux magnifiques. Raf fait plutôt dans le genre beau ténébreux. Il n'est pas trop grand, seulement un mètre soixante-cinq (ce qui fait déjà beaucoup, bien plus grand que moi avec mon mètre cinquante-cinq – j'espère que je n'ai pas fini de grandir), et possède le corps mince et élancé d'un champion de tennis ou d'un nageur olympique (encore que je n'aie jamais regardé de matchs de tennis pro ou de compètes de natation). Raf fait aussi partie du défilé de mode, comme Jewel.

Ah, le défilé. En fait, c'est plutôt un spectacle de danse avec podium et tenues de créateurs. Enfin, d'après ce que j'ai compris. Vu que je ne suis qu'en seconde, et que le spectacle est en avril, je ne l'ai jamais vu. Et depuis qu'un ancien élève du lycée Kennedy – devenu entre-temps un des réalisateurs « en vue » à Hollywood – en a lancé l'idée voici dix ans, histoire de lever des fonds pour le bal de promo, c'est devenu un truc cool à faire pour les garçons. Comme le foot ou le base-ball. Il y a un paquet de garçons qui jouent au football et qui participent aussi au spectacle, y compris le quart-arrière. Pas de chance pour l'étagère à trophées de l'école, le quart-arrière est meilleur danseur qu'athlète.

Mick ne fait pas partie du spectacle, mais il joue au base-ball, dans la seule équipe sportive de l'école qui ne perde pas systématiquement. Et – *Tada !...* – il habite dans un hôtel particulier. Comme sa mère et son père ne sont jamais là, il organise un tas de fêtes d'enfer (auxquelles je ne suis jamais allée). Raf et Mick sont trop classe, tous les deux. Mais ce n'est pas pour ça qu'ils me plaisent.

Raf boutonne son manteau et tape dans le dos d'un de ses copains.

Soupir.

Quelle menteuse. *Évidemment* que c'est pour ça qu'ils me plaisent. Je ne les connais *même pas*, alors pour quelle raison, sinon ? Ils sont canons et cool – traduisez sexy et populaires – et si l'un des deux s'intéressait à moi, je pourrais enfin me vanter d'avoir reçu un vrai baiser. (Je soutiens que le premier, c'était avec un Texan appelé Stu que j'ai rencontré lors d'une croisière. C'est complètement faux. Même s'il y avait bien un dénommé Stu, originaire du Texas, il avait sept ans.) De plus, mon statut passerait immédiatement de copine de seconde catégorie (seconde catégorie + à la rigueur) à celui de vedette.

J'ai vraiment très envie de faire partie de leur jet-set. Oui, je sais que c'est monstrueusement pathétique de ma part, et j'ai vu suffisamment de films pour savoir que les gens populaires finissent toujours par payer leur popularité. Et faire partie de l'élite sociale du lycée ne signifie pas qu'on fera automatiquement partie de celle de la fac. Mais... comme les blondes, ils ont toujours l'air de mieux s'amuser.

Je vous le demande : c'est si mal d'avoir envie d'être heureuse ? D'avoir envie d'être aimée ? D'avoir envie que ma vie ressemble à une pub pour sodas, pleine de rires, de jeunes gens qui font des bonds joyeux en se topant dans les mains ?

Aaron, autrement dit le contact de Tammy au sein du cercle convoité, lui fait signe à l'extrémité du couloir.

Tammy refuse de le croire, mais Aaron a un faible pour elle. Il ne fait pas tout à fait partie de la bande des top-cool, mais il est allé au collège avec Mick et il est copain avec Jeffrey, le meilleur ami de Mick, alors il est parfois invité en dépit des quelques échelons qui les séparent. Tammy dit que si Aaron l'aimait, il lui aurait demandé de sortir avec lui depuis le temps. Au lieu de quoi, ils sont devenus « amis ». Ils chattent sur le Web tous les soirs. Tammy soutient qu'elle ne l'aime pas, mais elle ne me fera pas avaler ça. Elle pouffe de rire quand elle est près de lui et n'arrête pas de faire ses signaux subaquatiques.

– Prête ? demande Aaron en enroulant son écharpe autour de son cou et sur ses oreilles comme un casque.

On dirait un des méchants hommes des sables qui essaient de tuer Luke dans *La Guerre des étoiles*. Aaargh. Seule une débile mentale peut faire allusion à *La Guerre des étoiles*. Comment vais-je obtenir un jour le statut cool si je suis aussi nulle ?

Il est grand temps de bondir et de rire, moi aussi. Peut-être que si je lève la main, Tammy va toper dedans ?

Non.

Au lieu de ça, Tammy adresse à Aaron son OK sous-marin, lequel – une chance – est aussi le signe universel pour OK, avec le pouce et l'index. Ce qui m'a toujours laissée perplexe. Où est le K ? Qu'est-ce qui se passe si tu veux seulement dire *Oh*, comme dans *Oh, Raf, pourquoi est-ce que tu ne me remarques pas ?* Ou bien : *Oh, au moins j'ai des super nouvelles chaussures.*

— Bon, ben, à demain, me dit-elle.

Pourquoi, oh pourquoi est-ce que je dois rentrer à la maison ?

Je tourne au coin de la 10e Rue et cours d'une traite jusqu'à mon immeuble. Ça me rend dingue d'infliger ce traitement à mes toutes nouvelles semelles, mais je n'ai pas le choix. Les lobes de mes oreilles se sont transformés en glaçons. Maintenant, le docteur va devoir amputer. Sérieux. C'est ce qu'ils font en cas d'engelure. Appelez-moi Van Gogh.

J'appuie sur le bouton pour appeler l'ascenseur. Pour tuer le temps – pourquoi c'est si long ? –, j'établis une liste mentale.

Sujets Potentiels de Toute Première Importance dont Il Faut Absolument que Maman me Parle Aujourd'hui – et Pas un Autre Jour :

1. Peut-être que son agence de voyages, Soleil de Miel (ils sont spécialisés en voyages de noces, ah, ah, la bonne

blague), a mis la clé sous la porte. Peut-être qu'elle va nous dire qu'il faut qu'on commence à faire des économies. Qu'on se serre la ceinture. Qu'on cuisine davantage, qu'on mange moins au resto. Qu'on résilie le service du signal d'appel. Qu'on rende mes nouvelles chaussures.

2. Peut-être que Miri, ma petite sœur qui a douze ans, a vu un tueur à gages descendre quelqu'un, que les procureurs veulent la faire témoigner et qu'on va bénéficier du programme de protection des témoins et déménager à Los Angeles. La Californie, ça serait le pied. À part que tout le monde à L.A. a des implants. Qui peut bien avoir envie d'abriter un corps étranger ? Les bagues, c'était déjà assez moche – ça me faisait ressembler à un robot. (Quoique, j'ai toujours voulu avoir un robot. Surtout un programmé pour plier le tas de vêtements déjà portés qui tapissent le sol de ma chambre.)

3. Peut-être que ma mère est gay. La mère de Tammy a fait son coming-out il y a quatre ans. Dans la mesure où les deux parents biologiques de Tammy se sont remariés, elle a maintenant trois mères – une vraie et deux fausses. Comme si une mère, ça ne suffisait pas bien assez. Nan... Ma mère n'est pas gay. Je l'ai vue battre des cils et tripoter ses cheveux quand elle croise par hasard Dave, le pompier de vingt-sept ans super-canon qui habite au deuxième étage.

4. Peut-être – là, je sens que j'en fais trop – que ma mère ou ma sœur sont en phase terminale. Mais Miri a tout le temps faim. Est-ce qu'on a faim en phase terminale ? Je ne crois pas. Non pas que j'aie déjà fréquenté quelqu'un qui soit aussi mal. Je n'en ai jamais eu l'occasion. Mais j'ai vu

un téléfilm il y a quelques semaines où deux garçons se moquaient d'un pauvre petit leucémique parce qu'il perdait ses cheveux, et ça m'a vraiment énervée. Si je connaissais une personne qui allait mourir, je serais super-sympa avec elle. Ma mère a indéniablement une mine de papier mâché, alors peut-être – ohmonDieu – qu'elle a un cancer. Encore que son teint pâle puisse être dû à ses épouvantables habitudes alimentaires.

Franchement, elle prend des marshmallows pour son petit-déj'. Et pas les bons qu'on trouve dans les céréales Lucky Charms, non – elle mange les blancs qu'on trouve en sachet. Et elle se prépare un misérable bagel pour le déjeuner. Ensuite, on se tape une cochonnerie au tofu pour le dîner. Elle refuse de préparer de la viande. Même ma sœur est végétarienne maintenant, alors c'est deux contre une. Bien évidemment, je ne crois pas que quelqu'un soit réellement malade, sinon je deviendrais complètement hystérique. Et si quelqu'un était *vraiment* malade, je m'en serais rendu compte. J'ai l'œil. Comme pour les pilules contraceptives de ma mère. D'accord, je les ai trouvées dans le compartiment secret de sa trousse de maquillage – une autre raison pour laquelle je sais qu'elle n'est pas gay. Je ne sais pas pourquoi elle les prend, ça fait deux ans qu'elle n'a pas le moindre flirt. J'ai essayé de l'inscrire à un site de rencontres sur le Net, mais elle a piqué une crise quand elle m'a vue retoucher ses rides sur la photo. Elle m'a obligée à détruire tout son profil.

Cette liste devient n'importe quoi. Pas étonnant que je n'en fasse jamais, ce n'est vraiment pas mon truc. Ça entrave, comme les collants. Miri adore ça (les listes, pas les collants – ça, on déteste toutes les deux, surtout ceux en laine qui grattent). Alors que je suis du genre pagaille, chaussettes-de-la-semaine-dernière-encore-sous-le-lit, ma sœur tape et punaise des mémos intitulés *À faire aujourd'hui ! Liste d'affaires pour aller chez papa ! Raisons pour lesquelles je suis maniaque des listes !* (je plaisante...) sur l'énorme panneau d'affichage au-dessus de son bureau. Le reste de sa chambre est tapissé de diplômes de Tae Kwon Do. Elle est ceinture marron, deux crans sous la noire. C'est dingue, non ? Elle ne mesure qu'un mètre trente-sept et elle peut mettre une raclée à papa. Bon, d'accord, sans doute qu'elle ne peut pas lui mettre de raclée. À moi oui, en tout cas, ça c'est sûr. Je suis allée à un cours une fois, mais tous ces coups de pied, ces courbettes, et la concentration requise, c'était épuisant. Sans parler de la règle impossible : pas le droit de parler...

J'avise le panneau sur l'ascenseur : EN PANNE.

Groumpf... Je crois que les escaliers feront ma gym du jour. De la semaine, en fait. Bon, très bien, du mois. Je monte quatre à quatre la première volée. Je gravis la deuxième deux à deux. À la quatrième, je suis au bord de l'évanouissement.

Peut-être que j'aurais dû rester au Tae Kwon Do. Je ne serais pas aussi faiblarde. Je ne suis pas de ces filles obsédées par leur tour de cuisses, mais c'est un peu triste d'être aussi jeune et déjà essoufflée.

Peut-être que je pourrais m'inscrire dans une équipe de sport.

Nan. *Pouf, pouf.* L'exercice. *Pouf, pouf.* C'est. *Pouf, pouf.* Trop. *Pouf, pouf.* Dur.

Le temps que j'insère la clé dans la serrure de la porte d'entrée, je suffoque.

J'accroche mon manteau dans la penderie.

– Coucou ?

– On est là, dit ma mère du fond de sa chambre.

J'essuie les semelles de mes nouvelles baskets funky, allume les lampes dans la cuisine et me sers un verre d'eau. Puis je passe devant ma chambre, celle de ma sœur, la salle de bain, pour entrer enfin chez la patronne. Miri et elle sont assises côte à côte dans le lit, les jambes cachées sous un édredon mauve délavé, adossées à la tête de lit. Elles portent toutes les deux leurs pyjamas habituels : des tee-shirts de concert trop grands.

– Pourquoi ça pue la clope ici ?

Un cendrier débordant de mégots est calé entre les bosses qui doivent être les pieds de ma mère. Qu'est-ce qui se passe ? Ça fait plus d'un an qu'elle n'a pas fumé.

– Petite rechute, dit ma mère avec une mine de chien battu. Ça n'arrivera plus. Assieds-toi. Il faut qu'on te parle.

Oh-oh. J'essaie d'oublier les mégots répugnants et de me concentrer sur le sujet. Ça doit être vraiment moche. Si on avait gagné au loto, elle m'aurait accueillie avec un sourire et du champagne. Bon, d'accord, peut-être pas du champagne, vu le prix que ça coûte. Mais peut-être du chardonnay. Parfois, elle me laisse prendre un petit verre de vin au dîner. Elle dit qu'elle préfère que j'essaie avec elle plutôt qu'à une fête sans adultes.

Encore que je ne sois jamais allée à une fête non surveillée. Mais si quelqu'un veut m'inviter, je suis partante. Vous

pouvez m'appeler sur mon fixe à la maison (pas sur le portable) ou m'envoyer un mail à...

— Oh, Rachel, dit maman. Par où commencer ?

Miri pioche dans un sachet de graines de tournesol. Ce n'est
pas joli à voir. Elle les suce une à une, se lèche les doigts, puis
replonge sa patte sale aux ongles rongés (une manie héritée
de ma mère) dans le sac. Une graine toute mouillée est restée
accrochée à une boucle de ses cheveux châtains mi-longs. Très
appétissant.

— T'en veux ?

Beurk !

— T'as gardé tes chaussures dans l'appartement ? demande
ma mère, en se penchant au-dessus du lit.

— Non.

Je m'apprête à la remercier une fois de plus, mais la curio-
sité l'emporte sur les bonnes manières : qu'ont-elles donc à
me dire ? Alors, je délace mes baskets et les pose soigneusement par terre. Puis je glisse à plat ventre sur le lit, genre
base-ball (tu vois comme on est faits l'un pour l'autre, mon
petit Mick ?).

— Vaudrait mieux que ça soit important.

Au lieu de répondre, ma mère allume une cigarette.

— Allô ? Arrête avec ta clope, dis-je, mais elle a le culot de
m'ignorer.

Je me tourne vers Miri.

— Pourquoi t'es toujours en pyjama ? T'es pas allée à
l'école ? T'avais pas Tae Kwon Do aujourd'hui ?

Elle a le droit de sécher les cours alors qu'elle n'est même
pas en train de mourir ?

— Je suis restée à la maison aujourd'hui, déclare-t-elle en

exhibant des graines mâchouillées. On avait des trucs à se dire, maman et moi.

– On parle pas la bouche pleine, dis-je.

En tant que grande sœur, j'essaie d'adresser des critiques constructives à Miri. Souvent. Elle ferme la bouche, avale, et rétorque :

– Tu me commandes pas quand je mange.

Ma mère se masse les tempes, manquant de mettre le feu à ses cheveux blonds décolorés avec le bout de sa cigarette.

– Les filles, s'il vous plaît. Pas de dispute aujourd'hui, je n'ai pas la force.

Je m'inquiète à nouveau.

– Tout va bien ? Qu'est-ce qui se passe ?

Un grand sourire fend le visage de Miri.

– Tout va merveilleusement bien.

Elle se penche au-dessus du lit, regarde mes nouvelles chaussures et se met à glousser.

– Incroyable !

Maman jette un regard d'avertissement à Miri.

– Les apparences peuvent être trompeuses, Miri. Pense à ce que je t'ai dit tout à l'heure, j'étais très sérieuse.

Ma famille est plus difficile à comprendre que les signes subaquatiques de Tammy.

– Qu'est-ce que tu racontes ? Et si tout est si génial, qu'est-ce que je fais ici ?

– Rachel...

Ma mère respire un grand coup.

– Ta sœur est une sorcière.

DROIT DES ANIMAUX : MA SŒUR
FAIT DE L'EXCÈS DE ZÈLE

2

– Pardon ? dis-je, stupéfaite.

– Ta sœur est une sorcière, répète ma mère.

– Elle est pas si terrible que ça, maman, dis-je d'une voix étouffée, pour prendre la défense de Miri.

– Non, tu ne comprends pas. Une sorcière-sorcière.

Miri opine du chef.

– Genre Sabrina. Hermione.

Elle plisse le front, pensive.

– Ou comme dans cette série télé des années soixante, *Ma sorcière bien-aimée*.

Ma mère fronce les sourcils.

– C'est vraiment pas le meilleur exemple.

Dites-moi, qu'est-ce qu'une adolescente est censée faire quand sa mère lui dit une chose pareille ? Ce qui me vient à l'esprit, c'est :

– Je crois que tu devrais envisager de reprendre une thérapie.

Je veux dire, *c'est bon, quoi.*

Ma mère mordille sa lèvre gercée.

– Tu te souviens de ce qui s'est passé hier ? avec le homard mort ?

OK, permettez que je fasse machine arrière un instant.

Hier soir, mon père nous a obligées, Miri et moi, à dîner chez ses futurs beaux-parents, les Abramson, originaires de Ridgefield dans le Connecticut. Ouais, ses beaux-parents. Le 3 avril, il épouse FBM (Future Belle-Moche). Alias Jennifer.

Il y a aussi FBMM, Future Belle-Mini-Moche. En clair, FBM a une fille de cinq ans, Priscilla, un prénom ridicule. Miri et moi, on l'appelle Prissy.

Les dîners de famille des Abramson *n'en finissent pas.* Les adultes s'en fichent ; ils n'ont pas de devoir de biologie à rendre. Comme en plus ils s'enfilent trois bouteilles de vin minimum, ils sont tous complètement soûls et, contrairement à maman, ils ne nous en proposent pas. Et comme Prissy est assise entre Miri et moi, on est obligées de tout lui couper dans son assiette et d'écouter ses questions débiles d'enfant de cinq ans et autres divagations. (« Aujourd'hui, à l'école, Mlle Kimmel nous a donné des esquimaux, est-ce que vos maîtresses vous donnaient des esquimaux ? Le mien, il était cassé et il faisait beau... »)

Enfin bref, quand la domestique de M. et Mme Abramson, *Mademoiselle* (oui, ils appellent leur intendante philippine mariée de quarante ans *Mademoiselle* – laissez-moi rire), a posé un homard entier dans l'assiette de ma sœur, j'ai cru qu'elle allait vomir.

D'un côté, j'étais embêtée. Papa *sait bien* que Miri est végétarienne. Pourquoi est-ce qu'il ne l'a pas dit aux Abramson ? En fait, FBM le sait aussi, et ce sont ses parents, alors elle est encore plus coupable. D'une manière générale, cette situation témoignait du total manque de respect de FBM pour ma mère et pour la façon dont elle nous a élevées, Miri et moi.

D'un autre côté, *super, du homard* ! Je n'en avais mangé qu'une seule fois, et ce furent les plus délicieux moments de ma vie. Et comme on ne me laisse jamais commander de homard, je me suis automatiquement mise à saliver quand j'ai repéré le beurre fondu et les pinces à crabes.

Miri est devenue d'un curieux vert jaune. Son regard balayait la créature qu'on avait préparée pour le plaisir de ses papilles. Et c'est là que les choses ont commencé à devenir bizarres.

Son homard – mort, donc – a bougé. Oui. Bougé. Genre, il est revenu à la vie. Vous connaissez *Simetierre* de Stephen King ? Les antennes se sont mises à palpiter, les yeux à rouler, les pinces à claquer. Monsieur Plat-du-Jour-500 grammes a entrepris de migrer vers le verre d'eau de Miri.

J'en étais donc à arroser joyeusement de citron mon propre homard quand j'ai remarqué la résurrection en cours dans l'assiette d'à côté.

– Aaaah ! me suis-je écriée en frissonnant.

– Aaah ! a crié FBM.

– Oh, mon Dieu ! s'est exclamée Mme Abramson (surnommée FGBM – Future Grande-Belle-Moche – à l'occasion).

– Il est vivant ! a hurlé Prissy.

On était en plein film d'horreur.

Le homard a renversé le verre de Miri, inondant notre côté de la table. Mon père a bondi de sa chaise, attrapé la créature marine, couru jusqu'à la porte d'entrée, et l'a jetée dans le jardin.

Un Médor du quartier s'est sans doute fait pincer le museau.

Ensuite, chaos total. Miri s'est mise à pleurer, Prissy s'est mise à pleurer, je me suis mise à pleurer, et M. Abramson a recraché ce qu'il mâchait dans sa serviette.

– Mademoiselle ! Mademoiselle ! a crié Mme Abramson.

Mademoiselle a passé la tête dans la salle à manger, interloquée.

– Oui, madame Abramson ?

– Pourquoi ces homards ne sont-ils pas cuits ?

Embarrassée, Mademoiselle triturait son tablier.

– Ils sont cuits, madame Abramson.

– Non, absolument pas ! L'un d'entre eux vient de traverser la table !

Par chance, à l'exception de celui de Miri, les autres homards sont restés morts, et au bout de quelques minutes les gens étaient de nouveau soûls/rasoirs/en train de radoter.

Tous, sauf Miri. Elle a passé le reste de la soirée à fixer son assiette vide les yeux grands ouverts. Mademoiselle s'est dépêchée de lui servir une salade de tomates, mais elle a refusé de manger.

Plus tard, de retour à la maison, Miri a poussé la porte de la salle de bain pendant que je faisais pipi. Elle avait toujours l'air aussi flippé.

– Faut pas te gêner...

Je déteste quand elle fait ça. Pourquoi faut-il qu'elle me suive partout ?

– C'est quoi, ton problème ? lui ai-je demandé en enroulant le papier toilette autour de ma main, façon bandage.

Elle s'est adossée au porte-serviette en rongeant la peau autour de l'ongle de son pouce.

– J'ai ressuscité le homard.

J'ai ri.

– Tu sais que t'es drôle ?

– Je ne plaisante pas.

Ses yeux se sont remplis de larmes. Oh-oh. J'ai senti mes propres yeux se liquéfier. Je ne peux pas me retenir de pleurer quand je vois quelqu'un pleurer. Comme d'autres vomissent à la vue du vomi. C'est pareil chez moi avec les larmes, surtout celles de ma petite sœur. Mignon à trois ans, vachement gênant à quatorze. J'ai refoulé les grandes eaux en clignant des yeux et me suis efforcée de me concentrer sur son comportement ridicule.

Elle a murmuré :

– J'en étais malade pour lui, couché comme ça dans mon assiette. Je lui ai dit dans ma tête de revenir parmi nous. Et il l'a fait.

Je me suis remise à rire.

– Tu ne peux pas *vouloir* que les choses reviennent à la vie.

– Mais si, je t'assure. Et c'est pas la première fois. Et Poisson d'Or, alors ?

Poisson d'Or vit dans un petit bocal rond au-dessus du réfrigérateur parce que c'est le seul endroit de l'appartement que Tigrou, notre chat, ne peut pas atteindre.

– Tu connais un autre poisson rouge qui vit depuis dix ans ?

– Non, mais on s'occupe bien de lui.

Puis est venu le moment délicat : je devais remonter ma petite culotte sans qu'elle puisse apercevoir ce qui poussait un peu plus bas. Je suis très pudique devant ma sœur. Surtout parce qu'elle en a beaucoup plus que moi. C'est typique : bien qu'elle ait deux ans de moins que moi, elle porte des bonnets B, soit une bonne taille de plus que moi. Quand elle a essuyé ses larmes, j'ai remonté mon slip. Bien joué !

– Non, a-t-elle insisté en se frottant toujours les yeux. Il arrête pas de mourir, et j'arrête pas de le ressusciter.

– T'as trop travaillé, ai-je dit d'un ton rassurant.

Depuis que Robyn, sa meilleure amie, est partie à Vancouver, Miri n'a pas fait grand-chose pour se faire de nouveaux copains. Elle ne fait que travailler, aller au Tae Kwon Do, et rester avec maman. Ah – j'oubliais ! –, et faire des listes.

J'avais de la peine pour elle, mais ce n'était pas à moi d'expliquer à ma petite sœur qu'elle n'était pas le Messie.

– M'man ! ai-je crié à travers la porte de la salle de bain, tu peux expliquer les lois de l'univers à Miri, s'te plaît ?

Je croyais qu'il ne serait plus jamais question de cette histoire de résurrection débile.

Apparemment, j'avais tort.

Ma mère respire un grand coup, cette fois-ci avec la cigarette encore entre les dents.

– J'espérais que je n'aurais jamais besoin d'avoir cette discussion avec vous.

Elle tourne la tête et souffle en direction de la fenêtre.

– La sorcellerie est héréditaire, et elle s'éveille à la puberté.

C'est clair, ma mère est folle. Je me tâte pour savoir si j'appelle les urgences, mais décide que le mieux, c'est de faire comme si de rien n'était.

31

– Et de qui est-ce qu'elle tient ce truc de sorcière ? De papa ? Harry Potter, c'est lui déguisé ? dis-je de mon ton le plus condescendant.

Elle secoue la tête, elle ne trouve pas ça drôle.

– De moi. Moi aussi, je suis une sorcière.

Si je ne la connaissais pas aussi bien, je croirais qu'elle a fumé autre chose que du tabac. Je lui caresse les cheveux.

– Tu devrais faire une sieste.

– Rachel, je sais que c'est difficile à comprendre pour toi. Les pouvoirs qu'on a, Miri et moi, sont très particuliers. Ils se transmettent par le sang, de mère en fille.

– Mam, t'es juive, non ? Je ne crois pas qu'il existe des sorcières juives.

– Le fait d'être juive n'a rien à voir avec le fait d'être une sorcière, Rachel.

Elle pousse encore un autre soupir genre tout-le-poids-du-monde...

– Je sais que ça va être difficile pour toi, ma chérie. C'est ma faute : je n'aurais pas dû vous cacher la vérité si longtemps. Mais je tenais à ce que vous ayez une enfance normale. J'espérais que ces pouvoirs resteraient en sommeil si je ne les encourageais pas.

Normale ? N'en parlons même pas.

Ses yeux se remplissent de larmes. Tout comme moi, elle sort facilement des larmes de son chapeau (pointu). Ça doit être héréditaire. Comme cette prétendue sorcellerie.

– Ces pouvoirs ne sont pas toujours un cadeau, Rachel, dit-elle avec des trémolos dans la voix. J'espérais que vous auriez la chance d'y échapper, toutes les deux. Toi, apparemment, tu n'as pas développé quoi que ce soit de mon état de conscience supérieur, à la puberté...

– Super, merci, maman.

– ... ce qui me remplissait de joie. Parce que tout ce que j'ai toujours souhaité pour vous, c'était une vie normale. Et voilà que Miri...

Sa voix se perd en sanglots.

– Tout va bien, maman. T'en fais pas pour moi, dit ma sœur en lui massant la main de ses doigts poisseux. Je suis très contente. Je comprends enfin pourquoi je me suis toujours sentie différente. Tout s'éclaire.

Manifestement, ma mère et ma sœur sont en plein délire. Je me rapproche subrepticement du téléphone posé sur la table de nuit, au cas où je devrais appeler une ambulance pour les envoyer à l'asile.

Ma mère s'essuie les joues du dos de la main et parvient à adresser un sourire à Miri.

– Et voilà que tes pouvoirs se sont éveillés. Mon devoir est de t'expliquer ce qui a changé dans ton esprit. On commencera l'apprentissage ce week-end.

– On va chez papa demain, lui rappelle Miri, dont les épaules s'affaissent sous le poids de la déception.

Mam lui tapote le genou.

– Alors, on commencera lundi.

Une minute. C'est un poisson d'avril en avance. Ou peut-être que je suis en train de participer à mon insu à une nouvelle émission de télé-réalité – *Qui veut gagner des millions en ridiculisant sa grande sœur ?* Est-ce qu'elles ne savent pas que je déteste la télé-réalité ? Je scrute le plafond à la recherche de caméras.

Ma sœur enfourne une nouvelle poignée de graines de tournesol.

– Tu vois ? me lance-t-elle. J'étais sûre que j'avais ressuscité le homard.

– C'est étonnant que tu aies réussi à le faire sans formule, dit ma mère en secouant la tête.

Et là, poussant toujours plus loin le bouchon du ridicule, dans une nouvelle stratosphère, elle se penche sur la table de nuit et soulève avec peine un livre qu'elle repose sur la couette. À en juger par sa couverture, d'un vert poussiéreux, il a l'air d'une taille normale, jusqu'à ce que je réalise qu'il fait au moins soixante centimètres d'épaisseur. Je plisse le nez. Il a l'apparence et l'odeur d'un livre qui aurait passé quelques siècles sous l'eau.

Ma mère feuillette précautionneusement du pouce les fines pages jaunies.

– D'après la partie consacrée aux sortilèges dans *L'Authentique Anthologie des sortilèges prodigieux, des potions extraordinaires et de l'histoire de la sorcellerie de la naissance du monde à nos jours*, la résurrection est une leçon d'un niveau avancé. La version proposée ici requiert des pétales de rose, de la résine d'encens et...

– Dites-moi que vous n'avez pas d'accessoires.

Depuis combien de temps mijotaient-elles cette blague ? Ma mère me croit donc naïve à ce point ? Est-ce qu'elle ne pourrait pas imaginer un titre moins grotesque ?

– Ce livre de magie est pour Miri, dit maman, en lui adressant un sourire protecteur.

Les yeux de ma sœur s'arrondissent comme des DVD.

– Vraiment ?

– Chaque sorcière a le sien. Ma mère m'a donné celui-ci quand mes pouvoirs se sont éveillés.

Grand-mère doit se retourner dans sa crypte. Je ne peux pas croire qu'elle mêle sa défunte mère à cette plaisanterie absurde !

– Et tante Sasha, alors ? Laisse-moi deviner – elle était sorcière, elle aussi ?

Ma mère et sa sœur se sont disputées à mort il y a huit ans, et on n'a pas revu tante Sasha depuis.

Ma mère m'ignore.

– Ce qui est étonnant, c'est que Miri n'a même pas eu besoin du livre. J'étais loin d'avoir un tel pouvoir mental à son âge.

– Pouvoir mental ? Genre la Force ?

Je ris. Ha-ha-ha. Hé, là-haut, c'est dans la boîte ? Vous ne me ferez pas perdre mon sens de l'humour. Oups... Voilà une nouvelle allusion à *La Guerre des étoiles*, et, pire encore, filmée en direct. Je m'affaisse hors du champ de la caméra, avec un peu de chance.

À ma grande surprise, ma mère continue son cirque :

– Oui, c'est ça.

Puis elle se tourne vers Miri.

– Ma chérie, même si je suis très impressionnée par tes capacités, il ne faut pas faire de magie devant les non-sorciers. T'exposer au commun des mortels n'attire que des ennuis.

Me voilà ravalée au rang du commun des mortels. Pire qu'une seconde catégorie.

– Désolée. Je ne le ferai plus, promet Miri en se léchant la paume de la main. Crois-moi, je ne savais même pas que j'en étais capable. Faudra que j'apprenne mes limites.

– Précisément. C'est ce que ce livre t'enseignera.

Maman feuillette les pages et plisse les yeux en lisant les titres.

– Ça fait bien longtemps... J'ai un peu oublié. Mais j'imagine que ton apprentissage durera au moins un an. Pour autant que je m'en souvienne, la première partie retrace l'histoire de la sorcellerie. La deuxième traite de l'éthique...

C'est bon ! J'ai ma dose. Je ne vais pas rester plantée là pendant que ma mère fait semblant de former son apprentie.

– C'est très marrant tout ça, de faire le dindon de votre farce, mais je vais retrouver mes potes maintenant.

Je bondis hors du lit et me dirige vers la porte d'un pas sonore. Puis je me rends compte que j'ai oublié mes baskets. Et c'est là que ça commence à foutre les jetons...

Mes chaussures flottent au-dessus du sol.

Trente centimètres, soixante centimètres. Un mètre en l'air.

Nul ne les porte, ni ne les touche, ni ne les dirige d'aucune façon.

Mes baskets vertes flambant neuves s'élèvent deux mètres au-dessus du lit, éclipsant le plafonnier en porcelaine. Mes lacets, qui se contentaient de pendouiller auparavant, se contorsionnent en triangle. Puis en carré.

Puis en pentagone !

En hexagone !

En heptagone !

– OOOOHHHMONDIEEEUUUUUU !

Je hurle, le dos plaqué contre la porte. En proie à la terreur, je jette un coup d'œil à ma mère. Elle a les yeux fermés, les lèvres pincées, et elle récite quelque chose entre ses dents. *Mais qu'est-ce qu'elle fabrique ?* Pourquoi est-ce qu'elle joue à celle-qui-se-met-du-rouge-à-lèvres pendant que mes lacets se transforment en polygones fantomatiques ? Pourquoi fait-il si froid ici ? *Que se passe-t-il ?*

Soudain, mes baskets s'écrasent par terre avec un son mat. Oh. Oh Mon. Ohmondieu.

Miri a les yeux écarquillés, mais elle n'a pas l'air aussi terrifiée que moi. Les poils de mes bras sont hérissés comme les épines d'un cactus.

Ma mère est une sorcière.

Ma mère est une sorcière. Ma mère est une *sorcière.*

Ma mère est une sorcière.

Et ma petite sœur, la végétarienne, l'espèce de handicapée sociale, en est une aussi.

TOUT CE DONT
J'AI TOUJOURS RÊVÉ

– Je ne voulais pas t'effrayer à ce point, dit ma mère, l'air penaud. Ma magie est un peu rouillée. J'essayais de dessiner un cœur.

Mes intestins se mettent à jouer au hockey et ma gorge se serre comme une paille tordue. J'ai mal au cœur, je ne peux pas respirer correctement, et voilà que mes jambes ont la tremblote. Comment est-ce possible ?

Personne ne parle. Le seul bruit qu'on entend est celui que fait ma mère en tirant sur sa cigarette.

Je me rassois au bord de son lit au cas où mes genoux viendraient à flancher.

– Dites quelque chose, à la fin !

Ma mère glisse la main sous sa couette pour en exhumer un paquet de cigarettes, puis en allume une nouvelle. Je regarde la fumée rouler au ras du plafond.

Miri jette un nouveau coup d'œil au-dessus du lit.

– Ces baskets sont vraiment chouettes. Tu les aimes, Rachel ? Je peux pas croire que ça ait marché ! C'est bien celles-là que tu voulais, non ?

J'imprime pas.

– Hein ?

– Les baskets. Je voulais te mettre de bonne humeur. Pour quand t'apprendrais que j'étais une sorcière et pas toi, tu vois ?

Quoi, quoi ? Je suis bien trop préoccupée par mon attaque cardiaque pour être de bonne humeur. Tout ce que j'arrive à dire, c'est :

– Et est-ce que... vous... est-ce que votre figure va se couvrir de verrues ?

Les mains de ma sœur volent à son menton.

– Bien sûr que non, répond ma mère d'un ton acerbe. Rien ne va changer. Nos nez ne vont pas s'allonger et nos cheveux ne vont pas devenir noirs et raides comme des baguettes. Ce sont des mythes.

Les yeux de ma sœur s'agrandissent derechef, et ses longs cils effleurent la racine de ses sourcils.

– Papa est au courant ?

Maman secoue la tête.

– Je ne lui ai jamais dit. J'ai décidé à l'université de ne pas devenir une sorcière pratiquante. Quand j'ai rencontré votre père, j'étais gênée d'être différente. (Elle croise les bras.) J'ai choisi de réprimer chez moi les choses qu'il ne pourrait pas comprendre.

– La base idéale d'un mariage, dis-je. Pas étonnant que vous soyez divorcés.

Ohlàlà. Ohlàlà. Ma sœur est une sorcière. Ma mère est une sorcière. C'est impossible.

C'est pourtant vrai.

Ohlàlà. Attendez une minute.

– Qu'est-ce que tu veux dire par « sorcière pratiquante » ?

– J'ai préféré, et c'est toujours le cas aujourd'hui, ne pas utiliser de magie dans ma vie. Je me suis excommuniée de la communauté des sorcières.

Soudain, la portée de cette conversation me frappe de plein fouet, comme si je venais de me prendre un coup de balai.

– Mais... pourquoi pas ?

Elle est folle ? Elle peut avoir tout ce qu'elle veut. *Je* pourrais avoir tout ce que je veux. Plus de boutons sur la tronche ! Un tapis volant ! Plus de duvet sur la lèvre supérieure !

– La magie n'est pas faite que de souliers de rubis et de châteaux enchantés, poursuit ma mère d'un ton sévère, comme si elle était en train de me lire les mises en garde d'une notice. Chaque sortilège a ses conséquences. Et comme je vous l'ai dit, les filles, je voulais que vous grandissiez normalement.

Bien entendu, je n'écoute pas. Au contraire, mon esprit s'emballe. Des week-ends de sept jours ! L'école ? Complètement *has been*. Les connaissances seront automatiquement téléchargées dans nos cerveaux !

Mais... où est-ce qu'on rencontrerait des garçons ?

– C'était comment, quand t'étais petite ? demande Miri à maman, interrompant mes agréables fantasmes.

Elle soupire et baisse les yeux sur la couette.

– Différent. Difficile. Un jour, je vous raconterai tout, promis.

40

Une machine à remonter le temps pour voir à quoi ressemblaient les parents au lycée ! Pour qu'on puisse se moquer de leurs fringues !

Miri fait la grimace.

– Alors faut pas que je le dise à papa ? Est-ce que ton père était au courant ?

On n'a jamais connu les parents de notre mère. Ils sont morts tous les deux avant notre naissance.

– Il savait, dit maman. Ma mère le lui a dit. Mais il ne le vivait pas très bien.

Elle se mordille l'ongle du pouce.

– Ce sera à toi de décider si tu veux le dire à ton père ou non. Ce choix t'appartient.

J'ai la bouche pâteuse.

– Est-ce que l'une de vous pourrait me faire apparaître un cocktail de jus de fruits d'un petit coup de baguette ?

Cette histoire de sorcière va sacrément me simplifier la vie.

Ma mère agite le bout incandescent de sa cigarette dans ma direction.

– Pas question. C'est exactement ce que je cherchais à vous dire. La magie n'est pas une excuse à la paresse. Croyez-moi, dit-elle en prenant un air constipé. J'ai vu ce que ça donne, et je suggère fortement que Miri ne fasse pas appel à la magie pour faire ses devoirs. Ou pour être première en classe. Ou pour se procurer des fringues ou le dernier jouet à la mode.

Quels jouets ? Je n'ai plus sept ans ! Est-ce que j'ai demandé la super-Corvette de Barbie ?

Encore que ça ne me déplairait pas, si ma mère ou ma sœur faisaient surgir une vraie Corvette. Une rouge. Décapotable. Et le permis de conduire qui va avec.

– Quelles conséquences ? Où est le problème ?

– Inutile de tout vous expliquer ce soir, reprend maman. Mais est-ce que j'ai été assez claire, les filles ? Miri n'a pas le droit d'utiliser ses dons pour des choses futiles.

Je ne pige pas du tout.

– Mais Miri a le droit de se servir de ses dons pour *quoi*, alors ?

Ma mère écrase sa cigarette.

– Chaque sorcière doit décider de ce qui est bien pour elle. Y compris Miri. C'est pour ça que je la forme, pour qu'elle puisse prendre ses décisions en toute connaissance de cause. J'ai choisi de ne pas utiliser mes pouvoirs. Certaines sorcières s'en servent pour satisfaire leurs propres désirs. D'autres pour éclairer un chemin et montrer aux autres la voie du Bien. Une sorcière pourrait par exemple essayer de rendre le monde meilleur en suggérant de mettre fin aux guerres. Le problème, c'est qu'il arrive parfois qu'un sortilège destiné à améliorer les choses ait des conséquences désastreuses. J'ai connu une sorcière qui, en voulant mettre fin à une vague de chaleur en Afrique, a déclenché une tempête de neige à Kansas City. Quand Miri aura terminé son initiation, elle devra décider toute seule si elle veut ou non conserver son statut de sorcière. Et si c'est le cas, j'espère qu'elle choisira la voie de l'altruisme. Avec prudence, bien entendu.

Je l'interromps d'un ton désapprobateur, en secouant la tête :

– Mam, tu trouves ça juste de faire porter la responsabilité de la paix du monde à une fille de douze ans ?

Ma sœur arbore un sourire serein.

– Je comprends ce que maman veut dire. Si je choisis de

42

faire appel à la magie, je peux pousser les gens à faire des B.A. à l'école et des trucs de ce genre. Peut-être que si une brute s'apprête à tabasser un plus petit, je peux lui *suggérer* mentalement ce qu'il ressentirait si quelqu'un lui faisait la même chose. Et peut-être qu'alors il ne serait pas méchant.

Je jette un regard méfiant à Miri. C'est clair, elle ne va pas en tirer tout le parti possible. C'est le genre de fille qui fait tous ses devoirs le jour où on les donne. Un gâchis, ses pouvoirs. Comme pour sa poitrine. Ça ne lui fait même pas plaisir – alors que moi je ferais des bonds de joie frénétiques, un vrai ballon de basket. Elle va très nettement avoir besoin des conseils éclairés de sa sœur.

– Surtout, cache ta joie, Miri ! *Tu as des pouvoirs magiques.*

Elle hausse ses petites épaules.

– Je suis contente, bien sûr. Mais je me suis toujours doutée que j'avais quelque chose de spécial. Tigrou m'obéit tout le temps, par exemple, ou personne ne me trouvait jamais quand on jouait à cache-cache.

C'est vrai, Tigrou écoute toujours Miri. Elle dit : « Tigrou, je gèle, tu ne pourrais pas m'apporter une couverture ? », et hop, la grosse boule de poils plante ses petites dents pointues dans le plaid afghan violet et le remorque à travers la pièce. Moi ? Que dalle. Je peux appeler : « Tigrou, Tigrou, hé ! » pendant des siècles, et il ne cligne même pas des yeux. Il squatte mon livre de biologie même si j'agite les bras en hurlant que j'ai un contrôle le lendemain. Est-ce que ça l'impressionne ? Est-ce qu'il bouge ? Non. Je croyais juste que les chats ne m'aimaient pas. Je n'avais pas compris qu'en réalité, Miri pouvait communiquer avec eux.

Maintenant, à bien y réfléchir, c'est vrai que je ne pouvais jamais la trouver pendant les parties de cache-cache. Je me couvrais les yeux, comptais à rebours à partir de vingt, puis regardais dans les endroits habituels : sous le lit, entre les manteaux au fond des penderies, derrière le canapé. Pas de Miri. Même mon père ne la trouvait pas. Mes copains et Dave le pompier non plus. (Encore que ma mère l'ait peut-être fait venir juste pour se rincer l'œil.)

– Où est-ce que tu te cachais ?

– Dans la baignoire. Mais je te *suggérais* de ne pas regarder là, alors tu ne le faisais pas. Tu comprends ? Je me suis toujours demandé ce que j'avais de différent, maintenant je sais. De toute façon, j'ai eu le temps de m'habituer à l'idée. Maman et moi, on a parlé de tout ça hier soir et aujourd'hui.

Pardon ?

– Tu le sais depuis *hier* ? Pourquoi est-ce que personne ne m'a rien dit ?

Je les ai bien entendues parler, mais je croyais qu'elles débattaient de la pollution ou d'un truc de ce genre, rien d'*important*.

Maman passe un bras autour de Miri.

– Je voulais savoir comment elle le prenait. Et surtout bien insister sur ce point : elle n'est pas autorisée à pratiquer la moindre magie, avant d'être parfaitement qualifiée.

Mais elle a dit que ça allait prendre au moins un an ! Lisant dans mes pensées (elle lit vraiment dans mes pensées ?), maman me jette un regard sévère.

– Je ne voulais pas que quiconque aille lui suggérer le contraire

– Mais... elle m'a filé des nouvelles pompes.

– J'ai fait ça quand t'as appelé pour aller à la pizzéria,

avant de connaître les règles, concède Miri. J'étais pas sûre que ça marcherait vraiment. Mam m'a dit que t'étais super-contente d'être invitée, alors j'ai pensé que j'allais te faire un cadeau, pour frimer.

J'imagine que c'est pour ça que je ne les ai pas remarquées de la journée. Elles ne se sont matérialisées à mes pieds qu'après le cours de français.

– Miri ne m'avait rien dit, précise maman. Alors, quand tu m'as appelée pour me remercier, je ne pouvais pas te laisser courir les rues avec des chaussures magiques. Qu'est-ce qui se serait passé si elles avaient soudain disparu et que tu t'étais retrouvée pieds nus au restaurant, ou en rentrant à la maison ? Les trottoirs sont froids.

Ensuite, elle regarde Miri et secoue la tête.

– C'est là que j'ai compris qu'il fallait qu'on parle.

Miri attrape une basket et la presse comme une orange.

– Ça a l'air d'aller.

– Bref, dit ma mère, déjà pour la centième fois, plus de magie avant que tu aies fini ton apprentissage.

Elle peut bien me le répéter cinq milliards de fois. Pas question que j'attende trois cent soixante-cinq jours pour tester les pouvoirs de Miri ! Manifestement, il faudra que j'en touche un mot en privé à ma sœur. Mon estomac gronde.

– Donc, faire apparaître des petits gâteaux de la boulangerie Magnolia est également hors de question ?

Ils sont super-bons.

– Pas de pâtisseries Magnolia, répond ma mère, excédée.

– Mais ils ne livrent pas !

Miri secoue la tête, incrédule. Je plisse les yeux.

– Mais si elle se met à *suggérer* qu'on échange nos chambres, c'est vraiment dégueulasse. Je suis l'aînée, et la plus grande me revient de droit.

Ma mère et Miri soupirent à l'unisson.

– Heureusement que c'est Miri qui a reçu les pouvoirs, dit mon ignoble mère.

Il est trois heures du mat' et je ne peux pas dormir. Je n'arrête pas de retourner mon oreiller, en essayant de trouver le côté frais, mais les deux sont chauds comme si quelqu'un venait de s'asseoir dessus.

Je me redresse sur les coudes et fixe la lampe en forme de pyramide sur ma table de nuit.

Lampe... allume-toi !

Nada.

Lampe... que la lumière soit !

J'agite les doigts dans sa direction.

Saleté de lampe.

Je sais que toute cette histoire de sorcellerie a l'air débile, et je n'en voudrais à personne de ne pas me croire. S'il ne s'agissait pas de ma famille de dingues à moi, je ne goberais pas ça non plus.

Mais... c'est ma famille. Et plus je réfléchis, plus je trouve ça cool. Avec l'aide de Miri, je vais pouvoir avoir des numéros de téléphone de stars dans mon répertoire. Un jacuzzi dans mon placard. Un petit copain. Elle rangera ma chambre d'un coup de baguette (un robot, pour quoi faire ?). Elle rendra mon ouïe bionique. Me sortira une nouvelle garde-robe de son chapeau. Les possibilités sont infinies ! Infinies !

Et je n'attendrai pas un an. Désolée, maman. Si j'ai pu persuader Miri de regarder la trilogie du *Seigneur des anneaux* quatre fois de suite pendant ma période Tolkien, je saurai sûrement la convaincre de faire un ou deux petits tours de magie pour moi. On commence par quoi ?

Hmmm.

Ça va être l'angoisse de les regarder voler dans tous les sens sur leurs balais à Halloween. Mais c'est le truc le plus baiser-de-prince-charmant / billet-de-loterie-gagnant / tellement-formidable-que-c'est-pas-croyable qui me soit jamais arrivé.

Ahhh. Je me rallonge et tire la couverture par-dessus ma tête. À cet instant, et pour la première fois, la réalité me submerge.

Ce n'est pas la chose la plus incroyable qui me soit jamais arrivée. C'est la chose la plus incroyable qui soit jamais arrivée... à Miri.

La sorcellerie, aptitude qui se transmet normalement de mère en fille, m'a zappée. C'est comme pour les seins : la nature a décidé que je n'avais pas les qualités requises.

À quatre heures et demie, je ne dors toujours pas, alors je décide qu'il n'y a pas de raison que ma mère dorme non plus.

En lui tapotant l'épaule, je suis assaillie par son épouvantable haleine du petit matin. Malheureusement, j'ai hérité de cette caractéristique. Je suis sûre que mon mari appréciera.

– Qu'est-ce qu'il y a ? demande-t-elle en s'asseyant.

Elle porte encore son vieux tee-shirt de concert miteux. On aurait pu croire qu'une sorcière se pomponnerait un peu plus. Qu'elle s'offrirait une séance de maquillage gratuite ou des faux ongles. Qu'elle ferait retoucher ses racines. Mais non, elle a un anneau blond en orbite autour de ses racines brunes, on dirait Saturne.

Je rampe dans le lit à ses côtés.

– Tu me dois une explication. Pourquoi est-ce que je ne peux pas ressusciter des homards ? Est-ce que certaines sorcières reçoivent leurs pouvoirs plus tard ?

Elle allume sa lampe.

– Normalement, les pouvoirs magiques apparaissent à la puberté, mais certaines sorcières ne les reçoivent qu'à la naissance de leur premier enfant.

Elle plisse les yeux.

– Attention, pas de bêtises.

– Maman !

– On ne sait jamais ! De toute façon, j'ai connu une femme qui a été traumatisée, tout comme son mari, quand elle a fait léviter son bébé au-dessus du berceau.

Un gros ballon d'espoir me remplit.

– Alors, ça peut encore arriver ?

Elle hoche la tête.

– Ça pourrait.

Génial !

Toutefois, elle ajoute :

– Mais peut-être pas. Certaines filles ne deviennent jamais sorcières.

Ma baudruche se dégonfle et s'écrase mollement par terre.

– C'est vraiment pas juste. Pourquoi est-ce que Miri a droit aux pouvoirs et pas moi ? Elle a même pas fini le premier *Harry Potter*, et encore, c'est le plus court. Je les ai tous lus, moi !

– Chérie, je sais que tu crois que la sorcellerie n'est rien d'autre qu'une partie de plaisir, mais elle s'accompagne de lourdes responsabilités. Peut-être que quand tu seras plus mûre et responsable...

– Qu'est-ce que je dois faire ? Ranger ma chambre et écrire des tas de listes inutiles comme Miri ? je demande d'une voix geignarde.

– Il ne s'agit pas d'actions précises. Plutôt d'un état d'esprit général.

– Oh, dis-je, ne sachant si pareille injustice me donne plus envie de bouder ou de pleurer.

– Miri t'admire, et je compte sur toi pour l'aider à s'adapter à sa nouvelle vie et à prendre les bonnes décisions.

Aider Miri, guider Miri, bla bla bla. Y'en a que pour Miri.

Je pose ma joue sur l'oreiller, regarde maman et lui demande, toute triste en repensant à ce souvenir vieux de quelques années :

– Tu te souviens quand j'étais en quatrième et que toutes les filles de ma classe ont été invitées à dormir chez Krissy Backer, mais pas moi ?

Je sens monter l'indignation. Ressembler à une abrutie avec toutes ces bagues sur les dents ? Totalement inutile. Cette coupe de cheveux qui arrachait des soupirs de pitié aux inconnus ? Facile à éviter. Je refoule mes larmes.

Maman me regarde attentivement.

– Je sais à quoi tu penses, ma chérie.

– Alors, pourquoi t'as rien fait ? T'aurais pu me rendre la vie cent milliards de fois plus agréable si seulement t'avais fait un chouïa de magie !

Elle me caresse les cheveux.

– Je comprends que tu puisses voir les choses de cette façon. Mais, crois-moi, la magie, ce n'est pas ce qu'on croit. Je voulais que Miri et toi fassiez l'expérience de *la vie* – avec ses joies et ses peines –, pas d'un monde artificiel que j'aurais créé de toutes pièces pour vous rendre heureuses.

Elle m'embrasse sur le front.

– Je t'aime, Rachel. Plus que tu ne le sauras jamais.

– Je t'aime aussi, maman, dis-je en reniflant.

Après quelques minutes d'effusions entre une fille et sa sorcière de mère, je me redresse.

– Est-ce que Miri a utilisé la magie pour faire pousser sa poitrine ?

Elle sourit et secoue la tête.

– J'ai été formée tôt, moi aussi. Toi, tu tiens de ton père. Il n'a eu sa poussée d'hormones qu'à dix-sept ans.

La vie est vraiment injuste.

– Donc, j'imagine que tu ne peux pas me jeter de sort pour que je devienne sorcière ?

– Je crains que non. Si tu dois en devenir une, ça viendra.

Avec un soupir, je me lève et me dirige vers la porte.

– Bon... je peux garder les chaussures, au moins ?

Ma mère hésite, puis sourit.

– Je ferai une exception, juste pour cette fois.

Forte de cette victoire, je me traîne pieds nus jusqu'à mon lit. Mais, au lieu de dormir, je passe les deux heures suivantes à essayer de faire léviter ma couette.

Sans succès.

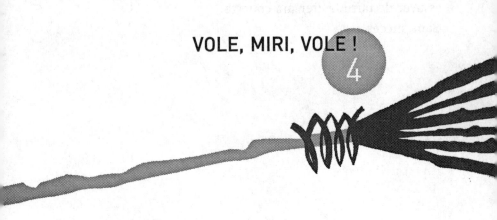

VOLE, MIRI, VOLE !

4

Vendredi matin. Il n'est que neuf heures moins le quart et cette journée est déjà un désastre.

Pour commencer, j'ai coincé Miri dans la cuisine en la suppliant de m'enlever les horribles cernes que j'ai sous les yeux.

– T'as entendu ce que maman a dit, non ?

– Mais j'ai passé ma nuit à ressasser *tes* histoires de sorcière. Assume !

Mais nooooon.

Ensuite, elle m'a piqué mes nouvelles baskets sans me demander et, vu que mes bottes noires sont portées disparues depuis le fameux tour de passe-passe, j'ai dû mettre mes chaussures de gym qui puent. Si jamais elle les reprend sans ma permission, elle va passer un sale quart d'heure.

Sauf que c'est elle qui a les pouvoirs, donc je ne peux rien faire.

Troisièmement, parce que je suis encore complètement

sonnée par les nouvelles d'hier, j'ai trébuché entre le troisième et le quatrième étage et je me suis cogné le genou sur une marche métallique. Le bleu ne va pas être joli à voir.

Quatrièmement, Tammy a passé les vingt minutes de l'assemblée générale du matin à répéter combien la sortie pizza était géniale.

(J'ai fait des progrès en listes, c'est très net. Peut-être que je peux recevoir mes pouvoirs, maintenant ?)

– J'ai vraiment passé un super-moment au Stromboli, répète-t-elle pour la quatre-vingt-septième fois en ouvrant son casier.

Il est juste à côté du mien, vu qu'on est dans la même classe et que nos noms de famille commencent tous les deux par W. Moi, c'est Weinstein, et elle, Wise.

– Alors, y avait qui ?

– Tout le monde.

Elle doit lire la déception sur mon visage, parce qu'elle plisse rapidement le nez, qui a l'air encore plus grand (il est vrai qu'il est assez conséquent, même si je passe mon temps à lui dire que non) et ajoute :

– Je veux dire, pas *tout le monde*. Il ne s'est pas passé grand-chose. T'as rien raté.

Elle agite la main, ce qui est son signal pour bof-bof.

Je n'ai pas besoin d'avoir le don de double vue pour savoir qu'elle cherche à me réconforter.

– Jewel y était ?

– Euh...

Elle attrape son classeur vert sur l'étagère du haut.

– Ouais.

– Et Raf ? et Mick ?

Elle baisse la tête.

– Mick était là. On était assis à la même table.

Arrgh. Un crayon super bien taillé me transperce le cœur.

– Il aurait été à ma table si j'avais été là, dis-je en me lamentant.

– J'avais pas réalisé qu'il était aussi sympa, reprend-elle, augmentant la douleur dans ma poitrine. J'ai mis mon coude dans de la sauce tomate et il a été le premier à aller me chercher une serviette.

Trop injuste. C'était à *moi* de tacher ma chemise.

– Peut-être que j'arriverai à savoir où ils vont ce soir, ajoute-t-elle.

– Laisse tomber, dis-je en poussant un gros soupir. Je dois aller chez mon père.

La chose la moins cool quand on a des parents divorcés, c'est d'être obligée de passer un week-end sur deux à Long Island. J'adore papa et j'ai envie de le voir, mais préparer son sac, prendre le train, et rater toutes les festivités du week-end, ça perturbe méchamment le calendrier mondain d'une fille de quatorze ans.

Bien sûr, en cas d'événement important – *bar mitzva*, trucs à faire pour le lycée, shopping pour des chaussures –, je peux rester à Manhattan, mais c'est un sale coup pour Miri, car elle se retrouve alors toute seule à Long Island. Elle dit que FBM la harcèle encore plus quand je ne suis pas là. (« Arrête de te ronger les ongles ! », « On ne joue pas avec la nourriture ! »,

« Pas de karaté dans la maison ! ») Je n'en doute pas. FBM ne nous casse jamais les pieds quand papa est là. Elle la joue Dr Jekyll et Mr Hyde chaque fois. Quand il est là, elle est super-gentille et serviable : « Tu es tellement créative, Rachel ! » Mais dès qu'il passe dans la pièce d'à côté, elle devient méchante : « Pourquoi es-tu aussi bordélique ? »

Papa déteste quand on rate un week-end. Mais maintenant qu'il a FBM, il peut difficilement changer les dates. Elle a toujours des bons prétextes planqués dans ses manches impeccables : dîners, places de théâtre, voyages aux Caraïbes.

On n'est jamais allés aux Caraïbes du temps de maman. On n'est même pas allés sur la côte du New Jersey. Pour être honnête, il n'était pas encore associé dans son cabinet d'avocats et n'avait pas autant d'argent. On a roulé deux fois jusqu'en Floride et passé quelques week-ends de ski à Stowe, mais on n'a jamais quitté les États-Unis (à moins de compter comme un voyage à l'étranger le parc d'attractions d'Epcot avec ses pavillons dédiés à différents pays). Ces trajets en voiture étaient longs. On jouait à la géographie, le jeu où on nomme une ville/un État/un pays qui commence par la dernière lettre de l'endroit cité en dernier.

Je commençais : « Vermont. » Mon papa disait : « Texas. » Ma mère complétait : « Salem. »

Et moi qui pensais que c'était sa carrière dans le tourisme qui lui donnait cet injuste avantage.

Tous les signes étaient là. Seulement, je ne parlais pas encore sorcier.

Peut-être qu'un jour mon père nous emmènera sur une île. On pourrait faire de la plongée sous-marine, Miri et moi. Comme ça, je communiquerais plus facilement avec Tammy.

Hum. Peut-être pas. Les sorcières ne sont-elles pas allergiques à l'eau ? La méchante sorcière dans *Le Magicien d'Oz* a fondu quand Dorothy l'a aspergée. Est-ce qu'il faut que Miri arrête de se laver, maintenant ? Génial. Ça va être quelque chose.

Tammy me jette un regard compatissant.

– J'ai vraiment de la chance que mes mères et mon père habitent tous en ville. (Elle vit étonnamment bien sa situation mère/belles-mères. Le jour de la fête des Mères, elle achète même trois cartes.) Elles viennent toutes demain pour le dîner de la Saint-Valentin. Tu peux croire, toi, qu'elles s'entendent aussi bien ?

– T'as de la chance.

Depuis leur divorce, je ne crois pas que mes parents aient jamais proposé de se retrouver dans la même pièce. Ce n'est pas qu'ils se disputent – ils sont toujours polis –, ils sont juste mal à l'aise. J'ai comme l'impression que pour eux, être à proximité l'un de l'autre, c'est comme écouter des ongles crisser sur un tableau noir.

Je devrais être contente qu'ils ne se disputent pas, j'imagine. Ils ne se sont jamais disputés. Papa s'est juste rendu compte qu'il n'était plus amoureux de maman. Ils s'étaient mariés jeunes, en sortant de la fac, avant qu'il sache ce qu'il voulait. Quand ils ont envisagé le divorce, il est resté des semaines à la maison, jusqu'à ce qu'ils se mettent d'accord sur les questions d'argent et qu'il se trouve un endroit à lui. Et même ces semaines-là, je ne les ai pas entendus se disputer.

– Tu passes la Saint-Valentin chez ton père ? me demande Tammy, interrompant ma petite promenade mélancolique à Divorceland.

– *Of course*. Malheureusement. Aucun rendez-vous excitant en vue. Aucun espoir d'améliorer mon score baisers durant cette journée romantique.

En route pour le cours de maths, Tammy me réconforte d'une petite tape affectueuse sur l'épaule.

– Il faut que j'aille aux toilettes, lance-t-elle.

– Et moi que je demande un truc à Mlle Hayward avant le cours, dis-je, mais c'est un mensonge.

Je me dépêche de filer avant qu'elle ne revienne sur sa décision.

Explication : je largue Tammy au cas où Jewel arriverait en avance et me garderait une place. Ces temps-ci, il n'y a qu'en maths qu'elle est sympa avec moi.

OK, OK, je suis un monstre.

Mais s'il n'y avait pas les cours de maths, je ne parlerais plus jamais avec Jewel, alors que je vois Tammy tout le temps puisqu'on suit quasiment tous les mêmes cours.

Assez causé.

En grimpant jusqu'au troisième étage, j'essaie de me raisonner et de ne pas jouer les traîtresses. Pourquoi est-ce que je serais plus sympa avec Jewel qu'avec Tammy ? Laisse tomber ! Jewel peut bien rester seule, pour une fois.

J'ouvre la porte de la classe. Jewel est au dernier rang, sa trousse en fourrure rose sur la table d'à côté, pour me réserver une place. Elle me fait signe.

Qu'est-ce que je décide ? J'y vais pas ? Je ne veux pas avoir l'air mal élevée.

– Coucou ! roucoule-t-elle quand je me glisse sur la chaise de plastique à côté d'elle.

– Salut, je réponds, en admirant ses sublimes boucles

acajou impeccablement perchées au sommet de son crâne grâce à deux pics argentés. (Je me sentirais débile avec des baguettes chinoises dans les cheveux, mais ça rend bien sur Jewel. Et elle est assez grande pour ne pas avoir à craindre de crever un œil à quelqu'un.) Elle a essayé de m'apprendre sa technique de domptage des cheveux frisés (« Tu te peignes sous la douche, t'ajoutes du gel immédiatement après avoir essoré, tu étales soigneusement et tu sèches dans les dix minutes, sinon, après, c'est foutu »), mais je n'arrive jamais à faire en sorte que mes cheveux aux épaules ressemblent à quelque chose. Ce n'est pas raide, pas bouclé non plus. Juste ondulé. Une tête d'océan. Et juste au moment où je m'assois, une mèche se dresse toute seule jusqu'au plafond.

Jewel pouffe de rire.

Je lèche mon doigt et lisse la mèche rebelle, pour l'encourager à rester avec ses copines.

– Tu te souviens quand on frottait des ballons sur notre tête pour avoir les cheveux tout électrisés ?

J'aime bien parler à Jewel de nos souvenirs communs, dans l'espoir qu'elle se rappelle qu'on est censées être « Pires Potes ».

– Hmm, hmm, dit-elle en ouvrant un magazine sur son bureau.

On est super-potes depuis la maternelle, Jewel et moi, quand on portait les mêmes sandales de cuir blanches. Pendant la récré, on s'était rendu compte qu'on pouvait attacher nos brides ensemble et faire semblant de participer à une course à trois pattes.

Je meurs d'envie de lui dire, pour Miri. Ça la rendrait folle hystérique. Moi, ça me rend dingue. J'ai bien du mal à m'empêcher de grimper sur ma chaise et de hurler de toutes mes forces : « *Ma sœur est une sorcière !* »

Je sais, je sais, je n'ai pas le droit de révéler ce secret.

Si j'étais une sorcière, je soûlerais tout le monde avec ça. Encore que... ils sauraient tous alors que je peux leur jeter des sorts. Et ce ne serait plus drôle.

En fait, je meurs d'envie de le dire à Jewel parce que ça nous donnerait une raison de nous rapprocher. Ce serait exactement comme au bon vieux temps, on se chuchoterait des secrets toutes les deux. On a toujours eu d'autres amies, mais on formait un duo. Même un duo à trois pattes, de temps en temps. Peut-être qu'un jour on en formera un à nouveau. Ce n'est pas comme si on s'était disputées, me dis-je tandis qu'elle tourne une page. Elle est juste très occupée avec ses potes du défilé de mode.

J'aperçois Tammy à l'entrée de la salle, elle me cherche. Je lui fais coucou de la main, mais le problème, c'est que la place à côté de moi est déjà prise. Elle repère un siège libre deux rangs devant nous, à côté de Janice Cooper. Janice ne parle presque jamais en cours et elle a toujours l'air super-sérieuse quand elle prend des notes. Tammy est copine avec elle, et elle s'assoit avec nous au déjeuner. Elle porte toujours ses longs cheveux raides à moitié relevés par une barrette dorée. Elle est un peu zarbi, mais ça va.

— Laquelle tu préfères ? chuchote Jewel vingt minutes plus tard, pendant que Mlle Hayward explique au tableau comment on calcule la surface d'un polygone.

Elle me glisse une pile de pages de papier glacé arrachées à des magazines, qu'elle doit collectionner depuis des mois.

On n'y voit que des mannequins top-glamour dans des robes quasi inexistantes.

Jewel n'écoute pas beaucoup en maths. Pourquoi est-ce qu'elle le ferait, quand elle sait que je peux tout lui expliquer après ?

Je suis trop bonne en maths. Je veux dire, trop trop bonne. Géométrie, trigonométrie, algèbre, peu importe. Les chiffres, c'est mon truc. J'*a-dore* résoudre des problèmes. Et j'ai toujours la meilleure note de la classe. Je le sais non pas parce que je demande aux autres quelle note ils ont eue, mais parce que Mlle Hayward en fait toujours tout un plat. Je ne sais jamais si c'est pour être sympa ou pour me mettre dans l'embarras. « Et une fois de plus, quelle surprise, la meilleure note revient... à mademoiselle-je-reste-au-fond-de-la-classe, Rachel Weinstein. »

Mlle Hayward ne m'apprécie pas des masses. Surtout parce que je passe tous ses cours à faire circuler des petits mots au lieu d'écouter. J'obtiens quand même les meilleures notes. À quoi bon être attentive ? Tout ce qu'elle raconte est directement plagié dans le livre.

D'un autre côté, elle ne peut pas s'empêcher de me manifester un minimum de respect. Elle ne peut pas détester sa meilleure élève. Qui d'autre pourrait-elle envoyer au concours national de maths ?

D'accord, j'avoue, je suis allée au concours national de maths en novembre. Et... surprise... ! Je suis arrivée dans les cinq premiers. J'étais même deuxième. Je vais casser la baraque à mon test d'entrée à l'université.

Papa a voulu savoir pourquoi je n'étais pas première. Il a gagné un concours de maths au lycée et m'autorise à garder son trophée triangulaire en argent dans ma chambre chez maman. Il est très fier de raconter que, pendant que d'autres filles passaient leur temps à jouer à la poupée, je me distrayais en jouant avec sa calculatrice.

C'est exact. À part que je jouais à un jeu qui s'appelait « Barbie au bureau », et que la calculatrice servait seulement d'accessoire.

Dans la mesure où papa n'a pas eu de fils, il essaie de faire de moi un substitut pour les activités qu'on pratique normalement entre père et fils. Ça a marché pour *La Guerre des étoiles* et les calculatrices. Pas trop pour le base-ball.

« Tu lances comme une fille ! me criait-il à Central Park.

– Mais je *suis* une fille ! »

Peut-être qu'un jour, Mick pourra m'apprendre. Soupir.

Enfin, bref. Je déteste quand Mlle Hayward ne s'intéresse qu'à moi. C'est pour ça que je ne participe pas en cours. Qui voudrait passer pour une mademoiselle-je-sais-tout ? (Réponse : Doree Matson, une nuisance du défilé de mode qui, par malheur, est dans la plupart de mes cours – pas celui-ci, heureusement –, s'assoit toujours au premier rang et a toujours la main scotchée vers le plafond.)

Alors, au lieu d'écouter, je feuillette les options vestimentaires de Jewel. Je désigne une robe courte bleu électrique.

– Celle-là.

C'est une robe de chez Izzy Simpson, mon créateur préféré. Ce n'est pas que je possède quoi que ce soit de chez Izzy Simpson. C'est trop cher. La famille de Jewel n'est pas précisément riche, mais sa mère lui achète toujours les fringues les plus chouettes.

Elle lève un sourcil épais, parfaitement dessiné.

– Ah ouais ? Peut-être.

– C'est pour quelle occasion ?

– Le Grand Bal de printemps.

Elle pense déjà au Grand Bal de printemps ! Je n'ai même pas idée de la date, et encore moins d'un cavalier.

Chaque année, le lycée Kennedy organise quatre bals. Le Grand Gala de rentrée, la Féerie de Noël, le Grand Bal de printemps (oui, je sais, ils aiment bien le mot « grand » dans mon bahut), et le Bal de promo. Mais le Bal de promo est réservé aux terminales et, bien évidemment, aux secondes et aux premières top-cool avec lesquelles les terminales veulent bien s'afficher.

Toute une histoire, ces bals. Une affaire de la plus haute importance. Et personne n'y va sans cavalier. Même si ce n'est pas une règle de l'école. En fait, l'administration répète sans cesse qu'il n'est pas nécessaire d'avoir un cavalier, néanmoins, la règle implicite, c'est : pas de cavalier, pas de sortie, ce dont je suis tout à fait consciente.

Le Grand Bal de rentrée : le casting pour le défilé de mode se tenait deux semaines plus tard. Ai regardé la trilogie de *La Guerre des étoiles* avec Jewel (qui n'avait pas encore franchi les portes de la branchitude). Pop-corn ! Pédicure ! Soirée pyjama !

La Féerie de Noël : Jewel avait un cavalier et ma nouvelle amie Tammy, une angine. Seule à la maison, avec Miri.

Le Grand Bal de printemps : au bal, façon Cendrillon, je vais me déhancher avec grâce, les cheveux professionnellement gonflés ondulant sur mes épaules nues, scintillantes et fraîches comme la rosée. Je vais danser, je vais swinguer, je vais briller de mille feux. J'aurai un mec super-canon au bras. Si possible, il s'appellera Mick ou Raf.

J'irai au Grand Bal de printemps. Pas question que je rate un autre bal. Ça m'est complètement égal de savoir avec qui j'irai, mais cette fois-ci, on va m'inviter. Je sais, je sais. Je devrais inviter quelqu'un moi-même. Mais qu'est-ce qui se passe si je demande et qu'on me dit non ? Je ne suis pas anti-féministe. Juste une poule mouillée. Mais vous savez ce qui me fait encore plus peur ?

Danser. Ma mère ne m'a pas transmis ses dons en sorcelle-rie, mais j'ai hérité de son manque de rythme absolu. Jewel a passé des heures avec moi, à essayer de me montrer comment remuer mon arrière-train sans avoir l'air d'être électrocutée. Ça n'a jamais marché.

Mais les gens ne dansent pas vraiment dans les bals. À part les slows, bien sûr, ce dont je suis capable. C'est tout, côté swing. Un bal au lycée, c'est surtout une occasion de se mon-trer, de cancaner, et de conclure. La danse est tout à fait secondaire.

– Ils ont fixé la date ? je demande.

– Will m'a dit...

Je tique. Jewel appelle le président du club du lycée par son prénom ? Pour Tammy et moi, il est William Kosravi, le sublime et inapprochable terminale, président du club du lycée. C'est aussi le grand frère de Raf, soit l'un des Grands Amours de ma vie.

– ... que ce sera le 3 avril, le lendemain du défilé. Le samedi du début des vacances de Pâques.

Oh, non. Non, non, non.

– C'est le jour du mariage de mon père.

Jewel a l'air déçue – pendant une micro-seconde. Sa bouche fait un O.

– Bah, c'est qu'un bal.

Venant d'une fille qui a déjà collectionné un dossier complet d'options vestimentaires, ça laisse rêveur.

– Je te montrerai mes photos, propose-t-elle en guise de consolation.

– Ça commence à quelle heure ?

– Neuf heures.

Jamais je ne pourrai faire les deux. Le mariage commence à six heures, mais la torture va continuer jusqu'à minuit au moins. Et c'est à Port Washington, à Long Island, soit à au moins trente-cinq minutes de train.

Mlle Hayward claironne :

– Rachel, je sais que vous ne jugez pas nécessaire d'écouter en classe, mais peut-être que vous pourriez arrêter de papoter pour que vos camarades puissent bénéficier de mon enseignement ?

Ensuite, elle m'adresse un clin d'œil. Vous voyez ? C'est une histoire d'amour vache.

Je suis complètement dans la lune jusqu'à la fin du cours, mais cette fois-ci, c'est parce que je me rappelle qu'en octobre, avant que Jewel ait oublié qu'elle était ma meilleure copine, je l'ai invitée au mariage (mon père a dit que je pouvais inviter deux amies), et qu'elle a accepté de venir. J'imagine qu'elle l'a oublié, ça aussi.

Quand la cloche sonne, j'empile mes livres.

– Qu'est-ce que tu fais après les cours ? Tu veux passer ?

Jewel range soigneusement son crayon, sa calculatrice violette et sa gomme en forme de lapin dans sa trousse.

– J' peux pas. Je vais me balader avec Liss.

Liss, c'est Melissa Davis, ma remplaçante, rousse, snob, une

64

frimeuse de première. Elle a le nez tellement retroussé que je ne sais pas comment elle arrive à voir où elle met les pieds. Sa mère est chorégraphe pour des clips vidéo, alors, faut-il poser la question ? Liss fait automatiquement partie du défilé.

– Mais une prochaine fois, sûr, promet Jewel en me serrant le bras.

Là-dessus, elle s'envole.

Ça, mesdames et messieurs, c'était moi en train de prendre une veste monumentale.

Une claque qui aurait été encore plus terrible si je lui avais donné la carte de Saint-Valentin en forme d'abeille (« Bzzzz. Veux-tu zzzzz'être ma Valentine ? ») à son nom qui se trouve présentement dans mon sac.

Je vous jure que ce n'est pas aussi pitoyable qu'il y paraît. Quand on avait neuf ans, Jewel a jeté ses tongs sur une ruche et on s'est fait piquer cinq fois chacune. On a passé la journée à pleurer et à se consoler en mangeant des glaces.

Bon, d'accord, c'est pathétique.

Tammy, elle, au moins, m'attend à l'autre bout de la classe.

Je peux pas croire que je vais rater le Grand Bal de printemps à cause de l'épouvantable spectacle du mariage de mon père. Je passe tout le trajet en train vers Long Island à flipper. Ce qui est peut-être un peu prématuré, si l'on considère que je n'ai même pas encore de cavalier, mais si quelqu'un m'invite, je fais quoi ?

C'est complètement égoïste de préférer un bal idiot à la

célébration de l'union de mon père, mais... mais... FBM est super-pénible et elle ne l'aime pas autant que l'aimait ma mère.

– Le Grand Bal de printemps n'est qu'un bal débile. Remets-toi.

Miri est un chouïa agacée que je n'arrête pas d'interrompre sa lecture. Elle est penchée au-dessus de son espèce d'encyclopédie à l'odeur atroce depuis qu'on est montées dans le train.

– Attends d'être en seconde, tu verras. Et j'arrêterai de ne penser qu'à ça quand tu me laisseras regarder le magazine que tu lis même pas.

Sur la couverture en papier glacé, il y a le sublime visage de Robert Crowne, le dernier chanteur-compositeur de vingt et un ans à la mode. Son single, *Seize nuances d'amour*, passe à la radio vingt-quatre heures sur vingt-quatre.

Miri lève les yeux au ciel.

– J'en ai besoin pour cacher *L'Authentique Anthologie des sortilèges prodigieux, des potions extraordinaires et de l'histoire de la sorcellerie de la naissance du monde à nos jours.*

– Tu vas répéter le titre entier chaque fois ? dis-je en bâillant. C'est soûlant.

– Comment il faut que je l'appelle ? demande-t-elle, *L'Authentique Anthologie* ?

– A^2, c'est plus cool.

Je jette un œil sur la couverture.

– D'où vient ce bouquin, d'ailleurs ? Est-ce qu'il existe une librairie en ligne Sorciere.com ?

– Mais noooon... Maman a jeté un sort au sien pour qu'il

en fabrique un pour la génération suivante. Mais j'aime bien le nouveau nom, A^2.

– Fais voir.

– Je lis.

Miri laisse échapper un petit rire étonné.

– On a même modernisé le vocabulaire pour qu'il soit accessible à une jeune sorcière du XXIe siècle.

– Super. De toute façon, je m'en fous.

Oui, c'est ça. J'ai passé la journée entière à essayer de faire démarrer mes pouvoirs magiques, les rares fois où mes pensées n'étaient pas obnubilées par le Grand Bal de printemps.

Comme quand j'ai demandé au cadenas à combinaison de mon casier de s'ouvrir tout seul.

Croyez-moi, si ça avait marché, je ne serais pas dans ce train.

Ensuite, quand j'ai repéré Raf dans la queue de la cantine en train de jeter une cuillerée de purée dans son assiette, et que j'ai tenté d'attirer son corps de rêve à côté de moi.

Il s'est assis à côté de cette crâneuse de Melissa Davis. Elle m'a déjà piqué ma meilleure amie ; il fallait vraiment qu'elle détourne Raf aussi ?

– Alors, dis-je, comment c'était à l'école ? T'as jeté des sorts à tes profs ?

– Mais nooon... Tout d'abord, je ne sais pas comment utiliser le moindre sortilège, et deuzio, pour la centième fois, je ne ferai aucune magie avant d'avoir fini mon apprentissage.

Bla-bla-bla. À sa place, je me serais débrouillée pour que cette chère vieille Liss s'étrangle avec ses céleris.

– Quel gâchis ! Je te jure que je me servirais de mes pouvoirs si j'en avais.

– Peut-être que c'est pour ça que t'en as pas.

Visez la sorcière qui se prend déjà pour une diva.

– Et ça veut dire quoi, au juste ?

Miri s'adosse dans son fauteuil, son billet de train à la main.

– Maman dit que certaines personnes ne reçoivent les leurs que quand elles sont prêtes pour ça. Peut-être que tu n'es pas prête.

– Excusez-moi, madame-la-sainte.

Je lui arrache des mains son livre et son magazine, qui tombent dans l'allée.

Elle lève les yeux au ciel. Non mais, elle se prend pour la grande sœur ou quoi ?

Je suis sûre qu'elle a fait appel à ses pouvoirs pour me faire réagir comme ça, rien que pour illustrer mon manque de maturité.

– Tu dors ? je demande à Miri.

Mon père est assez riche pour faire construire une piscine et un sauna dans sa nouvelle maison, mais pas suffisamment pour que Miri et moi ayons chacune notre chambre. FBM a décoré la nôtre en jaune. Elle trouvait ça mignon. J'ai l'impression de me noyer dans une tarte au citron meringuée.

– Non.

Je lui jette un coussin en forme de tournesol.

– Si j'étais une sorcière, je ne dormirais jamais. Je me jette-rais un sort pour rester tout le temps réveillée et je passerais la nuit à voler.

Elle pousse un soupir.

– Peut-être que je vais m'autoendormir pour arrêter de regarder le plafond.

– Hé, c'est la pleine lune. Tu veux emprunter le Swiffer de FBM pour aller faire un petit tour en ville ? dis-je en pouffant.

– Ha, ha.

– Tu sais voler ?

Je devine sa silhouette dans le noir : elle secoue la tête.

– Non.

– Donc, t'as essayé ? dis-je, super-excitée de l'avoir percée à jour.

– Maman m'a dit que voler, c'était un mythe.

– Et tu l'as crue ? Allons donc... Tu peux ressusciter des homards, te rendre invisible quand tu joues à cache-cache, mais tu ne peux pas voler ?

Elle s'assoit et ses yeux brillent dans le noir. Pas de façon inquiétante, mais parce qu'il fait nuit et qu'elle a toujours eu le blanc des yeux très blanc. Elle peut aussi faire des trucs marrants avec, comme loucher ou les tourner en dehors. Maman déteste quand elle fait ça, elle n'arrête pas de lui répéter qu'un jour ils vont rester comme ça et qu'elle ne pourra s'en prendre qu'à elle-même.

– Je ne pige pas comment j'ai fait le truc du homard, reprend Miri. Et je ne me suis pas rendue invisible. J'ai seulement projeté mes pensées sur toi.

– Est-ce que ça signifie que je suis influençable ?

– Peut-être.

– La ferme.

Elle me relance le coussin-tournesol.

– Mais non, je te trouve pas influençable.

Des frissons me remontent le long de l'échine.

– Tu me fais souvent des suggestions mentales ?

Formidable. Mes propres mère et sœur contrôlent constamment mes pensées, sans même que je m'en rende compte. Comment distinguer mes pensées de celles qu'elles me dictent ?

Est-ce que Miri est en train de me suggérer ce que je suis en train de penser en ce moment ?

– Je suis pas en train de te dicter tes pensées.

– Au secours ! Tu lis dans mes pensées ! Arrête !

– Je ne lis pas dans tes pensées, andouille. T'es en train de te frapper le front avec ta main.

Je m'arrête à mi-geste. Oups.

– Je vous écoute, jeune demoiselle.

FBM appelle ma sœur « jeune demoiselle ». Miri a rétorqué un jour « vieille dame », mais ça ne s'est pas très bien passé.

– Je ne sais pas ce que je peux faire ou pas, admet Miri. Il faut que je commence mon apprentissage. Que j'étudie les formules. Et j'ai décidé de ne pas le dire à papa. En tout cas, pas pour l'instant, pas avant que mon initiation soit finie. Et toi, tu n'en parles à personne, hein ?

– Bien sûr que non, dis-je, distraite.

Je me demande si je peux utiliser l'un de ces sortilèges pour que Liss se roule toute nue dans du sumac vénéneux.

– Est-ce que les formules marcheraient si c'était moi qui les prononçais ?

– Je ne crois pas. Maman dit que c'est pas les formules en elles-mêmes qui marchent. Il faut qu'elles soient dites par une sorcière.

C'est vraiment trop injuste. Y en a que pour les sorcières.

Souliers de rubis, chats qui parlent, balais volants, shows à la télé.

J'ai une idée.

– Mets-toi debout sur ton lit.

– Pourquoi ?

– Fais-le, un point c'est tout.

Elle repousse ses couvertures et grimpe sur son lit.

– Maintenant, saute..

– Pourquoi ?

– Fais-le, un point c'est tout.

Elle balance les bras en arrière, saute, et atterrit avec un son mat.

Peut-être que j'ai bel et bien un pouvoir de suggestion. Ou peut-être que je suis seulement une grande sœur dont la petite sœur écoute tout ce qu'elle dit.

Miri se masse la cheville droite.

– Aïe. C'était pour quoi faire ?

– Je voulais voir si tu pouvais voler.

– Je t'ai dit que je ne pouvais pas ! Je suis pas Peter Pan.

Hé ! Une minute. Je sens un courant d'air froid, et tout d'un coup, mon oreiller me redresse le dos, comme si j'étais dans un fauteuil de dentiste. Maintenant il... il s'éloigne de moi et flotte en l'air ! Il me tape sur le menton ! sur la tête ! sur les épaules !

Miri a les yeux fermés, les lèvres pincées : elle est en train de m'attaquer dans une bataille de polochons magique.

J'essaie d'attraper les deux coins du haut, mais ils se tortillent entre mes mains et glissent comme un savon mouillé.

– Arrête ! je hurle.

Paf.

71

– C'est vraiment trop injuste !

Paf ! Maintenant, le coussin-tournesol s'y est mis, lui aussi, et me fouette les jambes.

Boum, Boum. Oh-oh... Il y a quelqu'un à la porte.

– Oui ? dis-je de ma voix la plus distinguée.

Paf ! Fou rire.

Les yeux de Miri s'élargissent, et les coussins retombent sans vie sur mes genoux. Elle n'a pas le temps de se remettre au lit, et la porte s'ouvre alors qu'elle est vautrée sur le tapis.

FBM porte sa robe de chambre en soie, celle qui dévoile toute sa poitrine, et un masque pour dormir lui pendouille autour du cou.

– Miri, veux-tu regagner ton lit, s'il te plaît ? Certains apprécieraient de pouvoir dormir.

– Pardon.

– Vous allez être fatiguées pour vos essayages.

Demain matin, on essaie pour la sept cent trente-huitième fois nos horribles robes roses bouffantes de demoiselles d'honneur. FBM bat furieusement des cils, comme si nous regarder la faisait larmoyer. Elle a des yeux sublimes, immenses et chaleureux, tout un kaléidoscope de bleus et de verts. Pour le reste, elle n'est pas mal. Je veux dire, elle est franchement jolie. Elle a des cheveux blonds lisses mi-longs, un teint de porcelaine et des dents bien alignées, du même blanc que mon correcteur. Elle est mince et porte toujours des chemisiers et des pantalons couture. Mais ses yeux sont incroyables. Je parie que c'est pour ça que mon père est tombé amoureux d'elle.

Comment une personne avec des yeux pareils peut-elle être aussi ignoble ?

Miri ronchonne.

– On aura besoin d'être bien reposées, en effet, pour rester plantées comme des mannequins.

Je ris.

Pas FBM.

– Restez polie, jeune demoiselle. Et j'aimerais que vous laissiez ces tee-shirts miteux chez votre mère et que vous mettiez les pyjamas Gap que je vous ai achetés. Bon, maintenant, dormez.

La porte claque un grand coup quand elle la referme. On entend un gémissement nasillard dans la chambre voisine.

– Ma-mmmaaaaaaann, la porte m'a réveillée.

On pouffe de rire pendant quelques minutes avant d'essayer de s'endormir. J'aimerais bien retourner dans le rêve où j'étais élue la fille la plus populaire de l'univers au bal du lycée.

Et c'est là qu'un plan jaillit dans mon cerveau, tel le popcorn du grain de maïs.

Miri vient de faire de la magie. Donc, elle est prête à enfreindre les règles. Il ne me reste qu'à lui donner une raison valable de recommencer.

Le bonheur de papa = raison plus que valable.

Comme moi, Miri aimerait que notre père trouve sa *véritable* âme sœur et qu'il soit heureux pour le restant de ses jours. Et le seul moyen pour que ça arrive, c'est de lui jeter un sort.

Il faut agir tout de suite. Si on attend la fin de l'apprentissage, il sera trop tard.

Il faut qu'on fasse appel à la magie pour l'empêcher d'épouser FBM.

Yesss ! Trois fois *yesss ! Yes* × *yes* × *yes !*

Évidemment... comme mon agenda sera vide, il n'y a aucune raison qu'elle ne puisse pas me mijoter une petite potion vite fait pour quelque chose de secondaire... comme faire de moi la fille la plus populaire du lycée Kennedy. Jewel sera à nouveau ma Pire Pote et un cavalier m'invitera au Grand Bal de printemps.

Un léger ronflement s'échappe du nez de Miri.

Le mien commence à me chatouiller.

Ma créativité + la magie de Miri = au revoir FBM et bonjour la jet-set !

GLINDA, LA BONNE SORCIÈRE DE LONG ISLAND

5

C'est la pire Saint-Valentin de ma vie.

– FBM ne peut quand même pas trouver ça joli, si ? gémit Miri.

Elle se tient debout, les jambes écartées de trente centimètres, pendant que Judy, la couturière d'âge mûr (elle a au moins vingt-cinq ans), entortille l'infâme tissu rose pastel autour de son corps super-formé.

Je secoue la tête.

– Bien sûr que non. Elle tient à ce qu'on ait l'air de napperons roses. Comme ça, elle sera la seule à être belle.

Et elle sera sublime, sûr et certain. Elle a dépensé dix mille dollars pour sa robe de mariée. Je l'ai entendue s'en vanter auprès d'une de ses amies.

Miri a visiblement l'air d'en avoir assez qu'on la pousse dans tous les sens.

– Je te parie que Prissy ne sera pas obligée de mettre ça. Je suis sûre que la sienne est adorable.

– En fait, dit Judy en ôtant une épingle de sa bouche, sa robe est une version miniature de la vôtre. (Ce qui est sûr, c'est qu'elle ne perd pas une miette de notre conversation.) Tu as des bras tellement fermes, Miri. Tu dois faire beaucoup de sport

– Elle est ceinture marron de Tae Kwon Do, dis-je fièrement. Elle sera sans doute ceinture noire l'année prochaine.

Elle pourrait l'être demain, si elle voulait. Et moi aussi, d'ailleurs, avec l'aide de Miri !

Ma sœur se tortille.

– Pourquoi y a des tiges dans le tissu ?

– Ce sont des armatures pour que la robe tienne sur ta poitrine.

– Qu'est-ce qui pourrait bien donner forme à cet accoutrement ? C'est tellement moche.

Le carillon de la porte retentit, et FBM et mini-FBM entrent d'un pas majestueux. Normalement, FBM s'arrête en route pour prendre son café frappé matinal, mais, comme on commençait à être en retard, elle nous a déposées d'abord avant de retourner chez Starbucks. (J'étais en train d'essayer de comprendre comment utiliser son eye-liner bleu et je me suis retrouvée avec des gros pâtés tout autour des cils. Il a fallu d'innombrables lavages pour l'enlever. Comme il se doit, FBM a attendu qu'on soit dans la voiture et hors de portée de voix de papa pour me reprocher de saboter son emploi du temps.)

– Comment ça va, là-dedans ? demande-t-elle.

Elle pose la question à Judy, pas à nous. Ça lui est égal de savoir comment on va, Miri et moi. Vu que je suis toujours en jean, je m'amuse assez. Plus Miri prendra FBM en grippe, plus j'aurai de chance qu'elle accepte mon plan pour faire disparaître FBM.

– J'ai l'air immonde, dit Miri.

Et toc !

FBM manque de s'étrangler avec son café.

– Comment oses-tu dire une chose pareille ? Comment peux-tu insulter Judy de la sorte ? Désolée, Judy.

Personnellement, je pense que Miri s'en prenait au tissu, pas à la couturière, mais pourquoi calmer le jeu si ça va dans mon sens ?

Assise par terre en tailleur, Prissy caresse le bas de la robe de Miri.

– C'est tellement joli, le rose ! Le rose, c'est ma couleur préférée, ma copine Nora, elle a une robe rose et une robe mauve et...

FBM fait signe à Prissy de se taire et se tourne vers moi.

– Tu n'es pas contente non plus, j'imagine.

En fait, je suis de super bonne humeur.

– Difficile à dire tant que c'est pas fini, dis-je avec diplomatie.

Miri me jette le mauvais œil dans le grand miroir. Elle n'a pas intérêt à riposter en *suggérant* que je tombe sur les fesses. J'ajoute :

– En fait, je suis pas trop sûre pour le tissu.

Judy et FBM s'exclament en chœur.

– Qu'est-ce que tu veux dire ? demande FBM. C'est de la dentelle et de la soie sauvage. Le tissu à lui seul a coûté trois cents dollars pour chaque robe.

Trois cents dollars ? Pour des napperons ?

– Cet argent, dit Miri, aurait été mieux employé en Somalie pour nourrir quelques enfants affamés.

Ou pour acheter une robe chez Izzy Simpson.

FBM l'ignore et tripote une chute de tissu.

– Rachel a raison. On ne peut pas juger la robe tant qu'elle n'est pas finie. Vous serez adorables, toutes les deux. De vraies poupées.

Est-ce qu'elle se rend compte que ce n'est pas la chose à dire ?

– J'ai seize poupées, claironne Prissy en se mettant à compter sur ses doigts. Sandy, et puis Mandy, et Randy, et Dandy, et puis Princesse...

Quand elle n'a plus assez de doigts, elle se tait, perplexe.

– Super, dit sèchement Miri. J'ai toujours rêvé de ressembler à Barbie.

Ça ne me déplairait pas. Barbie a des mensurations idéales.

FBM prend une longue gorgée de café, puis repose sa tasse sur une table.

– Miri, à quoi ressemblent tes ongles ?

Ma sœur referme ses mains.

– Ça va.

FBM lui attrape la main droite et l'ouvre de force. Elle soupire à nouveau. Avec toute cette respiration forcée, on croirait qu'elle est sur son stepper.

– Mais qu'est-ce que je vais faire de toi ?

Miri retire ses mains.

– C'est mes ongles, et je les ronge si je veux.

Elle est plus furax de minute en minute. C'est fascinant ! Ma sœur ne déteste personne aussi fort que FBM. Avant que mon père ne commence à sortir avec elle, je crois que je n'avais jamais entendu Miri rembarrer quelqu'un.

FBM et Miri se fusillent du regard aussi méchamment que dans un film d'action hollywoodien. Aucune ne cille.

Prissy a fini de parler toute seule et se livre maintenant à son activité favorite quand elle croit que sa mère ne la voit pas : elle se cure le nez avec application. C'est plutôt mignon, elle a des doigts tellement petits. On aurait pu croire que FBM s'en soucierait plus que des ongles de Miri.

Soudain, j'éprouve cette sensation de froid qui m'est familière depuis peu. En me retournant vers Miri, je la trouve en train de faire une espèce de moue magique avec ses lèvres. Oh, oh... Je tourne à nouveau la tête vers FBM tandis que son café glacé se soulève doucement au-dessus de la table à côté d'elle. Ouhhh ! Je bondis vers le gobelet en plastique et le repose en sécurité avant que personne n'ait remarqué quoi que ce soit.

Le duel de regards a pris fin : tous les yeux sont maintenant rivés sur moi.

J'avale une longue gorgée.

– Délicieux, dis-je en plissant les yeux en direction de ma sœur cramoisie. À moi de me changer, c'est ça ?

Et avant que quelqu'un ait pu répondre, je me précipite dans la cabine d'essayage.

On a évité la crise de justesse. Et, mis à part les microbes de FBM, le café était plutôt bon.

J'enlève mon jean et me drape dans mon napperon rose grandeur nature. Certes, cette robe est hideuse, mais, pour être honnête, je trouve le processus menant du tissu à la robe plutôt intrigant. Peut-être que j'apprendrai à coudre. Est-ce que ça ne serait pas génial ? Je pourrais faire tout ce que je veux, copier les modèles les plus tendance. Les gens croiraient que j'ai dépensé des centaines, non, des milliers de dollars pour mes tenues. Je balance délicatement mes chaussures pour ne pas trébucher sur le tissu. Je pourrais même lancer ma propre marque – Rachel – et la coudre à l'intérieur. Ou alors à l'extérieur, comme font tous les créateurs hors de prix. Rachel finirait par signifier « chic ». On trouverait mes créations dans *Vogue* et je serais connue dans le monde entier. Jewel serait prête à tout pour apparaître dans ma biographie télévisée, diffusée en prime time.

Aïe. Je crois que je viens de marcher sur une épingle. Ouille, ouille, ouille. Ça fait un mal de chien. Je déteste tout ce qui pique. Comment est-ce que je peux devenir une célèbre créatrice internationale si je hais les aiguilles ?

Peut-être que je pourrais demander à Miri de créer pour moi ces vêtements couture : la magie jaillit littéralement d'elle ces derniers temps. Mais j'imagine qu'elle voudra sa part de gloire. D'ac, la marque s'appellera Michel. Je sors en prenant soin d'éviter un nouveau buisson d'épingles.

Miri m'adresse un sourire penaud quand je passe à côté d'elle.

Elle est pratiquement mûre pour mon plan, c'est clair.

– Tends les bras, dit Judy quand je me place devant elle.

J'obéis, façon épouvantail. En fait, je dois l'avouer avec soulagement, mon reflet n'est pas si effrayant. Je ressemble à Glinda dans *Le Magicien d'Oz* avec cette robe. Je suis plutôt pas mal. À part le petit bouton au-dessus de mon sourcil, j'ai le teint relativement net. Un petit nez. Mes sourcils ont une jolie ligne. Je les lève dans le miroir. Mes yeux sont plutôt grands. Dommage qu'ils soient d'un marron banal. Mes dents sont bien rangées et bien blanches : j'ai un assez beau sourire en dépit de mes lèvres trop minces.

– Pas besoin de baleines pour toi, commente Judy, en interrompant mon analyse critique.

– Ah bon ?

Je m'observe en train de faire la moue. C'est à ça que je ressemblerai quand j'embrasserai enfin quelqu'un. Ou que je jetterai un sort quand mes pouvoirs se seront enfin éveillés.

– Et pourquoi pas ?

FBM pousse un soupir.

– Parce que tu n'as pas de poitrine.

Sans blague !...

– Mais peut-être que j'en aurai d'ici le mariage.

FBM s'esclaffe.

– Rachel, c'est dans sept semaines.

– Ça peut venir très vite, tu sais. Un jour, t'es plate, et le jour d'après, boum, t'exploses tes bonnets D. Faites ce que vous voulez, mais n'allez pas m'en vouloir si on doit découdre la robe et recommencer à la dernière minute à cause de mon inéluctable épanouissement.

Les gens ne croient en rien.

FBM lève les mains au ciel.

– Mettez-lui des baleines.

– Je peux en avoir, moi aussi, maman ? demande Prissy. Je veux des baleines !

– Oui, tout ce que tu veux, ma puce.

Si elle a de la poitrine avant moi, je me servirai des baleines pour me faire un nœud coulant.

La dispute au sujet des ongles redémarre à l'instant même où nous regagnons la voiture.

– J'aimerais que tu réessaies ce vernis à ongles spécial, celui qui a mauvais goût, dit FBM à Miri.

Je suis assise à l'avant à côté de FBM, Prissy à l'arrière fredonne des paroles de chanson tout à fait déplacées pour son âge, et Miri est derrière moi, le regard perdu dans le vague.

– Non, répond-elle. Ça marche pas.

– Si tu arrêtais de te manger les ongles, ça marcherait. Je ne sais pas comment tu as pu ronger ce vernis.

Il est effectivement infect. Fallait bien que j'essaie, non ? J'ai juste mis une goutte sur mon pouce pour la lécher. Ensuite sur le petit doigt, au cas où la taille de l'ongle affecterait le goût. J'explique avec une patience forcée :

– Si elle arrêtait de les ronger, on n'aurait pas besoin que ça marche.

Allez, FBM, un petit effort, tu peux être plus sadique que ça.

– Mais y a pas que le problème des ongles rongés, dis-je pour la provoquer. Elle les arrache, aussi.

FBM s'étrangle. Miri donne un coup de pied dans mon dos.

– Tu les arraches ? Ce ne sont pas des vieux tickets, ce sont tes mains, elles sont précieuses ! Il faut que ça cesse.

Miri garde le silence quelques secondes avant d'exploser :

– Qu'est-ce que ça peut bien te faire ? C'est mes ongles ! À moi ! Et je fais ce que je veux avec !

Et toc ! !

FBM se retourne et agite un doigt en direction de Miri.

– Non, tu ne peux pas. Tu ne sais pas toujours ce qui est mieux pour toi.

Vu que Miri pourrait transformer FBM en crapaud d'une seconde à l'autre, FBM ne sait manifestement pas ce qui serait mieux *pour elle*.

– T'as pas à me dire ce que je dois faire, grommelle Miri. T'es pas ma mère.

Ah. Le tristement célèbre T'es-pas-ma-mère. Idiot, Miri. La transformer en crapaud serait bien plus original.

En arrivant à la maison, Miri monte en courant dans sa chambre et claque la porte. Je vais lui laisser le temps de ruminer dans son coin. La laisser vraiment s'énerver. Peut-être une demi-heure, environ. Ensuite, je passerai à l'attaque avec la première phase du Plan. (Insérez ici un rire diabolique. J'aimerais bien le faire, mais j'ai essayé et j'ai l'air d'une grenouille constipée. Mon père y arrive super bien, mais ce n'est pas vraiment le moment de le lui demander. De toute façon, il est au bureau, même si FBM déteste qu'il travaille quand on est là. Elle déteste devoir s'occuper de nous toute la journée sans lui. Mais elle ne le lui avouerait jamais. Oh non, elle préfère rager en silence comme si c'était notre faute.)

Je décide d'accorder à Miri trente minutes, max, de bouillonnement solitaire. Je vais peut-être regarder la télé. Je me vautre dans le canapé du salon et allume le poste. Zap. Zap. Zap. Rien que des pubs, de la télé-réalité et des rediffusions. Hé, y a peut-être une redif' de *Ma sorcière bien-aimée*. Je pourrai refiler des tuyaux à Miri. Pas de bol. Seulement *Buffy et les vampires*. Laisse tomber. Je ne veux pas lui donner de mauvaises idées. Que faire, que faire ? Je crois que je pourrais commencer mes devoirs. J'ai de l'anglais pour lundi. Je suis censée étudier la poésie de Yeats et ses techniques poétiques, telles que l'allitération.

Rasant, rasoir, rasibus.

Carabosse, carabine, carton.

Je sais que ça ne fait que six minutes, mais honnêtement, je crois que Miri est restée toute seule largement assez long-temps. J'entre et la trouve allongée sur son lit, les jambes à la perpendiculaire le long du mur, le A^2 calé sur ses cuisses. C'est une drôle de façon de lire, mais on fait ça depuis des années, toutes les deux. C'est vrai que ça fait un peu chauve-souris, maintenant qu'elle est une sorcière.

– Je peux pas croire que papa va l'épouser, gémit-elle pendant que je m'allonge à côté d'elle.

Parfait. Elle est mûre pour la première phase.

– Il n'est pas obligé de l'épouser, dis-je d'une voix neutre.

Elle a un petit sourire suffisant.

– Et quand est-ce qu'on portera nos napperons roses, alors ?

Aha ! Je me jette à l'eau.

– Si le mariage est annulé, on ne sera plus obligées de les mettre. Jamais. Peut-être pour Halloween, si on a envie. Tu pourrais te déguiser en Glinda, la bonne sorcière de la contrée du Nord.

Elle lève un sourcil.

– Et pour quelle raison le mariage serait annulé ?

Quand j'avais sept ans, j'ai supplié maman de me laisser me déguiser en Glinda pour Halloween, mais elle a soutenu que tous les costumes de Glinda avaient été vendus et que je devais me contenter d'y aller en bonne fée. Sur le moment, je l'ai crue. Maintenant, je vois les choses autrement. Elle avait peur qu'en me déguisant en sorcière, je puisse activer mes pouvoirs d'une manière ou d'une autre. Je n'arrive pas à croire qu'elle ait essayé de les contrecarrer ! Je n'arrive plus à croire grand-chose de ce que ma mère a fait. Ou pas.

C'est une sorcière. Elle aurait pu faire de la magie pour que je sois heureuse. Comme la fois où je voulais des tickets pour le concert à Roseland, mais qu'ils étaient tous vendus. Elle aurait pu m'en trouver deux autres d'un coup de baguette magique. Avec accès aux coulisses en prime ! Elle aurait toujours dû m'empêcher d'avoir de la peine ! Elle aurait pu empêcher mon père de divorcer. J'ai la nuque qui se raidit. Je n'ai pas oublié notre conversation au début de la matinée, mais quand même... Pourquoi est-ce qu'elle n'a pas tout arrangé ?

– Parce que, dis-je, en respirant un grand coup, on va jeter un sort à papa.

Si ma mère veut ignorer les outils à portée de sa main, c'est son problème. Pas le mien. Et pas celui de Miri, si je peux y changer quelque chose.

Elle lève un sourcil.

– On ?...

Faut vraiment qu'elle insiste, hein ?

– OK, *tu* vas jeter un sort à papa.

– C'est marrant, mais je savais que ce serait ça, ta solution.

– Parce que t'es télépathe en plus de sorcière ?

– Ou bien parce que maman m'a prévenue que t'essaierais de me faire faire de la magie.

Elle secoue la tête.

– Non. Je peux pas. Je peux pas utiliser des sorts pour manipuler notre père. C'est pas juste.

Fin du débat.

OK, pas de panique. Manifestement, une sainte nitouche comme elle a besoin de temps pour se faire à l'idée.

Et je suis certaine que FBM va encore aggraver son cas.

Je n'ai pas besoin d'attendre longtemps.

Un peu plus tard, on nous appelle pour ce qui doit être le dîner. FBM et Prissy sont installées, les bras sagement croisés, sur le canapé en daim blanc. Mon père est assis sur une chaise et porte une chemise à rayures rouges et marron hideuse. Il a trop mauvais goût en matière de fringues. Il nous demande toujours de quoi il a l'air, et on répond toujours que ça va : aucune de nous ne veut être la première à lui dire qu'il s'habille comme un sac.

– Que se passe-t-il ? je demande.

Ils font froid dans le dos. Je vous jure, s'ils commencent à nous dire qu'ils ont des pouvoirs magiques eux aussi, je vais péter un câble.

– Miri, commence mon père en se frottant le rond chauve et luisant qu'il a sur la tête, assieds-toi.

Je croise le regard de Miri et on s'assoit. Oh-oh. Est-ce qu'ils m'ont entendue comploter ? Est-ce que Miri aurait jeté un sort sans le faire exprès à FBM ? Peut-être qu'elle ne peut plus parler, mais seulement pousser des crôa-crôa suraigus ?

– Nous nous faisons beaucoup de souci au sujet de tes doigts, dit mon père, tandis que son front se plisse sous l'effet de la contrariété.

Miri devient cramoisie. Je ris. C'est une intervention anti-ongles rongés.

– Te ronger les ongles, continue mon père, peut abîmer tes cuticules et provoquer des infections. Sans parler de tous les microbes qui se trouvent sur tes mains et que tu portes à ta bouche.

Je parie que FBM a étudié la question sur le Net et qu'elle a fait peur à papa. Cette femme est capable de tout pour obtenir ce qu'elle veut.

Les yeux de Miri se remplissent rapidement de larmes jusqu'à ras bord, comme des toilettes bouchées.

– Je cherche à t'aider, ma chérie.

Là-dessus, il lui tapote gentiment la tête.

– Nous avons envisagé des traitements, et Jennifer a eu une excellente idée.

Il désigne du menton la table basse, où se trouve une boîte de sparadraps.

FBM passe ses doigts parfaitement manucurés dans ses cheveux blonds bien coiffés et ajoute :

– Nous allons enrubanner chacun de tes doigts pour que tu ne les mordilles plus.

Dieu que c'est embarrassant. Nickel ! J'espère vraiment que Miri ne peut pas lire dans mes pensées.

Miri ouvre le bec, puis le referme. Je crois qu'elle est trop vexée pour parler. Elle ressemble à Drew Barrymore dans *Charlie* de Stephen King. Je me demande avec inquiétude si elle pourrait mettre le feu à la maison par télépathie.

Prissy se balance d'avant en arrière dans son coin.

– Miri, c'est beurk de te ronger les ongles.

Elle déploie ses petits doigts fraîchement manucurés.

– Tu veux pas des jolis ongles comme moi ?

C'est trop. Trop affreux. Il faut que je lui vienne en aide.

– Papa, je ne crois pas que des mesures aussi sévères soient nécessaires.

– Ne commence pas, Rachel. Elles le sont. Miri, donne tes mains à Jennifer pour qu'elle puisse te bander les doigts.

FBM a un sourire victorieux.

– Et je ne veux pas te voir les retirer.

– Papa, gémit Miri, je crois pas...

– Et moi, si, dit-il. Et je veux que tu commences à prendre des vitamines pour renforcer tes ongles.

Est-ce que j'ai déjà mentionné le fait que mon père pense que les vitamines sont le remède à tout ?

– Je suis ton père. Tu fais ce que je te dis.

C'est ignoble. FBM a tout cafté. Elle ouvre la boîte de sparadraps et attrape la main de Miri.

– Ça pourrait être pire, je chuchote, en lui frottant le dos. Au moins, c'est des unis. Elle aurait pu écouter Prissy et t'acheter ceux avec la princesse Disney.

Après le dîner, on se prélasse devant la télé, Miri et moi, quand je zappe et réalise que *La Guerre des étoiles*, épisode quatre, le premier de la série en fait, va commencer d'une minute à l'autre.

– Papa ! je crie. Y a *La Guerre des étoiles* à la télé ! Viens voir ! Papa ! *La Guerre des étoiles* !

– C'est génial, dit Miri.

Mon père dévale les marches avec entrain.

– Ah oui ? Faites-moi une place, les filles.

Il se glisse entre nous sur le canapé. Je déploie une couverture multicolore et la jette sur nos jambes. Il passe ses bras autour de nous et on se colle à lui.

Quand les mots se mettent à défiler en bleu fluo sur l'écran, on récite en chœur : *Il y a bien longtemps, dans une galaxie lointaine, très lointaine...*

Ensuite, on retient notre souffle. Ça vient... Ça vient...

On entonne l'air à tue-tête comme on le fait toujours.

FBM, Prissy sur les talons, descend l'escalier.

– Mais qu'est-ce que vous fabriquez ? Pourquoi faites-vous autant de bruit ? Daniel, je croyais qu'on allait revoir les plans de table ce soir.

– Impossible, dit mon père, les yeux rivés sur l'écran. Ils passent *La Guerre des étoiles*.

– Mais on a le DVD. Est-ce qu'on ne peut pas s'occuper des plans de table d'abord et tu le regardes après ?

– C'est pas pareil de le regarder sur DVD ou à la télé, j'explique.

– Elle a raison, dit mon père. On peut s'occuper des plans de table demain. Viens regarder avec nous.

Il tapote la place à côté de la mienne.

FBM secoue la tête.

– J'ai jamais été fan de ce film, lance-t-elle, avant de disparaître dans l'escalier.

Mais comment peut-il l'épouser ?

Mon père fait signe à Prissy et elle prend place sur ses genoux.

– C'est quoi comme film ? demande-t-elle en rebondissant.

C'est qui, elle ?... Pourquoi est-ce qu'elle a des macarons sur la tête ? Pourquoi...

– Chchchut, dit mon père. On ne parle pas, sauf pendant la pub.

Prissy essaie de regarder quelques minutes, puis elle commence à se tortiller et retourne en haut.

Et on se retrouve tous les trois. Ça devrait toujours être comme ça.

À l'instant où mon père nous dépose à la gare pour retourner en ville, Miri arrache ses sparadraps.

– C'est... (pouce)... la... (index)... femme... (majeur)... la plus épouvantable... (quatrième doigt, aucune idée de son nom)... du monde... (auriculaire)... entier !

– Elle est assez ignoble, dis-je en acquiesçant gaiement. Dommage que cela devienne bientôt officiel. Si seulement on pouvait faire quelque chose.

Là, là, là !...

Miri fixe le vide d'un regard d'acier. Ensuite elle hoche la tête.

– Bon, d'ac. T'as raison. Il faut qu'on se débarrasse d'elle. Je peux pas accepter qu'on me mette des sparadraps sur les doigts pour le restant de mes jours.

Yesss ! Première phase, *action* !

Je la serre tendrement dans mes bras, comme une grande sœur. Elle est si petite. Ce n'est pas que je sois grande. Peut-être que quand on aura fini de sauver papa, je pourrai la convaincre de me faire plus grande, genre un mètre soixante. Gigantesque !

Je sors le A^2 de son sac, et aussitôt elle commence à se ronger l'ongle du pouce. Elle s'imagine que je vais le laisser tomber ou quoi ?

Boum. Oups. Je le ramasse sur le sol crasseux du train.

– Désolée.

Hi-hi.

– Tiens. Commence à chercher un sortilège tue-l'amour.

Je pose le livre dans ses mains fraîchement mordillées avant qu'aucune de nous deux ne puisse faire d'autres dégâts.

Elle feuillette les pages.

– Je sais pas s'il y a des sortilèges tue-l'amour. J'ai pas fini la première partie.

– Y a un index ?

Il y a sûrement au moins un glossaire.

– Non.

Soupir.

– Ce qu'il te faudrait, c'est le livre sur CD-ROM.

Miri me tape sur la tête.

– On se concentre ! Il faut qu'on fasse sortir cette sorcière de notre existence.

Sorcière, hein ? Je ne peux pas réprimer le sourire qui me monte aux lèvres.

– Faudra que tu apprennes à surveiller ton langage. Tu peux plus utiliser le mot « sorcière » de façon négative.

Elle porte brusquement sa main devant sa bouche.

– Comment est-ce que je peux t'aider ? je lui demande.

Ce n'est pas aujourd'hui que je vais ennuyer ma sœur avec

mon sortilège pour avoir la cote. Je vais la laisser se concentrer.

– Laisse-moi lire.

Je ferais mieux de commencer mon devoir d'anglais. Mais je vais d'abord m'informer un peu sur la nouvelle tournée de Robert Crowne. La poésie, ensuite.

– Bon, je te laisse tranquille pour que tu puisses travailler ta...

C'est quoi le mot que je cherche ? Ah, oui.

– ... magie.

Hi-hi. Je me tords de rire.

Elle me tape sur l'épaule.

– C'est énorme, ce qu'on va faire, hein ?

On ferme les yeux.

– Monstrueux.

– Gigantesque, dit-elle.

Peut-être qu'elle lit *vraiment* dans mes pensées.

PLAN DE POPULARITÉ + SŒUR EXIGEANTE = PLUS DE CORVÉES

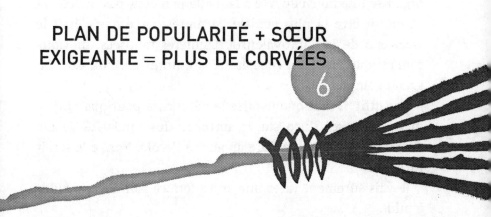

Sitôt que je trouve une place dans la salle d'étude, j'attaque mon devoir de poésie avec frénésie. *L'automne recouvre les feuilles qui nous aiment.*

Je n'ai pas la moindre idée de ce que ça veut dire.

– Coucou.

Tammy se glisse sur la chaise libre à côté de la mienne.

– Salut. Alors, ton week-end ?

– Pas mal. Je suis restée avec mes reums.

– Pas de nouvelles d'Aaron ?

J'articule son nom en silence au cas où quelqu'un serait en train d'espionner.

– Non.

Les coins de ses lèvres amorcent une descente, mais elle les relève aussitôt.

– Pas de carte. Pas de rencard. J'ai appelé pour voir ce qu'il faisait, mais sa mère a dit qu'il était à la fête de Mick...

J'entends comme un grondement dans mes oreilles. Mick a organisé une nouvelle fête à laquelle je n'étais pas invitée. Et ça devait être la plus géniale de toutes parce que c'était le week-end de la Saint-Valentin. Lumières tamisées, musique romantique, bougies, chocolats... la quintessence du Cool au grand complet.

Ça suffit. Il faut que je fasse le nécessaire pour que Miri se mette à bosser illico sur le sortilège de popularité. Je me demande si je peux la faire appeler à l'école. Non, elle serait furieuse.

Je vais sûrement rater une autre fête ce soir. Et une autre à midi.

Je verrai ça plus tard. Si j'arrive à terminer ce devoir de poésie avant le cours de maths, j'aurai un moment de libre pour papoter avec Jewel. Je ne veux pas y passer le déjeuner, et je peux pas faire ça en biologie ou en gym sans me faire repérer. Je hais la gym. Je dois porter mon survêt d'uniforme vert dégueulis, et le tee-shirt vert dégueulis trop long qui va avec. Ce mois-ci, nos profs de gym nous apprennent la méditation et le yoga. Ils croient que ça va nous apprendre à nous concentrer.

J'en étais où ? Ah oui. La poésie !

Je trouve Miri couchée à plat ventre sur la table de la cuisine. À côté d'elle, des piles de feuilles couvertes de gribouillis. Notre mère est toujours au bureau. Depuis qu'elle a monté Soleil de Miel il y a deux ans avec son amie Bonnie, elle ne rentre jamais avant six heures et demie, au plus tôt. Au moins maintenant, elle aime son job. Et surtout, elle apprécie d'être son propre chef. Je peux comprendre. Moi aussi, j'aimerais bien que personne ne me dise ce que j'ai à faire.

Il faut que je parle à Miri. Aujourd'hui. Je ne peux plus supporter de ne pas être populaire. Du calme. Il faut que j'attende le moment idéal. Je grimpe sur la table pour voir ce qu'elle fabrique.

– Qu'est-ce que tu fais ?

– Ça va pas marcher, le sortilège tue-l'amour, dit-elle, anéantissant mon rêve de bonheur numéro 1. Je peux pas le faire. C'est trop compliqué.

– Quand on veut, on peut.

– Non, je suis sérieuse. Tu vois les cinq balais à côté ?

Je vois cinq icônes miniatures de balais.

– Ouuuiiiii.

– Ça veut dire que c'est difficile. Un balai, c'est pour les débutants. Je crois pas que je devrais commencer par un cinq-balais. Et celui-là a l'air particulièrement complexe. Il me faut une bougie noire, un petit chaudron, des sels de la mer Morte, et un truc qui s'appelle *Achillea millefolium*. Oh, et aussi une mèche de cheveux de la personne concernée.

– Papa n'en a pas beaucoup en rab, dis-je en gloussant. Il est plutôt dégarni.

– Ça, c'est un autre problème.

– Je suis sûre que tu peux le faire.

C'est cette même fille qui a pigé qu'en accrochant un cintre au-dessus de la télévision, on pouvait recevoir trente-deux chaînes sans avoir à payer le câble. Je suis sûre qu'elle est capable de mettre au point un tout petit sortilège tue-l'amour de rien du tout.

Miri secoue la tête.

– Je veux pas commencer par un cinq-balais. Quand on a essayé le snowboard dans le Vermont, on a pris d'abord la petite piste des Marmottes, pas la grande. Et si ça marche pas ?

– Tu transformeras papa en marmotte ?

Miri ne rit pas.

– C'est pas drôle. Sans blague, c'est vraiment trop difficile. Et je sais même pas ce que c'est que l'*Achillea millefolium* ni où on en trouve. Ça se mange ? C'est une épice ? un lézard ? De toute façon, le sortilège tue-l'amour est temporaire. Ça ne dure que quelques semaines. La plupart des sortilèges qui ont un rapport avec les sentiments des gens ne durent pas long-temps. Alors, le sortilège finirait par se dissiper et il repro-grammerait le mariage.

– T'en sais rien. Peut-être que quand le sortilège cessera d'agir, il sera trop tard, dis-je en rêvant à voix haute. Il aura compris que, finalement, il ne l'aime pas. La passion, c'est pas de l'amour. En clair, tu vas lui ôter ses œillères un moment, et quand il verra la vérité, il sera trop tard.

Je pousse un soupir. Je sens bien que Miri n'adhère pas à mon raisonnement.

– Alors, qu'est-ce que t'en penses ? Ne me dis pas que tu laisses tomber.

Non, non, non !

– J'essaie de trouver une alternative.

Pfiiouu...

– T'es tellement douée. Et intelligente. Je parie que tu pourrais réussir n'importe quoi si tu te concentres.

Allons-y. C'est l'heure de vérité. L'heure du crime. Je prends mon air innocent de petite-fille-au-regard-candide.

– Je suis sûre que tu pourrais même me trouver un petit sortilège pour devenir populaire, pendant que tu y es.

Elle me rit au nez.

– Bien tenté, mais non !

– Oh, allez, s'te plaît ! S'il te plaît, s'il te plaît, trouve-moi un sortilège pour devenir populaire ! Allez !... Je t'en supplie !...

Elle secoue la tête.

– Il n'existe pas de sortilège pour devenir-populaire-au-lycée.

– Et pourquoi pas ?

Je me retourne sur le dos, en posant mes pieds sur le papier peint à motif pommes pour me mettre à l'aise. J'aurais mieux fait de retirer mes chaussures. Oups. Est-ce qu'on peut faire partir les traînées noires ?

Elle répond en feuilletant les pages :

– Parce que le livre a été transcrit en 1304. Y avait pas de lycées à l'époque.

– Il ne s'agit pas nécessairement de popularité au lycée, dis-je sur un ton raisonnable. Est-ce qu'il existe un sortilège pour devenir populaire chez les paysans ? Est-ce que tu ne peux pas faire en sorte que les chevaliers et les vicaires me trouvent cool ?

Je saute de la table en quête d'une solution pour nettoyer.

– Je croyais que le livre avait été modernisé ?

97

À voir les traces de pieds, on pourrait croire que je marche sur les murs. Hé, ça serait génial !...

– C'est le langage, pas le contenu, qui a été modernisé, dit Miri. Est-ce que tu sais seulement ce que c'est qu'un vicaire ?

– C'est toi qui fais les recherches.

Pourquoi est-ce que c'est toujours moi qui fais tout ? Je commence à essuyer les traînées traîtresses.

– D'ac, je tâcherai d'y penser, mais je ne te promets rien.

Bingo !

– Merci, merci, merci !

Je dépose un gros baiser mouillé sur sa joue et continue de nettoyer.

Elle aurait quand même pu proposer de faire disparaître la tache. Ce qui suscite en moi une question pertinente : pourquoi les sorcières ont-elles des balais ? Est-ce qu'elles ne pourraient pas tout simplement pulvériser la crasse par leur seule volonté ?

Deux heures plus tard, Miri ouvre la porte de ma chambre.

– Ça y est, j'ai trouvé.

– Ça t'ennuierait de frapper avant d'entrer ?

– Tu veux que je nous débarrasse de tu-sais-qui ?

Je suis vautrée sur mon tapis rose, en train de faire mon devoir de maths. Le tapis était orange jusqu'à ce que Tigrou nous ramène des puces de là où il va se promener quand on laisse la porte ouverte trop longtemps. Au début, on ne savait même pas qu'on avait des puces. On se demandait seulement pourquoi on avait des petites piqûres rouges autour des chevilles. L'expérience fut plutôt atroce. Enfin, bref, l'exterminateur de vermine a laissé mes stores ouverts par erreur et le soleil a décoloré mon tapis. Maintenant, les couleurs de ma chambre jurent complètement. Mon armoire, mon édredon et mon bureau sont orange acidulé, et le tapis, barbe à papa. Les jeans et pull-overs divers qui pendouillent sur chaque meuble n'arrangent pas le décor.

Miri referme la porte derrière elle et pose un doigt sur sa bouche pour me faire taire : maman est dans la cuisine en train de préparer des spaghettis et des boulettes de tofu. Miri s'assied à côté de moi, le livre sur ses genoux.

– T'as trouvé? dis-je, tandis que l'excitation monte. T'as trouvé le sortilège de popularité, aussi?

– T'oublies ton sortilège pour avoir l'air cool, tu veux? Je me concentre sur le problème de papa. Et j'ai presque trouvé. Puisqu'on ne peut pas lui jeter un sortilège tue-l'amour, il faut qu'on en utilise un qui lui fera comprendre à quel point FBM est horrible, comme ça, il arrêtera de l'aimer tout seul.

Nic-kel.

– Quel genre de sort?

Elle hausse les épaules.

– C'est tout ce que j'ai trouvé.

– C'est tout?

– J'avais des devoirs, et l'entraînement pour le Tae Kwon Do, aussi, dit-elle, vexée. D'ailleurs, c'est pas à moi de trouver toutes les idées.

Ce n'est pas le moment de se chamailler.

– Bon... qu'est-ce que FBM pourrait bien faire pour que

papa ne veuille plus d'elle ? Et si elle cambriolait une banque ?

– Avec un pistolet ou une mitraillette ?

Miri me jette un regard qui signifie T'es-devenue-complètement-débile ?

– J'essaie de rendre le monde meilleur, pas plus dangereux.

J'y suis peut-être allée un peu fort. Je me masse les tempes avec les pouces.

– Réfléchissons... Qu'est-ce qu'il aime chez elle ?

– Il est attiré par le mal ?

– Reviens sur terre, Miri. Il est attiré par son physique. Ses yeux, sa peau, son sourire...

Miri claque des mains.

– Ça y est ! On lui balance un sortilège de mocheté.

– Mais est-ce que papa est aussi superficiel ?

– Sûrement. Qu'est-ce qu'il pourrait bien lui trouver d'autre ? Il est aveuglé par sa... (elle fait semblant d'avoir un haut-le-cœur)... beauté, et il ne voit pas à quel point elle est méchante. Avec le sortilège, il la verra sous un nouveau jour. On veut seulement son bien. Qu'est-ce qui se passera quand elle deviendra vieille et qu'elle aura la peau du visage toute flétrie ? Il divorcera ? S'il se remarie, il faut qu'il aime sa femme pour ce qu'elle est vraiment, non ?

Ouahou... Ça, c'est parlé.

– Tout à fait.

– Alors, on fonce, continue-t-elle, tout excitée. J'ai repéré un truc qui pourrait peut-être marcher.

Elle tourne frénétiquement les pages.

– Voilà ! Ça s'appelle le masque de répulsion. Ça a l'air chouette, non ? On va faire la liste de ce qu'il nous faut, ajoute-t-elle en se redressant d'un coup, prête à passer à l'action.

Est-ce que ça l'excite, Miri, d'avoir des pouvoirs magiques ? Absolument pas. Mais faire une liste ! Faut que je me calme.

– Mir, on n'est pas obligées de tout régler à la minute, dis-je en me souvenant de mon devoir de maths. On ne retourne pas chez papa avant le week-end prochain.

Elle plisse les yeux.

– Parce que tu crois que ça va être facile de dégoter tous les ingrédients ? J'ai pas la moindre idée de ce que c'est que le *Taraxacum officinale*. Et il faut qu'on s'entraîne.

Grat, grat. Grat, grat. Miaaou...

– Y a ton fan qui veut rentrer dans ma chambre, dis-je.

Une seconde !

– Tu vas t'entraîner sur qui ?

Elle me fait un clin d'œil. Elle est folle ?

– C'est hors de question ! Tu ne me prends pas comme cobaye. Je ne ferai jamais partie de l'élite si je ressemble à un ogre !

Elle entrouvre la porte, et Tigrou se précipite à l'intérieur pour aller se vautrer directement sur le A^2.

Soudain, j'ai une illumination halogène, voici mon plan.

– Je comprends que tu flippes, dis-je en faisant machine arrière. Tu pourrais transformer FBM en arbre par erreur. Alors... pourquoi est-ce que tu ne t'exerces pas en me jetant un autre sort ? Genre un sort pour devenir populaire.

Elle agite les mains au ciel en guise de drapeau blanc.

– OK, OK. Tout ce que tu veux. Je vais te le trouver, ton sortilège de popularité. Mais tu es pathétique, je te signale.

But !

– Oui, je suis pathétique. Pathétiquement heureuse !

– Mais, poursuit-elle en souriant, c'est à charge de revanche. Ça va te coûter cher.

Ah, la sorcière vire mercenaire. Comme toujours, non ?

– Qu'est-ce que tu veux ?

Elle sort une liste tapée du livre de magie. Apparemment, elle attendait le bon moment pour me la balancer.

– Pendant deux semaines tu devras, un, mettre la table et débarrasser.

Maman nous demande de mettre et débarrasser la table à tour de rôle, on est donc censées n'avoir à le faire qu'une fois par jour. Est-ce que ma très chère mère ne va pas se rendre compte de quelque chose si je me charge des deux ? Sans doute pas.

– Deuzio, ajoute-t-elle, c'est toi qui descends les poubelles.

– D'ac, d'ac, tout ce que tu veux.

Personne n'ira vérifier si je recycle correctement. Je pourrai me permettre quelques écarts sans qu'elle le sache.

– Et tu ne triches pas avec le recyclage.

Je lui jette le mauvais œil (en gros, ça consiste à fermer l'œil droit en levant le sourcil gauche) pour prévenir toute autre intrusion dans mon cerveau.

– Je te suis.

Elle m'ignore.

– Troisièmement, tu dois m'accompagner à la marche pour la paix le 20 mars à Washington Square.

– Tu ne peux pas demander à maman de t'emmener ?

– Je préférerais y aller avec toi. Ça sera sympa, plaide-t-elle.

– J'en doute.

Je déteste les rassemblements. Ma mère m'a traînée dans

tout un tas de manifs où on restait plantées à se geler les fesses.

– T'es sûre que tu ne préfères pas que je t'emmène faire du shopping ? On peut aller chez Bloomies. Je t'achèterai les sous-vêtements chaque-jour-de-la-semaine dont tu as toujours rêvé, j'ajoute, promenant sous son nez l'unique carotte dont je dispose.

– La marche pour la paix. C'est ma dernière offre.

Même avec tout ça, ça vaut quand même le coup.

– Marché conclu.

On tope. Hip, hip, hip, hourra ! Je vais devenir populaire ! Je fais une petite danse victorieuse.

– Arrête, on dirait que t'es en train de te noyer.

Humph.

– Et tu dis pas à maman qu'on a passé un deal, ajoute-t-elle.

Elle est folle ou quoi ?

– On lui dit *rien*. Elle nous changerait toutes les deux en grenouilles. Ou en chats.

Je taquine Tigrou du pied.

– Peut-être qu'elle a eu une autre fille avant moi. Et qu'elle faisait de la magie. Et que maman l'a transformée en chat. En chat mâle, par pure méchanceté.

Tigrou pousse un miaulement.

– Pourquoi est-ce qu'elle l'aurait changée en chat mâle si c'était pour le castrer ? demande Miri.

– Les filles ! crie maman du fond de la cuisine. C'est l'heure de passer à table !

On est lundi, donc c'est... mon tour. Mais ça vaut le coup.

103

Chaque fois que je me mettrai à douter, je n'aurai qu'à imaginer mon nom au sommet de l'échelle sociale du lycée.

Tigrou me suit dans la cuisine et manque de me faire tomber quand j'attrape les assiettes sur l'étagère. Hmm. Qui sait ? Et si je n'étais pas loin de la vérité à propos de Tigrou ? S'il avait vraiment été humain, et qu'il avait été condamné par mon arrière-grand-mère à passer le reste de ses jours en félin pas trop intelligent ? Flippant. Surtout si on pense au nombre de fois où ce pervers m'a regardée me changer.

Ma mère lèche la sauce tomate sur la cuillère de bois tout en surveillant le pain à l'ail dans le four et en remuant les pâtes. Quand elle prépare le dîner, elle ressemble au diable de Tasmanie. Elle fonctionne super bien en mode multitâche. Même chose au bureau. Je l'ai vue taper sur son clavier, réparer le fax, préparer du café et réserver un séjour au Costa Rica en même temps. Et tout ça sans recourir à la magie. Imaginez si elle en faisait − tous ses clients passeraient des vacances ensoleillées, sans le moindre pépin. Elle est folle de ne pas utiliser ses pouvoirs. Où est le problème ? Pourquoi pas ? Pourquoi ne pas être heureuse ? Pourquoi ne pas mener une vie idéale ?

Quand elle était mariée avec papa, elle prenait plus soin d'elle. Elle allait régulièrement chez la manucure et chez le coiffeur. Maintenant qu'elle travaille beaucoup, on a l'impression qu'elle a décidé de dépenser toute son énergie dans sa nouvelle agence − et pour nous, bien sûr − plutôt que pour son apparence. Mais pourquoi est-ce qu'elle ne pourrait pas tout avoir ?

− Mam, dis-je étourdiment, pourquoi tu ne fais pas de magie pour arranger tes cheveux ?

104

– Pourquoi y a-t-il des traces noires sur les murs de ma cuisine ? répond-elle.

– C'est Tigrou qui s'est déchaîné.

Tigrou miaule, se frotte contre ma jambe et essaie ensuite de me mordre. *Je parie que tu aimerais avoir encore taille humaine pour pouvoir me dénoncer, grande sœur (ou vil instrument de vengeance de mon arrière-grand-mère).*

– Vilain Tigrou, gronde ma mère en agitant la cuillère de bois dans sa direction. Tu veux bien le nettoyer ? Il a dû marcher dans de la boue. Et je te le répète, dit-elle en agitant sa cuillère en bois dans ma direction, la magie n'est pas un jeu, Rachel. Je n'en ferai que si c'est absolument nécessaire.

On aurait pu penser que préserver son mariage avec papa était absolument nécessaire, non ? Peut-être que c'est secondaire chez les sorcières mais quand même. À sa place, je l'aurais gardé dans les parages, croyez-moi (avec – pouf ! – plus de cheveux et des vêtements de cette décennie).

J'ouvre la bouche pour lui dire quelle pagaille elle a fait de nos vies, mais je me retiens. Parce que ça semble un peu bête. Pourquoi est-ce que je lui en veux alors c'est papa qui est parti ? Parce qu'elle aurait pu l'en empêcher et qu'elle ne l'a pas fait ? C'est sa faute à lui. C'est lui qui aurait dû s'interdire de partir.

J'attrape Tigrou et l'emmène dans la salle de bain. Il se met à tourner autour du lavabo quand j'ouvre le robinet. Les chats détestent l'eau, pas vrai ? Mais pas Tigrou. Il se jette dans la cuvette des toilettes si la lunette est ouverte. On l'a aussi vu planter ses crocs dans le rouleau de papier toilette et filer avec, retapissant le salon, la cuisine, et les trois chambres.

Je sais que je n'arrête pas de plaisanter en disant qu'il était peut-être humain et femelle, mais ça pourrait être vrai. Peut-être que maman a essayé de jeter un sort pour notre prospérité et que ça a horriblement mal tourné. Peut-être que Tigrou devenu mâle pisse partout dans l'appartement pour se venger. Et si le sort de popularité de Miri tournait au fiasco ? Et si je devenais l'alter ego félin émasculé de Tigrou ?

Je respire un grand coup pour me calmer. C'est ça qu'on a appris aujourd'hui à la gym – la respiration ventrale. Miri ne va pas se planter. Inspirez !... Mais non... Soufflez !... Le yoga ne me fait aucun effet. Je crois que cette technique ne marche que dans les zones rurales où l'air est pur.

Je nettoie les pattes déjà propres de Tigrou (heureusement, ma mère ne les a pas regardées) dans le lavabo, puis je le repose. Dès qu'il touche le sol, il se jette sur le papier toilette, attrape le bout entre ses mâchoires et s'enfuit par la porte. Crétin de chat.

J'espère que ma petite sœur a plus de plomb dans la cervelle que mon aînée.

DEUX GARÇONS VALENT MIEUX QU'UN

7

Une semaine plus tard, je suis au beau milieu d'un rêve fantastique où Mick et Raf se battent pour moi au Grand Bal de printemps, dans un combat au ralenti style *Matrix* avec plein de saltos arrière, quand je sens qu'on me tapote la joue.

J'ouvre un œil. Penchée au-dessus de moi, Miri presse son index sur ma figure. Je referme l'œil.

– Hé, ho !... Ça va pas la tête ?...

– J'essaie de te réveiller, chuchote-t-elle.

Sans blague. Je rouvre l'œil : le réveil indique 5 h 07. *5 h 07 !* Elle s'est cogné la tête sur un chaudron ?

– On peut savoir pourquoi tu me réveilles à 5 h 07 ?

– Tiens, prends ça, dit-elle en me fourrant quelque chose dans la bouche.

Je m'assois, soudain parfaitement réveillée.

– C'est ma potion de popularité ?

– Non. Une pastille de menthe.

107

Humph.

– Si t'aimes pas mon haleine au réveil, ne me réveille pas le matin. Ou, en l'occurrence, au milieu de la nuit.

– Tu veux que je te trouve un sortilège, oui ou non ?

Miam, menthe poivrée.

– OK. Qu'est-ce que t'as trouvé ?

Elle secoue la tête.

– Je ne crois pas que je réussirai à faire un sortilège de popularité.

– Quoi ? T'as promis !

Je repousse mon édredon d'un coup de pied et d'un bond m'assieds au bord du lit. Quelle piètre sorcière ! Elle ne sait pas faire de sortilège tue-l'amour, et pas plus de sortilège de popularité. Elle n'arrive même pas à en trouver un pour gérer les corvées ménagères – pourquoi serait-elle obligée de passer ce marché avec moi, sinon ? À quoi bon être une sorcière si elle ne peut même pas s'amuser ?

– Je n'apprécie pas que tu me réveilles au milieu de la nuit sans aucune raison. À part pour me donner encore plus de cernes.

Miri recule d'un pas et fait la moue.

– C'est pas ma faute. Il y a bien une sorte de sortilège de popularité, et c'est qu'un deux-balais, mais il faudrait que je mette de la cannelle en poudre dans les réserves d'eau de tout le lycée. Je ne vois absolument pas comment réussir une chose pareille.

– Effectivement, ça n'a pas l'air évident.

Miri s'assied à côté de moi.

– On n'a pas intérêt à se faire pincer en train de mettre quoi que ce soit dans les réserves d'eau de Manhattan.

– Non, en effet.

Je pousse un soupir de déception.

– Alors, qu'est-ce qu'on fait ? Rien ?

Mes rêves sont-ils déjà anéantis ?

– C'est la meilleure formule pour s'attirer la sympathie des masses. L'autre méthode consiste à recueillir des mèches de cheveux ou des bouts d'ongles de tous les élèves du lycée...

– Ça m'a l'air mal barré.

Je ne me vois pas en train de courir dans les couloirs avec une paire de ciseaux à la main, qu'ils soient grands ou petits. À moins que je n'ouvre un salon de coiffure de fortune dans la cantine et que je propose des manucures et des coupes de cheveux gratuites. Comme si les gens allaient me laisser les approcher avec une paire de ciseaux ! Tous ceux qui étaient au collège avec moi se souviennent du jour où Jewel et moi avons décidé de nous débarrasser de nos franges et que j'ai joué les stylistes. Pas joli à voir.

– Il doit y avoir un autre moyen.

– J'ai trouvé un philtre d'amour, si tu veux essayer ça à la place.

Voilà qui devient intéressant.

– Dis-moi tout.

– C'est qu'un trois-balais. Et tout ce dont j'aurais besoin, ce serait de quelques ingrédients tout bêtes.

Génial ! Si Mick ou Raf tombe amoureux de moi, non seulement l'un des amours de ma vie deviendra mon petit ami, mais je deviendrai top-classe par procuration. Bingo !

– Et ça, ça durerait combien de temps ?

– Je ne sais pas au juste. Quelques mois, max.

– Peut-être que d'ici que ça s'estompe, il sera complètement dingue de moi, de toute façon. Il se rendra compte que je suis intelligente, marrante, mignonne...

– ... et terriblement prétentieuse ?

Ha, Ha.

– Au moins, j'aurai eu l'occasion de me tailler une place au sein de leur groupe.

C'est un super-plan. Au lieu de devenir populaire pour trouver un petit ami, je vais trouver un petit ami pour devenir populaire.

Je saute sur le lit et laisse échapper un cri de joie.

– Chchch..., murmure Miri en m'attrapant la cheville. Maman va nous tuer si on la réveille. On s'est couchées super tard hier soir à cause de mon apprentissage.

– Ah ouais. Ça s'est passé comment ?

– Super. Tu savais que la sorcellerie existe depuis plus de vingt-cinq mille ans ? Il y avait déjà des sorcières à l'âge des hommes des cavernes. Cette semaine, on verra comment elles se sont répandues à travers la Mésopotamie, puis en Europe...

Mes paupières commencent à s'alourdir et je me rallonge.

– Là, tu me donnes envie de me rendormir.

– Désolée. Ah oui, si je t'ai réveillée, c'est pour te dire que si tu veux jeter un sortilège d'amour, tu dois acheter du yaourt et emprunter quelque chose qui appartient à l'homme de tes rêves. Un vêtement, par exemple.

Ah. C'est tout ?

– Et j' m'y prends comment ?

Elle hausse les épaules et vient s'installer près de moi. Je me pousse pour qu'elle puisse partager mon oreiller.

– Dis-lui que t'as froid et demande à emprunter son pull, dit-elle.

Mignonne et naïve Miri. « Oh, salut, Raf. Frisquet aujour-d'hui, tu trouves pas ? Ça t'ennuierait de me passer ton pull ? » Il va penser que je suis complètement tarée. Quoique... au bout d'une semaine, il serait amoureux de moi de toute façon, alors, peut-être que ça n'a pas d'importance. Mais ça serait plus facile avec un crayon. Que je pourrais subtiliser quand il ne fait pas attention.

– Ça peut être un crayon ? ou un cahier ?

Elle soupire.

– Rachel, qu'est-ce qui s'est passé quand tu n'avais pas les bons ingrédients pour faire des brownies au chocolat et que tu en as fait quand même ? Tu te souviens quand tu as mis de la levure à la place de la farine ? Ils avaient un goût de sciure de bois.

– Exact.

Encore que... est-ce que quelqu'un sait quel goût a la sciure de bois au juste ? Si ça se trouve, c'est très bon, la sciure, ça a un goût de brownies. Bof, peut-être pas.

– Je crois qu'on ne devrait pas prendre de risques pour notre première tentative.

– Imagine qu'on se retrouve avec un crayon amoureux de toi. Ou qui t'écrirait dessus.

Elle pouffe de rire. Je pouffe, moi aussi.

– Ou que je sois changée en crayon.

Encore que... j'adore la sensation d'un HB fraîchement taillé posé sur une interro de maths.

On tire la couverture au-dessus de nos têtes pour ne pas réveiller notre mère. Je n'arrive pas à croire que j'ai réussi à convaincre Miri de me fabriquer un philtre d'amour. Elle doit

111

mourir d'impatience à l'idée de prendre son envol de magicienne.

À 7 h 02, je me réveille, complètement gelée, les paupières transpercées par la lumière du jour. Ouvrant un œil, j'aperçois Miri en train d'agiter les mains en direction de la fenêtre, les yeux clos et les lèvres formant une moue.

– Qu'est-ce que tu fabriques ?

Le côté gauche du store est relevé et le droit pend en diagonale, barrant la fenêtre.

– J'ai fait appel à la magie pour ouvrir tes stores. Mais j'ai raté quelque chose, du coup y a un côté coincé.

Elle est encore plus impatiente que je ne le pensais. Elle ferait bien de se perfectionner avant que ce soit mon tour de passer sous sa baguette magique.

En classe, je modifie légèrement mon plan. Pourquoi choisir un seul garçon quand je peux en avoir deux ? Si j'arrive à subtiliser des vêtements à Mick *et* à Raf, ils vont tous les deux tomber follement amoureux de moi, et, tout comme dans mon rêve, se battre pour moi. Comme c'est romantique ! En ouvrant mon casier, je trouverai deux billets doux. Ils voudront tous les deux m'aider à ôter mon manteau, alors j'abandonnerai à chacun une manche. Mick m'emmènera en classe sur son dos, tandis que Raf portera mes livres.

Quand la cloche sonne, je file en vitesse au second pour espionner les garçons et passer leurs affaires en revue, histoire de leur piquer quelque chose. Le casier de Raf est juste à côté de la classe de M. Silver. J'aperçois son élégante silhouette tandis qu'il le referme d'un coup sec et se dirige vers la salle. Il porte une chemise bleue, un jean, une ceinture et des chaussures marron. Je me mordille la lèvre. S'il portait un pull, il pourrait peut-être le retirer, mais une chemise ? Ça m'étonnerait. Et je ne vois vraiment pas pourquoi il enlèverait son jean ou sa ceinture. Sauf s'il a gym cet après-midi. C'est ça, gym ! Je peux me glisser dans le vestiaire des garçons une fois qu'il se sera changé et... je me ferai choper et toute l'école pensera que je suis une obsédée. Si seulement Miri pouvait me fournir une cape d'invisibilité, comme dans *Harry Potter*. Non, attendez, ça y est, je sais ! Je n'ai qu'à lui emprunter ses affaires de gym dans son casier. Génial ! Je vais l'observer en train d'ouvrir son casier et mémoriser sa combinaison.

Je le loupe à la fin de la deuxième et de la troisième heure de cours, et finis par le surprendre juste avant le déjeuner. Les secondes et les premières déjeunent entre onze heures et midi moins le quart. Franchement, qui peut bien avoir faim à onze heures du matin ? C'est ridicule. C'est pour ça que j'ai hâte d'être en terminale. Pas parce que j'aurai mon permis de conduire. Pas pour le Bal de promo. Mais parce que j'ai hâte de déjeuner à midi comme tous les gens normaux.

Enfin, bref, Janice, Annie Banks et Sherry Dollan sont en train de s'agglutiner autour du casier de Tammy. Elles se connaissent toutes depuis le collège, quand elles formaient un quatuor. Maintenant, c'est Annie et Sherry, moi et Tammy, et Janice est plutôt toute seule dans son coin.

– Je meurs de faim, dit Annie en jetant un œil dans son sac de pique-nique.

Annie est dans notre classe, mais s'assied toujours près de

la porte, en prétextant qu'elle a une vessie minuscule et doit aller faire pipi au moins une fois par cours. Elle a aussi de longs cheveux bruns et les plus gros seins que j'aie jamais vus. Honnêtement, elle fait au moins du 90 D. Elle porte aujourd'hui un ras-du-cou rouge, et on dirait deux ballons de plage. Si seulement elle pouvait m'en refiler un peu.

Sherry a anglais avec nous et c'est la meilleure copine d'Annie.

– Saaa-lut, les fil-leuhs ! dit Sherry justement, en mâchouillant une mèche de ses cheveux blonds. Alors, bonne journééééé-e ?

Cette façon qu'elle a de traîner sur les mots est trèèès agaçan-teuh... Et sa façon de sucer ses mèches me débecte. Mais elle est très gentille et dit des choses intelligentes en classe, alors j'essaie de passer outre.

Je me concentre sur Raf. S'il se déplace un peu sur le côté, je pourrai voir son casier. Allez, Raf. Tes larges épaules viriles me bloquent la vue ! Il ouvre la serrure et j'ai raté l'occasion. Il enfile son blouson, ses gants et un bonnet. Peut-être qu'il laissera tomber un gant en sortant déjeuner et hop, le tour sera joué, j'en aurai fini avec celui-là.

Raf va souvent déjeuner dehors. Et jamais avec ceux du défilé de mode. Il est aussi pote avec des footballeurs, et quelques premières qui font partie d'un groupe appelé les Illuminés. Quel éclectisme !

On ne sort jamais, Tammy et moi. On déjeune toujours avec Annie, Sherry et Janice à la cantine, quatrième table en partant du fond à gauche.

En attendant de pouvoir m'asseoir à la table des trop classe (au fond près de la fenêtre), je devrai me contenter de cette bande-là. Non pas que je laisserais jamais tomber Tammy. Je ferai tout mon possible pour qu'elle ait une place juste à côté de moi. Jewel à ma gauche, Tammy à ma droite, et Raf et Mick juste en face de moi. Le trapèze du bonheur.

Raf réussit à ne pas lâcher ses gants. C'est là que cette rousse insupportable de Melissa lui bloque le passage et lui murmure quelque chose à l'oreille. Si seulement j'avais l'ouïe bionique. C'est trop demander ? *Un seul* misérable pouvoir ?

Il répond quelque chose, et Melissa lui montre trois autres filles de l'élite qui font partie du défilé et qui brassent de l'air en agitant leurs mains manucurées à l'autre bout du couloir. Absorbée par cette histoire de vol, j'ai raté la crise qui agite ce petit milieu. La semaine dernière, la tour Eiffel que construisaient les élèves en charge du décor s'est fendue en deux et les acteurs étaient dans tous leurs états. Le thème, c'est « Les rumeurs de la ville », ce qui signifie que chaque numéro mettra en scène une ville différente. D'après Jewel, la tour Eiffel est prévue pour le numéro en tenue de soirée des secondes et des premières. La chanson, c'est *Come What May*, extraite de *Moulin rouge*.

Je suis à nouveau distraite quand Mick traverse le hall d'un pas nonchalant. Il porte un pull par-dessus son jean. Je le suis pour mieux voir. Il s'approche de son casier, pose ses doigts sur le verrou, tourne lentement le cadran... sept... vingt-deux... dix-huit... bingo !

Sept, vingt-deux, dix-huit ! Sept, vingt-deux, dix-huit. Sept, vingt-deux, dix-huit. Sept, vingt-deux, dix-huit. Pourquoi est-ce que je n'ai pas de carnet où le noter ? Sept, vingt-deux, dix-huit. J'ouvre mon casier, en sors précipitamment mon cahier de géométrie pour inscrire la combinaison sur la couverture.

Yesss !

– Rachel ? demande Tammy en passant son bras sous le mien. Quand t'auras fini d'espionner, tu voudras bien venir déjeuner ?

Démasquée.

– J'étais juste en train de...

Elle rit.

– Rêver. Je sais. Il est canon. Mais je crève de faim.

Puisque je ne peux pas me confier à elle, je hoche la tête et prépare mentalement l'étape suivante. Il faudra que je prenne cinq minutes pendant le cours, quand le hall sera vide, pour revenir ici en douce, emprunter le bonnet de Mick ou son tee-shirt de gym vert dégueulis, le cacher dans mon casier et retourner en classe au pas de course. Le mieux, c'est de rater l'anglais puisque je suis dans le cours avancé et donc censée assurer comme une bête.

Mais le cours de français est rasoir.

J'ai peine à garder les yeux ouverts.

L'une des raisons pour lesquelles le cours de français est aussi ennuyeux, c'est que je n'ai aucune copine dans cette classe. Tammy et Janice sont en cours accéléré, Jewel et Sheey font de l'espagnol. Annie est dans le cours normal elle aussi, mais dans une autre classe.

– *Je parle, tu parles, il ou elle parle, nous parlons...*, récite Doree Matson.

Comme d'habitude, elle est assise au premier rang et répond à toutes les questions.

Quand elle a enfin atteint la fin de sa conjugaison, je décide que c'est maintenant ou jamais.

– *Excusez-moi, je dois aller aux toilettes.*

J'entends quelques gloussements dans le poulailler du premier rang. Ils sont tellement puérils ! J'espère que je n'ai pas demandé si je pouvais faire pipi par terre.

Ou bien si ?

Mme Diamon hoche la tête et demande si quelqu'un voudrait bien conjuguer le verbe *parler* au conditionnel.

Doree lève la main.

En quittant la salle, je me demande ce que ça fait d'enseigner toute la journée une langue que personne ne comprend. De devoir écouter des gens qui parlent comme des débiles. Qui vous regardent avec un air de totale incompréhension. Qui vous demandent s'ils peuvent faire pipi par terre. Je ne pourrais jamais devenir prof de langue étrangère. En partie parce que je n'en parle quasiment aucune. Mais surtout parce que je me sens incapable d'enseigner.

Je n'ai pourtant pas la moindre idée de ce que j'aimerais faire plus tard. Femme d'affaires ? Astronaute lunaire ? Je ne sais pas quelle formation il faut suivre, mais est-ce que ça ne serait pas marrant ? « Pour vous, je décrocherais la lune », dirait un bel inconnu durant un cocktail. Je me pencherais un peu en avant pour lui permettre de se rincer l'œil dans mon sublime décolleté (ça se passe dans très longtemps, alors le décolleté scintillant est parfaitement plausible, sinon probable). « En fait, répondrais-je, il se trouve que je l'ai *réellement*

117

décrochée la semaine dernière. » S'ensuivraient force exclamations. *Oh my God !*

Il faut que je me concentre sur ma mission clandestine. J'entends la musique de James Bond dans ma tête. J'aurais vraiment dû mettre du noir aujourd'hui au lieu d'un jean, d'un pull orange et de baskets vert pétard. Pas très discret.

Je descends du troisième étage en sautillant. Premier arrêt, mon casier. Il me faut mon cahier de géométrie. (Quand on en aura fini avec ce sortilège, il faudra que je demande à Miri d'en trouver un autre pour améliorer ma mémoire. Je ferais mieux de noter cette idée pour ne pas l'oublier.) Hmm. J'aurais probablement dû noter lequel est le casier de Mick. Ils se ressemblent tous. Métalliques et étroits.

Je ferme les yeux en essayant de me rappeler où il se tenait. Quatrième casier sur la gauche. Non, cinquième sur la gauche. Sixième. Sixième, sûr. Ça serait tellement plus simple si j'étais une sorcière. Je pourrais pincer les lèvres et faire briller son casier.

Je fais la moue. *Que le bon casier brille !*

Rien ne brille.

Il faut que je me souvienne. Je crois que j'avais raison au tout début. Quatrième à gauche. Je scrute le hall pour vérifier que personne n'arrive. La voie est libre. Je vérifie de l'autre côté. Idem.

Je jette un œil à mon cahier, c'est bien le sept, vingt-deux, dix-huit ; puis je me reposte devant le quatrième casier en partant de la droite. Allons-y. Je respire un bon coup et tourne le cadran vers la droite. Sept. Vingt-deux. Ensuite un dix-huit vite fait. Et...

Rien.

Je tourne à droite. Sept. À gauche et un tour complet pour la chance. Vingt-deux. Après, un dix-huit plus lent. Et... toujours rien.

Peut-être que c'était le cinquième casier – et pas le quatrième. Si seulement mon cerveau pouvait être comme un magnétoscope numérique et que je pouvais retourner au dernier épisode. J'essaie le cinquième casier. Puis le suivant. Et le suivant. La rangée entière. Ça ne marche pas. Il faut que je me concentre.

Me laissant glisser par terre, j'adosse ma tête au casier et respire comme on l'a appris à la gym. Inspirez. Soufflez. Inspirez. Soufflez. Est-ce que je tourne trop vite ? Est-ce que j'ai le mauvais code ? Pourquoi est-ce que mon plan ne marche pas ? Pourquoi est-ce aussi difficile de voler un vêtement ? Je pourrais peut-être faire croire à Mick que je fais une étude sur les chaussures et que j'ai besoin de lui emprunter les siennes. Ou me glisser derrière lui et couper un bout de son pull. Il n'était pas rentré dans son pantalon. Il croira qu'il l'a coincé dans une porte. Ouais, c'est ça que je vais faire. Je vais essayer de le choper à la sonnerie. Mais pour l'instant, je suis fatiguée. À cause de Miri qui m'a réveillée trop tôt. Je peux peut-être fermer les paupières une seconde. Elles sont si lourdes. Hmmm, c'est bon.

Tout à coup, on me tape sur l'épaule.

J'ouvre les yeux. M. Earls, le proviseur adjoint du lycée, est penché au-dessus de moi de façon menaçante.

– On fait la sieste ? me demande-t-il.

Il a les sourcils trop rapprochés, comme Bert dans *Un, rue Sésame*. Je l'ai déjà vu aux assemblées du matin ou rôdant dans les couloirs, mais je n'ai jamais eu le plaisir de l'observer d'aussi près.

– Je réfléchissais, dis-je. Je retournais en classe. Désolée, monsieur.

– Pas question de réfléchir dans les couloirs pendant mon tour de garde. Et je ne crois pas que vous réfléchissiez. Je crois que vous étiez en train de piquer un somme. Et de sécher un cours.

Il remplit un bulletin de colle et me le jette négligemment.

– Retenue ce soir après les cours. Vous aurez tout le loisir de réfléchir. Mais pas de sieste.

Quoi ? Collée ? Moi ? Cela ne m'est encore jamais arrivé. Jamais.

– Je vous en prie, monsieur. Je suis là que depuis deux secondes.

– Vous voulez une autre retenue pour demain ? Voilà ce qu'on gagne à discuter mes ordres.

Gloups. En voilà un qui a besoin d'affirmer son autorité.

Refoulant mes larmes, je retourne en cours de français. M. Earls ne sait pas à qui il a affaire. Un jour, j'aurai des pouvoirs magiques, et ce jour-là, il sera transformé en chat. Un chat émasculé. Ouais, monsieur Earls, vous entendez ? Un jour, les gens vont vous appeler Félix.

En retournant à ma place solitaire au fond de la classe, je sens un poids sur mes poumons, comme quand je me réveille parfois et que je me rends compte que Tigrou est couché sur ma poitrine. La vie est trop injuste. Ma mère a des pouvoirs magiques. Miri a des pouvoirs magiques et de la poitrine. Papa a FBM. Jewel est populaire et elle a une nouvelle meilleure amie. Tammy a... eh bien, Tammy a Sherry, Janice et Annie.

Et moi, je n'ai rien. Rien du tout. Rien... qu'une colle.

EN COLLE

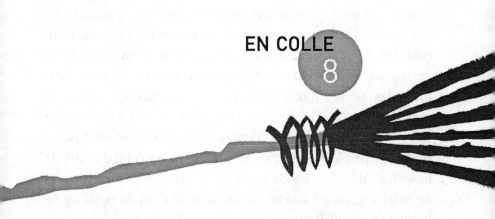

8

Je n'y connais tellement rien en colle que je ne sais même pas où aller. Je me rends donc au secrétariat général au premier étage.

– Excusez-moi.

La secrétaire fixe l'écran de son ordinateur et ne semble pas me voir.

– Où est-ce que je vais pour la colle ?

Est-ce que ça ressemble au bagne ? Ils attachent ensemble tous les scélérats et nous forcent à passer la serpillière dans le gymnase ? À repeindre les couloirs ?

– Salle 104, répond-elle sans me regarder. À côté du panneau d'affichage.

J'espérais qu'elle allait s'écrier : « Rachel Weinstein ? Une mignonne seconde comme toi n'a sûrement pas mérité une punition pareille ! Allons, ma pauvre petite ! Celui ou celle qui t'a envoyée en retenue sera congédié ! Rentre chez toi et ne t'en fais plus, mon petit chou. »

Je rêvais, faut croire. Elle ne peut pas savoir qui je suis à moins d'avoir consulté la vitrine à trophées à l'extérieur du bureau. Quand je suis arrivée deuxième au concours de maths, j'étais partagée à l'idée de voir mon prix exposé. D'un côté, celui qui passerait devant verrait mon nom gravé. D'un autre, gagner des concours de maths vous ouvre plus sûrement les portes d'une convention *Star Treck* que celle du royaume de la jet-set. Mais je me suis rapidement rendu compte que ça n'avait pas d'importance. Mon nom est à peine lisible. Le trophée a terminé au fond derrière celui du club de bowling. Oui, du club de bowling. Je croyais qu'un concours de maths vaudrait mieux qu'une compétition de bowling de lycée, mais manifestement, je me suis trompée.

Bref, la secrétaire ne sait pas qui je suis. Ça lui est égal que je ne sois pas du genre à me faire coller. Je ne peux pas lui en vouloir. Je ne sais pas comment elle s'appelle non plus.

– Et, euh... qu'est-ce que je suis censée faire en retenue ?

– Vos devoirs.

Je glisse vers la salle 104. La barbe. La seule chose qui me remonte le moral, c'est l'éventualité qu'un rebelle super-canon soit assis à côté de moi en colle, comme dans *The Breakfast Club*, le film des années quatre-vingt. Je serais Molly Ringwald, altière et sereine ; il serait Judd Nelson, à l'air désinvolte. Il porterait un jean usé, et une cigarette coincée derrière l'oreille. Au début, on ne se parlerait pas. On ne ferait que se regarder. Ensuite il dirait un truc qui fait rebelle, genre : « Tu crois qu'on peut fumer ici ? »

Je répondrais : « Désolée, je fume pas. » Et, avant même la fin de l'heure de colle, on sortirait ensemble. Je ne sais pas bien comment on passerait directement de ma réplique au flirt, mais je lui laisse le soin de trouver, vu que j'ai déjà pas mal contribué au scénario.

Je retiens mon souffle et ouvre la porte. À part un petit prof maigrelet que j'identifie comme appartenant au département des sciences, les tables et les chaises sont vides. Il lève les yeux de son paquet de copies.

– Vous êtes Rachel ?

Au moins un qui connaît mon nom. Je m'assieds au dernier rang.

– Oui.

Je guette la porte dans l'attente du rebelle. Je guette. Cinq minutes plus tard, je lève la main. Le gringalet gribouille plein de trucs sur la copie d'un malheureux élève et ne se rend compte de rien. J'agite la main encore une fois. J'aimerais appeler, mais je ne veux pas attraper une autre colle. Je tousse. Fort.

Il lève les yeux, agacé.

– Oui ?

– Je me demandais où étaient les autres.

– Il n'y a que vous.

Il retourne à ses papiers.

Que moi ? J'ai été la pire élève de Kennedy aujourd'hui ? La plus grosse entorse à la règle de ces dernières vingt-quatre heures, c'était ma pseudo-sieste dans le couloir ? Où sont les drogues ? les armes ? les jeunes qui sèchent l'école ? le rebelle qu'on a surpris en train de fumer dans les toilettes et qui a encore l'audace de coincer une cigarette derrière son oreille ?

Je parie que monsieur le prof de sciences me déteste. Sans ma colle, il serait déjà chez lui en pyjama.

Na na nère.

J'aurais fermé la porte si j'avais su que j'étais la seule. Si quelqu'un me voit ici, cela va sans doute nuire à ma réputation. Je vais devoir me teindre les cheveux en rose et me faire faire un piercing sur la langue.

Pour fayoter un peu, je sors mes affaires de bio de mon cartable. On a un devoir à rendre pour vendredi.

Vingt minutes plus tard, on entend un léger brouhaha à la porte.

– Ils vont jamais trouver personne, dit une voix de fille.

– Mais on n'a pas le choix, répond une autre.

Quelqu'un qui aurait la voix de... Jewel ?

– On perd vraiment notre temps à coller ces affiches.

Si j'étais juste un peu plus loin, je pourrais les voir. J'essaie de déplacer ma table discrètement de trois centimètres. Raté. Trois centimètres encore. Encore une fois. Quinze centimètres.

Science Man me lance un regard furieux.

Je lui adresse un sourire.

J'aperçois les longs cheveux roux de Melissa. Melissa et Jewel sont juste devant ma salle de colle.

– Arrête de râler, PP, dit Jewel.

PP ? PP ? Je crois que je vais vomir.

– S'ils étaient pas assez bons pour qu'on les prenne la première fois, ils seront pas assez bons pour qu'on les prenne cette fois-ci, rétorque sèchement Melissa.

Mais de quoi parlent-elles ? Le clic-clac de leurs chaussures m'apprend qu'elles sont sur le point de passer devant ma porte : je recule mon bureau en vitesse pour qu'elles ne puissent pas m'apercevoir.

Il faut absolument que je voie cette affiche.

Les dernières trente-cinq minutes de retenue durent au moins trois heures. Enfin, *enfin !*, l'aiguille de l'horloge au-dessus de la porte indique quatre heures. Libre ! J'attrape mon sac et bondis de ma chaise comme une fusée vers le couloir désert. J'entends au loin les voix étouffées de lycéens qui ont l'air de s'amuser bien plus que moi.

Dès que je vois l'affiche, je me sens prise de vertige, prête à exploser comme un soda qu'on viendrait de secouer et d'ouvrir.

On recherche une élève de seconde pour remplacer une danseuse
Audition à la cantine vendredi après les cours
Rumeurs de la ville

Alors c'est ça, la crise. Quelqu'un s'est désisté. Ou s'est cassé une jambe. Il leur manque une danseuse. Quelle que soit cette danseuse, elle sera automatiquement qualifiée de branchée-de-première-classe. Elle pourra s'afficher avec Jewel. Avec Raf. Elle aura un cavalier pour le Grand Bal de printemps, sûr.

Mon cœur cogne dans ma poitrine. Je veux faire partie du défilé de mode. Je veux devenir branchée. Je veux m'afficher en compagnie de Jewel et de Raf. Je veux avoir l'air tellement cool que je n'aurai même pas besoin d'en tirer profit.

Je vais me présenter à l'audition.

Je tape joyeusement dans mes mains et fais ma petite danse de bonheur (qui ressemble pas mal à ma danse de

125

victoire) en l'honneur de mon nouveau plan. Je trébuche en pleine pirouette et tombe sur les fesses.

Qu'est-ce que ça peut faire si j'ai deux pieds gauches et que le show est avant tout un spectacle de danse ?

Je connais quelqu'un qui peut m'arranger ça.

FROTTI-FROTTA, DE LA BOUE
DANS MON BAIN FROID

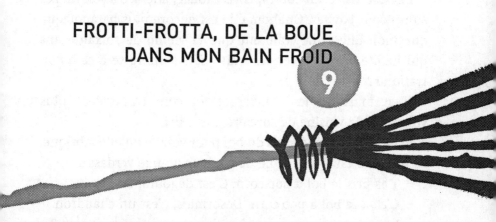

9

Je passe la tête dans la chambre de Miri.

– T'as fini ?

Elle me jette sa trousse à la figure et m'atteint au front. Depuis qu'elle a commencé les arts martiaux, elle vise nettement mieux.

– Si t'arrêtais de me déranger toutes les trois secondes, ça serait déjà terminé. Tu peux t'asseoir sur le lit et patienter une minute ?

– Miri, ça fait deux jours. L'audition est *demain*.

Je referme la porte derrière moi pour que maman ne voie pas ce qu'on mijote ici. Et mijote, c'est le mot. Un bol de plastique blanc se trouve entre les pieds malodorants de Miri. Ils l'obligent à se promener pieds nus au Tae Kwon Do et je ne la laisserai pas se doucher tant qu'elle n'aura pas fini de préparer son philtre.

– T'en es où ?

– Je mélange.

Elle est assise sur son tapis vert foncé, adossée à son lit. Les stores sont baissés. Ouahou, elle est encore plus paranoïaque que moi. Elle croit vraiment que la vieille de soixante ans qui habite en face avec ses huit chats s'intéresse à ce qu'on trafique ?

C'est marrant, les concierges du coin traiteraient plus volontiers la voisine de sorcière, que Miri.

Je me penche au-dessus du bol pour voir ce qu'elle fabrique. La mixture est d'une drôle de couleur orange verdasse.

– T'as pris le bol à pop-corn. C'est dégoûtant.

– C'*était* le bol à pop-corn. Désormais, c'est un chaudron.

– Je crois que je prendrai des chips pour l'apéro ce soir. Tu ferais bien d'acheter un nouveau bol à pop-corn.

– T'as qu'à le faire, toi. Je travaille pour toi, au cas où t'aurais oublié. (Elle désigne le livre de magie.) J'ai besoin de ton aide. Ça fait combien, dix-huit vingt-quatrièmes de tasse ?

Je réponds sans hésiter :

– Trois quarts.

– Parfait.

Elle remplit son bol avec ce qui ressemble à des fruits écrasés.

– Ce manuel de magie ressemble à un exercice de maths complètement débile avec toutes ces fractions.

Je renifle. Miam.

– Ça sent l'orange.

– Y en a. Et aussi une tasse de pistaches broyées et deux quarts de tasse de beurre, ce qui fait une moitié, c'est ça ?

J'acquiesce. J'ai reçu le gène des maths, et elle, celui de la magie. Ce n'est pas juste.

– Plus, ajoute-t-elle en versant la dernière tasse, du poivre rouge moulu.

Hmm. Ça a l'air bon. J'adore les pistaches.

– T'as encore besoin d'aide ?

– Je t'appelle quand c'est prêt.

Je sors mon devoir de maths. Soudain, je me sens d'humeur.

Pendant que je débarrasse la table après le dîner (évidemment que je débarrasse la table – ces jours-ci, je suis toujours en train de mettre ou de débarrasser la table. « Où est Rachel ? Elle doit être dans la cuisine en train de mettre ou de débarrasser la table »), Miri surgit derrière moi.

– C'est fait, chuchote-t-elle en me passant le bol, qui a maintenant pris une couleur vert marronnasse.

– Il faut que je mange *ça* ?

Elle rit. En réalité, ça ressemble plutôt à un gloussement. Un nouveau truc de son répertoire, j'ai remarqué.

– Seulement si tu veux avoir une super-indigestion.

De l'humour de sorcière ?

– Alors, j'en fais quoi ?

– Tu te baignes dedans.

– T'es cinglée ?

Elle met les mains sur les hanches.

– C'est le sortilège pour la danse. Si t'en veux pas, faut pas te forcer.

– Je plaisantais, Mir, dis-je en me sentant coupable de lui causer autant de soucis. Merci. Je te remercie de me l'avoir préparé.

– Y a pas de quoi. Tu veux essayer ?

Je souris.

– Bien sûr. Alors, c'est tout ce que je dois faire ? me baigner dedans ?

– Oui.

– Tu crois que maman va se demander pourquoi je prends un bain pour la première fois depuis que j'ai six ans ?

Son visage s'assombrit.

– Bonne question. Qu'est-ce qu'on fait ?

J'ai un plan. Je finis de ranger la vaisselle dans le lave-vaisselle, puis je toque à la porte de maman. Elle est sous sa couette, le visage dépassant à peine, en train de lire un roman sentimental. Ma mère adore les romans d'amour. Je crois qu'elle attend que le prince charmant arrive comme par magie.

Elle pourrait le faire apparaître par magie, si elle le voulait. Et hop ! Grand, fort, avec une fossette sur le menton. Pourquoi pas, hein ? C'est quoi, son problème ?

– M'man, dis-je, je peux prendre un de tes cachets ? Le Surgam-machin-chose ? J'ai super mal au dos.

Elle repose son livre sur son ventre et me fait signe d'approcher. Pendant une seconde, je crois qu'elle m'a démasquée, mais elle demande :

– Tu as porté quelque chose de lourd ?

– Heu... ouais. Mon bureau.

Pourquoi diable est-ce que je soulèverais mon bureau ? Je suis nulle en mensonges plausibles.

Elle pousse un soupir.

– Rachel, tu n'as qu'un seul dos.

– Merci du conseil, m'man, dis-je le plus sérieusement du monde.

130

En temps normal, je me moquerais de ses conseils cul-cul la praline.

– Les cachets sont dans l'armoire à pharmacie.

Elle reprend sa lecture.

– Merci.

Et maintenant, la performance du siècle... les mains caressant le dos... le regard qui s'illumine comme si une idée jaillissait... eurêka !

– Hé, tu crois qu'un bain détendrait mes pauvres muscles ?

– Bonne idée, dit-elle, déjà repartie sur la plage avec le prince charmant et ne me prêtant plus aucune attention.

Mission accomplie. Je quitte la pièce à reculons, en prenant soin de refermer la porte derrière moi, puis je rejoins Miri au pas de course.

– Parée. Passe-moi le bain moussant.

– C'est pas du bain moussant, dit-elle en me tendant le bol à pop-corn.

J'ouvre la porte de la salle de bain et j'essaie de la refermer derrière moi. Elle glisse sa main dans l'embrasure.

– Tu permets ? je demande.

– Il faut que je vienne avec toi.

– Je tiens à mon intimité.

Elle croise les bras sur la poitrine.

– Sans mon incantation, tout ce que tu feras, c'est te baigner dans de la salade de fruits.

Je la laisse entrer.

– Ferme la porte à clé. Et tiens-toi tranquille. Si maman se rend compte que t'es là, elle devinera qu'il se passe quelque chose.

Je renifle.

131

– Beurk. Ça pue le tabac. Elle a encore fumé là-dedans. Elle s'imagine qu'on ne sent rien ? C'est tellement évident.

Miri hausse les épaules. Je ne comprends pas pourquoi cette histoire de cigarette ne la préoccupe pas autant que moi. C'est moi qui pleurais pendant des heures dans mon lit parce que j'étais sûre que ma mère allait mourir d'un cancer des poumons. C'est moi qui, à sept ans, ai trouvé un paquet de cigarettes qu'elle cachait à mon père et qui les ai toutes cassées en deux avant de les jeter dans les toilettes. Miri n'en veut jamais à maman. Elles sont toujours sur la même longueur d'ondes. Je ressemble plus à papa. Peut-être que c'est pour ça que je ne lui en veux jamais. Comment pourrais-je en vouloir à quelqu'un qui me ressemble autant ?

– Comment on procède pour le sortilège ?

– On remplit la baignoire, on ajoute le mélange, ensuite je récite la formule.

Je fais couler l'eau chaude. Miri secoue la tête et referme le robinet.

– Le livre dit que l'eau doit être froide. Ça a probablement été rédigé avant l'apparition de la plomberie et des cumulus d'eau chaude.

– Je suis censée m'asseoir dans un bain gelé au beau milieu de l'hiver ?

Miri hausse les épaules.

– C'est ce qui est écrit.

Je vais tomber malade, sûr.

– Finissons-en.

Elle s'assied sur le couvercle des toilettes et ouvre son livre de magie. Ensuite, elle verse la mixture dans l'eau du bain et agite les mains au-dessus de la baignoire.

Je lui tends ma brosse à dents.

– Tu veux, en guise de baguette magique ?

Elle secoue ses cheveux.

– Non.

– Peut-être un chapeau pointu ? Je peux t'en fabriquer un avec la boîte de Kleenex.

– Ce dont j'ai besoin, dit-elle, c'est que tu te calmes pour que je puisse me concentrer et rassembler mon pouvoir mental.

Elle ferme les yeux, pince les lèvres et prend un air constipé. Après quelques instants de calme (aussi calmes que possible à New York avec les coups de klaxon incessants et les alarmes en bruit de fond), je sens le courant d'air froid familier tandis que Miri psalmodie :

Des Cieux à la Terre,
De l'Amérique à la France,
Fai-tes que cet-te Potion
Mène Rachel à la danse !

Elle ouvre un œil et regarde l'eau.

– Tu te moques de moi. (J'éclate de rire.) C'est ça, ta formule ?

– C'est ce qui est écrit.

– C'est la formule la plus moche que j'aie jamais entendue ! T'as déjà entendu parler d'allitération ? Et ça rime à peine. L'auteur de ce truc n'aura pas le Pulitzer, c'est clair. Et pourquoi tu n'as pas dit abracadabra ?

Elle se ronge l'ongle du pouce.

– Tu veux bien entrer dans le bain maintenant ?

– Tu veux bien t'en aller maintenant ?

– Je t'ai déjà vue toute nue des millions de fois. On prend des bains ensemble depuis qu'on est nées.

– Maman va trouver bizarre qu'on soit ici toutes les deux, et d'une. Deuzio, il y a des choses qu'on arrête de faire quand on atteint l'âge mûr, dis-je avec arrogance. Comme se ronger les ongles, par exemple.

– Très bien, je te laisse puisque tu te conduis comme une gamine.

– Je dois rester combien de temps là-dedans ?

– Au moins une demi-heure, dit-elle d'une voix rageuse, en claquant la porte.

Je verrouille la porte derrière elle, puis me déshabille. Je décide d'y aller mollo. J'hésite avant de tremper mon gros orteil. Ahh ! Même la neige est moins froide. Je prends une grande inspiration yoga et plonge mon pied entier. Ahhh ! Je l'enlève précipitamment et le renfonce brusquement. Ahhhh ! Est-ce que les trente minutes comptent à partir de maintenant ou quand je serai complètement immergée ? Lentement, je mets les deux pieds dans l'eau. Puis les mollets. Ensuite les genoux, les cuisses, le derrière, le ventre, mes seins inexistants. J'ai les dents qui claquent. Les lèvres qui tremblent. Mes doigts deviennent bleus. La peau me picote comme si elle était engourdie, mais je n'arrive pas à savoir si c'est à cause du sortilège ou de la température glacée. On dirait qu'on a mélangé l'eau avec de la vase verte, et c'est sableux au contact de ma peau. Est-ce que je suis censée tremper ma tête ? Je veux que ma tête ait du rythme. Je veux pouvoir balancer mes cheveux d'un côté et de l'autre. Je plonge, en gardant les yeux soigneusement fermés.

Tousse, tousse. Crache, crache. Oups. Je crois que j'étais censée fermer la bouche.

Miri tambourine à la porte.

– Tout va bien ?

Tousse, crache.

– C'est grave si j'en ai avalé ? Est-ce que mon côlon va danser la macarena ?

– Ça va aller. Tu peux sortir maintenant, si tu t'es baignée tout entière.

– Je croyais que je devais tremper pendant une demi-heure.

– J'ai menti. Tu m'énervais.

Je me rince en vitesse, jaillis de la baignoire et attrape une serviette. Quand je grelotte un peu moins, je vide la baignoire de cette horreur, la nettoie, et retourne à ma chambre et à mes pulls. Ensuite, je me fais un chignon et lace mes chaussures de jogging. J'allume la radio et me place face au grand miroir sur la porte de mon armoire. « *Me against the music...* »

Quand j'essaie de faire un Harlem shake en secouant rapidement les épaules, elles tremblent. Sans aucun rythme. Comme avant. J'essaie d'onduler de tout mon corps. Rien. Un simple déhanchement ?

Que dalle.

Abraca-de-l'arnaque ! Je me précipite dans la chambre de Miri.

– Pourquoi est-ce que ça ne marche pas ?

Ma voix monte et je commence à avoir l'air hystérique. J'ai pris ce bain, pas vrai ? Je sens encore des restes de pistaches là où je ne bronze jamais. Qu'est-ce que je dois subir encore ? Quels nouveaux outrages me guettent ? Cette folie doit cesser.

Miri détourne son fauteuil de son ordinateur et cherche dans le A^2.

– Je sais pas... peut-être que j'ai oublié quelque chose...

– Oh, non ! Qu'est-ce qui va m'arriver ? Et si t'avais rendu mes bras comme des élastiques, ou que t'en avais fait des serpents ?

– Une minute, dit Miri. Il y a une note en bas de page. XI. Tâchons de trouver ce XI...

Elle relève les yeux vers moi.

– Ça peut prendre une demi-révolution de lune pour faire effet.

– Qu'est-ce que ça veut dire ? La moitié d'un mois ?

– J'imagine que c'est douze heures.

Ce n'est pas trop grave. Il est huit heures, le sortilège sera donc parfaitement actif demain matin.

– Y a encore d'autres notes que t'aurais oubliées de lire ? Genre comment ma peau va se transformer en écailles ?

– Je crois pas. Mais devine quoi...

– Quoi ?

Elle pivote à nouveau face à son ordinateur.

– Je viens de recevoir un nouveau mail de FBM. Cette fois-ci, c'est pour nous parler de la liste des chants.

Elle pousse un grognement.

FBM envoie à tous ses invités des mises à jour hebdomadaires sur les progrès des préparatifs du mariage. Au sujet du traiteur, des fleurs, de la météo. Comme si ça intéressait qui que ce soit : ça sature nos boîtes de réception, c'est tout.

Je regarde mes propres mails sur mon ordi. Je ne me donne même pas la peine d'ouvrir ceux qui concernent le mariage, ils partent direct dans la corbeille. Jewel n'a toujours pas répondu au dernier que je lui ai envoyé, il y a deux semaines. Comme Tammy chatte sur le Net, je chatte avec elle pendant une demi-heure, avant de me décider à l'appeler, tout bêtement.

– Quoi de neuf ? demande-t-elle. (Je l'imagine en train de lever les pouces, un de ses signaux de plongeur.)

– Rien.

J'aimerais tellement pouvoir lui dire !

– Le devoir de bio m'a pris des heures.

Oups. J'ai oublié de le terminer. À la fin du coup de fil, je retourne à mon bureau, puis, à dix heures et demie, décide de me fourrer au lit vite fait. Malheureusement, je mets des heures à sombrer dans le sommeil parce que je suis trop excitée. Juste au moment où je m'apprête enfin à somnoler, je bouge un peu les fesses pour voir si le sortilège a fait effet. Difficile à dire.

Le lendemain, je suis debout à 7 h 30 pétantes. Je me douche, m'habille, allume la radio, et reprends mon poste devant le miroir.

« *Me against the music...* » Encore. Je sens des frissons dans mon dos, comme si des centaines de fourmis dansaient la conga le long de ma colonne vertébrale. Ça doit être un signe : quelles sont les chances que la même chanson passe deux fois ?

Donc, je tente un Harlem shake pour la deuxième fois. Et mes épaules bougent. Je veux dire qu'elles bougent *vraiment*. J'essaie ensuite de faire la vague. Et mon corps se contorsionne comme jamais. Pour finir, je remue mon derrière. Et là, laissez-moi vous le dire, il descend. Jusqu'en bas. Il touche le tapis rose, remonte, redescend encore.

137

Oh. Mon. Dieu. Ohmondieu. Mes bras volent, ma tête s'élance vers le ciel, mon derrière groove à mort et je n'ai pas l'air de recevoir une décharge électrique. J'ai l'air de savoir ce que je fais. Abracatastique !

– Miri, je hurle. Miri, viens voir !

Elle se précipite dans ma chambre. Je danse la macarena et, même *ça*, ça ressemble à quelque chose. Elle applaudit et saute sur place.

– J'y crois pas ! s'écrie-t-elle, tu sais danser ! Et grâce à moi !

– Les filles ? demande ma mère en plein petit déj' marshmallows dans la cuisine. Vous êtes sûres que ça va ?

– Super ! dis-je. Parle normalement, dis-je à ma sœur, calme-toi.

Mais moi je n'arrive pas à me calmer. Parce que j'assure. J'assure à mort. J'assure tellement que je pourrais être danseuse dans un clip vidéo. Hé ! je pourrais même être la star d'un clip vidéo.

– Il dure combien de temps, ce sortilège ?

– Pour toujours. C'est seulement les sortilèges d'émotions qui ne durent pas.

ROCHELLE/RACKELLE/RUTH

10

Tammy n'arrête pas de me regarder d'un air bizarre, comme si j'avais mis mon jean et mon pull noir à l'envers.

– Quoi ? dis-je en me rendant au cours d'histoire à grandes foulées élastiques.

– Pourquoi est-ce que tu gigotes comme ça ?

J'essaie d'empêcher le rythme de monter en moi, mais c'est difficile. Je me sens comme le lapin dans la pub pour les piles Duracell.

– Je gigote pas.

– Mais si, tu gigotes. Tu tiens pas en place depuis ce matin.

Nous prenons possession de deux bureaux sur le côté de la salle, juste au-dessous de la carte du monde antique, qui menace de tomber et de nous étouffer d'un instant à l'autre.

– Tu es sûre que ça va ?

– Super, dis-je d'une voix traînante.

– Tu veux venir après l'école ?

– Je peux pas. J'ai une *hmpfem*...

J'avale la fin de ma phrase et passe la main sur mes lèvres comme si j'essuyais une moustache de lait.

– Une quoi ? demande-t-elle.

J'avoue :

– J'auditionne pour le défilé.

Sa bouche s'ouvre à cent quatre-vingts degrés, révélant ses dents, très longues et très étroites. Son corps tout entier est long, mince et bien droit. À part le nez, qui est large et un peu tordu. Le mois dernier, on a essayé d'utiliser le maquillage de maman pour le camoufler un peu, mais à la fin on aurait dit que quelqu'un venait de lui balancer un coup de poing.

– Et je peux savoir pourquoi ? demande-t-elle.

– Parce que j'aimerais bien faire partie du spectacle.

– Mais non, t'en as pas envie. T'as dit que ce spectacle était élitiste et qu'il renforçait l'image de la femme-objet.

– J'ai jamais dit ça !

Bon, j'ai peut-être bien dit ça. Mais c'était avant que je sache danser, quand je n'avais absolument aucune chance d'y participer.

Elle lève un sourcil.

– Alors, pourquoi t'as pas essayé l'autre fois ?

Ça me fascine que Tammy m'ait déjà percée à jour. On est devenues copines le jour de la rentrée, quand elle m'a prévenue que j'avais un trait bleu sur la figure. Apparemment, mon nouveau stylo avait fui sur ma main et je m'étais frotté la lèvre supérieure sans m'en rendre compte. Un stylo qui explose le premier jour du lycée et qui te fait une superbe moustache à la Hitler, vous y croyez, vous ? À la fin du cours, Tammy m'a emmenée dans les toilettes et m'a aidée à frotter l'encre jusqu'à ce que ça se voie un peu moins. En tout cas, un tout petit peu moins.

– J'ai décidé que j'avais besoin de faire un petit peu d'exercice, dis-je. Pour être en forme.

Ce coup-ci, elle lève les deux sourcils.

– En forme ? Depuis quand ? Tu viens de t'enfiler un paquet géant de M&M'S, après avoir descendu deux parts de pizza aux poivrons pour le déjeuner.

Quoi, elle tient un journal détaillé de tout ce que je mange et de tout ce que je dis ?

– C'est précisément pour ça qu'il faut que je fasse du sport.

Elle hausse les épaules.

– Je savais pas que tu savais danser.

– Ben, si.

Depuis ce matin.

– T'as du bol. Moi, je sais pas. Mais je viendrai te voir. Pour te soutenir. Au fait, Annie et Janice se présentent, elles aussi.

Je sais, oui. Ça fait une semaine qu'elles en parlent et qu'elles s'entraînent. J'ai essayé de garder profil bas, pour qu'aucune n'aille me demander de lui montrer ma choré avant que la magie n'ait complètement opéré.

Les formes du buste d'Annie n'ont rien arrangé, côté confiance en moi. Je lui lance un regard furtif, assise près de la porte. Je ne sais pas comment elle danse, mais je suis certaine qu'elle fera un tabac s'il y a un numéro en maillot de bain.

Quand la cloche sonne, je me précipite une fois de plus aux toilettes. J'y suis allée entre tous les cours pour m'assurer que mes fesses remuent toujours. Je vérifie une fois de plus (ça marche encore), regonfle mes cheveux bêtement ondulés, passe ma tenue en revue (je n'ai pas mis n'importe quel jean, c'est mon jean « Popotin d'enfer »), ensuite je mets du mascara noir pour souligner mes yeux marron (si seulement j'avais les cils surnaturels de ma sœur) et du rouge à lèvres rose. Mon cœur s'agite comme un yo-yo affolé. Prête.

Tammy m'attend devant les toilettes. J'attrape sa main. Qu'est-ce qui va se passer si je me plante ? Et si le sortilège me donnait seulement l'illusion que je sais danser ? Et si je me ridiculisais ?

– Rachel, tu ne respires pas, me dit Tammy en haut de l'escalier. Tu te souviens de ce qu'on a appris à la gym ? Inspirez, expirez, inspirez, expirez.

Je respire trop vite et me retrouve avec le hoquet.

– Il faut respirer à fond, dit-elle en levant mes mains au ciel. Quand je plonge, je dois toujours me rappeler de respirer. Proooo-fondément. Proooo-fondément. Sinon, tu peux paniquer, t'évanouir et finir déchiquetée par un requin.

C'est comme ça qu'elle espère me réconforter ? Je m'agrippe à son bras et descends lentement les trois volées de marches jusqu'à la cantine. Avec un peu de chance peutêtre que, à part Annie, je n'aurai pas de concurrence.

Raté. Une queue de cinquante postulantes serpente le long du couloir en direction de l'entrée de la cantoche, sous les ordres de Doree la frimeuse. Elle compte les cinq premières de la file, les pousse dans la pièce, puis referme la porte pour qu'on ne puisse rien voir. Je reconnais la plupart des filles en train d'attendre, et je me demande où se cache la véritable concurrence. À part Annie, évidemment.

Je me souviens de la dernière audition. J'étais venue avec Jewel et suis restée dehors. Elle était tellement angoissée qu'elle tremblait. Beaucoup des filles qui sont là aujourd'hui ont également participé à la première session.

La musique démarre à l'intérieur (*boom, boom, boom*) et, rien à faire, je commence à taper du pied. Tammy me regarde comme si j'étais complètement siphonnée. La musique s'arrête, on relâche les cinq filles, et Doree escorte les cinq suivantes. Quelques minutes plus tard, elle en emmène cinq autres.

Janice nous rejoint.

– Prête ? demande-t-elle d'un air très sérieux.

J'ai trop de mal à l'imaginer en train de se laisser porter par le rythme.

Je hoche la tête. On respire proooo-fondément.

Tammy se met à discuter avec Janice plutôt qu'avec moi. Manifestement, elle sent à quel point je suis tendue. Entrent cinq nouvelles candidates. Pourquoi est-ce qu'aucune ne ressort ? Sont-elles en train de mourir d'humiliation à l'intérieur ?

Je fais partie du groupe suivant. Même si c'est moi la meilleure danseuse cette fois-ci, il y a un risque que je ne sois pas retenue. Et si j'étais trop petite ? Et s'ils ne m'aimaient pas, tout simplement ? Et si je n'avais pas l'étoffe pour défiler ? Quelques filles derrière moi sont en train de chuchoter au sujet de Laura Jenkins, celle qui a laissé tomber.

– J'ai entendu dire qu'elle avait de super mauvaises notes et que ses parents l'ont obligée à abandonner, dit l'une d'elles.

– Pas étonnant, répond une autre. Elle est en rattrapage dans toutes les matières.

Je me fiche royalement de savoir pourquoi elle a laissé tomber. Je suis juste ravie qu'elle l'ait fait.

La musique s'arrête.

– Une, compte Doree en tapant Janice sur la tête. Deux. Trois.

C'est moi, la trois.

– Quatre.

Elle désigne Tammy.

– Oh, je ne me présente pas, dit-elle. Mais je peux regarder ? Pour l'encourager ?

Doree lui jette un regard noir.

– Non.

Tammy me serre le bras et fait marche arrière.

– Bonne chance !

En franchissant les portes de la cantine, j'aperçois les filles qui viennent de sortir par la porte arrière, et j'ai mal au cœur. On a retiré les tables à l'avant de la salle pour ménager un espace pour notre performance. Les neuf secondes qui participent au spectacle (il y en a dix en tout, mais Doree gère l'accueil) sont affalés sur les tables restantes, attendant notre passage. Jewel et Melissa pouffent de rire côte à côte penchées sur un magazine, trop occupées pour se rendre compte de ma présence.

Je ne me suis jamais sentie aussi mal de ma vie. C'est comme dans ces rêves où tu es assis en classe et que tu réalises que tu as oublié de mettre ton pantalon. Cinq croix de scotch marquent l'espace dégagé, distantes d'un mètre.

– Troisième croix, me dit Doree, sans laisser paraître une seconde qu'on est presque tout le temps ensemble en cours.

On s'aligne, tremblant toutes les cinq, comme si on était

sur le point de plaider pour nos vies devant un peloton d'exécution. *Ne lève pas les yeux*, me dis-je. Ne lève pas les yeux, ne lève pas les yeux. Je lève les yeux. Raf est juché sur une des tables tout au fond, à plat sur son ventre sexy, peut-être en train de faire ses devoirs. Je crois que je vais vomir.

– Présentez-vous, s'il vous plaît, dit Doree.

– Janice Cooper, dit Janice, première du rang.

Sa voix trébuche sur le *p*, et le peloton d'exécution ricane. Pauvre Janice.

– Ivy Lions, dit la fille à côté de moi.

Elle porte un jean taille haute, des lunettes et un chouchou écossais dans les cheveux. Je suis persuadée qu'elle n'a aucune chance. Deux terminales rient et chuchotent, et je peux sentir l'humiliation d'Ivy lui irradier les joues. J'ai envie de pleurer pour elle. Je n'arrive pas à savoir si elle est courageuse ou simplement idiote.

– Rachel Weinstein, dis-je.

Jewel lève soudain les yeux de son magazine lorsqu'elle entend mon nom. Je lui adresse un sourire timide.

– Tu m'avais pas dit que t'auditionnais, articule-t-elle, l'air vaguement paniqué.

Pour la première fois, l'idée me traverse qu'elle me perçoit peut-être comme une autre Ivy. Après tout, elle m'a vue danser.

J'articule en retour :

– Surprise.

– OK, les filles, coupe London Zeal, l'une des deux organisatrices.

Chaque année, on élit deux élèves de terminale ayant participé au spectacle de l'année précédente pour diriger le

145

nouveau. Ils ont pour tâche de sélectionner dix participants de seconde, dix premières et dix-huit terminales. Moitié filles, moitié garçons. Le fait d'y participer une année ne garantit pas d'être retenu l'année suivante. Chacun doit se représenter. Normalement, ce sont les mêmes qui y arrivent d'une année sur l'autre, mais l'année dernière l'une des danseuses de première, Kate Small, est sortie avec le petit ami de London dans son dos. Devinez qui a été virée cette année ?

Mercedes Redding, l'assistante de London, est assise en tailleur sur un tapis de yoga. C'est la fille la plus menue que j'aie jamais vue. Honnêtement, elle doit porter du trente-quatre. Les mecs la trouvent tous super-sexy, évidemment, même si elle a le corps d'une gamine de dix ans. En tout cas, ils rêvaient tous d'elle jusqu'à ce qu'elle coupe ses longues boucles blondes à Noël pour les ramener au menton. Le résultat n'a pas été positif. Mercedes danse très bien, mais elle ne parle pas beaucoup.

London, au contraire, est super-bavarde, on peut l'entendre arriver dans le couloir à des kilomètres – sa voix est si nasillarde qu'on dirait qu'elle se pince le nez quand elle parle. On la repère aussi visuellement à des kilomètres. Elle s'habille des pieds à la tête d'une seule couleur. Aujourd'hui, elle est toute violette. Débardeur violet, jupe violette, collants résille violets, bottes violettes. Lunettes de soleil aux verres teintés violets. Elle souligne également le contour de ses yeux avec un eye-liner violet. C'est saisissant.

– OK, les filles, dit-elle. Je vais vous montrer un enchaînement extrait d'un des numéros dont vous pourriez faire partie, et vous allez essayer de suivre. Ensuite, on invitera quelques-unes d'entre vous, ou aucune, à revenir pour un second tour, qui aura lieu dans environ une heure. Le spectacle est dans deux mois, on n'a pas de temps à perdre. Les autres travaillent déjà depuis le mois d'octobre. Alors, celle qu'on retiendra a intérêt à être plus que bonne. Il faut qu'elle soit...

Magique ?

– ... époustouflante. Donc, si c'est pour nous faire perdre notre temps, il vaut mieux que vous partiez.

On reste figées sur place toutes les cinq.

London claque des doigts et quelqu'un met la musique en marche.

Je peux le faire. Je peux le faire. J'y arrivais ce matin et je vais y arriver maintenant (*boom, boom, boom*).

London prend place juste devant moi.

– ... cinq, six, sept, huit ! On lève le bras gauche, le bras droit, pirouette, on groove, on se penche en avant, changement de pied...

Elle continue. Encore. Et encore. Les pas sont de plus en plus compliqués. Elle me fait penser à un moustique pris dans une petite pièce, qui zigzaguerait parfaitement en rythme d'un mur à l'autre.

On est censées se souvenir de tout ça ? Une éternité plus tard, elle s'arrête, se retourne et nous adresse un grand sourire hypocrite.

– À vous.

Je jette un regard furtif aux autres concurrentes. On dirait qu'elles vont se mettre à pleurer.

– On y va, voyons qui arrive à suivre. (Elle nous tourne le dos et chante.) Cinq, six, sept, huit : bras gauche, bras droit, on tourne, on groove, en avant, changement de pied !

Pile derrière elle, je suis le moindre de ses pas. Les filles sur le côté ne s'en sortent pas trop bien (Janice n'arrête pas de battre des bras), et elles se rentrent dedans comme des autos tamponneuses, mais moi, je reste dans le coup. Mes bras, mes jambes et mes fesses sont en phase et font corps avec la musique. Non seulement j'arrive à suivre London, mais je lance la jambe plus haut, je pique plus bas, et je me trémousse plus vite.

C'est du délire.

Pour la première fois de ma vie, je suis complètement immergée dans la musique. Tout ce que je ressens, ce sont les pulsations du rythme et les mouvements fluides de mon corps. Quand l'enchaînement prend fin, je me rends compte que tout le monde me regarde fixement. Pas seulement London, Mercedes, Jewel et Raf, mais l'ensemble des danseurs de seconde, ainsi que les autres concurrentes.

Je lève les yeux vers Jewel.

– Ouaouh..., lâche-t-elle.

London s'accroupit auprès de Mercedes pour lui chuchoter quelque chose à l'oreille. Puis elle se relève et dit :

– Rochelle, on aimerait te revoir au second tour, à cinq heures. Les autres, vous pouvez partir.

Rochelle ? C'est moi. *Yes* !

J'erre dans le couloir durant l'heure suivante. Wendy Wolcott, une seconde au visage encadré de courts cheveux noirs, erre, elle aussi. On marche en sens inverse et on n'arrête pas de se croiser devant la fontaine du deuxième étage. On ne se parle pas, aucune de nous ne souhaitant approcher la concurrence de trop près.

À quatre heures cinquante-cinq, je retourne à la cantoche.

Jewel se jette sur moi dès que j'entre. Elle arbore un grand sourire.

— Quand est-ce que t'as appris à danser comme ça ?

Je lui rends son sourire, surtout parce que c'est la première fois qu'elle s'adresse spontanément à moi en dehors du cours de maths.

— Je me suis entraînée.

— Sans blague. T'es hallucinante. Genre, superstar.

— Merci.

— Bonne chance, dit-elle en me tapotant le dos. Mais t'en as pas besoin.

Wendy lace ses chaussures dans un coin. Entre Annie. Je lui adresse un signe de la main. Est-ce qu'elle a besoin de mettre un soutien-gorge de sport pour danser ? Tous les garçons arrêtent ce qu'ils sont en train de faire et regardent. On se met en rang toutes les trois.

London demande aux participants de regagner leurs places.

— Je veux d'abord vous voir improviser. Ensuite, marcher. Troisièmement, bouger avec votre partenaire pour le numéro habillé.

Marcher ? Je dois marcher ? Je n'ai pas demandé de sortilège de marche à Miri. Et si je ne savais pas marcher ?

— C'est Mercedes et moi qui décidons du casting, mais on autorise les danseurs de seconde à nous donner leur avis puisque c'est eux qui devront danser avec vous. Allons-y. Premièrement, impro.

Elle claque des doigts, et la musique vibre dans la pièce. (Comment a-t-elle fait ça ? La pièce est-elle équipée d'un clapper, le truc qui allume et éteint les lampes quand on tape dans ses mains ? Ou alors, c'est une sorcière, elle aussi ?)

Je commence à bouger. Mes pieds s'agitent, mes genoux aussi, mon arrière-train se trémousse, puis mes bras, mon cou. Je me sens élastique et débordante d'énergie : je ne pourrais pas m'arrêter, même si je le voulais. Wendy et Annie dansent à mes côtés, tout en me surveillant du coin de l'œil.

Quand la musique s'arrête, tout le monde applaudit, le regard rivé sur moi.

– Formidable, dit London. Maintenant, faites semblant d'être sur le podium toutes les trois et avancez vers moi.

Elle marche à reculons en nous faisant signe d'avancer, comme un père en train d'apprendre à ses enfants à monter à bicyclette. Talon, pointe, talon, pointe. Je me rappelle avoir lu ça dans un magazine pour ados. J'espère que je n'ai pas besoin de roulettes.

– Super. Maintenant, Rackelle et Anna, veuillez vous asseoir et voyons ce que donnent Raf et Wanda ensemble.

Mon cœur me remonte dans la gorge. Raf ! Comment Laura a-t-elle pu laisser tomber le spectacle si Raf était son partenaire ? On s'en fout si elle était nulle en classe ! Et qui peuvent bien être ces Rackelle, Anna et Wanda ? Oh, nous, suis-je bête. London est mille fois trop classe pour se souvenir de nos prénoms.

Je vais m'asseoir avec Annie/Anna. Imaginant que j'ai une règle dans le dos, je m'efforce de me tenir droite comme un mannequin.

Raf bondit de sa table pour rejoindre Wendy/Wanda. Elle ne mesure que trois centimètres de moins que lui, pas quinze comme moi, et mon cœur se serre. Ils sont trop mignons, tous les deux.

– Fais-la tourner, ordonne London.

Il la fait tourner.

– Maintenant, elle se cambre, dit-elle.

Si seulement il me suffisait de pincer les lèvres ou de remuer le nez pour faire en sorte qu'il la laisse tomber. Miri ? Si tu m'entends, qu'il la jette par terre comme une vieille paire de chaussettes.

London chuchote quelque chose à l'oreille de Mercedes, laquelle acquiesce.

– Merci, Winnie. C'était parfait. Ruth, c'est à toi.

Ça doit être moi. Je me lève et tente de gagner le centre de la pièce en marchant talon-pointe. Talon, pointe, talon, pointe. À moins que ce ne soit pointe, talon ? Et là, patatras... Je trébuche. Je titube, et tombe en avant sur les mains.

Tout le monde retient un cri.

– Tout va bien ! dis-je d'une voix chantante, en m'appliquant à conserver un ton léger et enjoué. (Je me force même à rire.) Pas de problème. J'ai dû trébucher sur quelque chose. En fait, sur mes propres lacets défaits. Stupides chaussures magiques.

– Ça va ? demande Raf en s'approchant.

Nos regards se croisent. Je sais que ça a l'air de sortir de l'un des romans à l'eau de rose de maman, mais je ne peux pas détourner les yeux. Ses pupilles sont comme du jais liquide. C'est comme si je m'y noyais. Il me tend la main, je le laisse me relever, et son contact est chaud, comme si je touchais une bouilloire en ébullition. Seigneur. Je suis tellement amoureuse. Pas de doute, pour de vrai, cette fois-ci.

Quand je retrouve mon équilibre, il me lâche la main. Zut. Peut-être que je devrais retomber. Peut-être pas. Tout le monde me regarde. C'est juste ce qu'ils espéraient : une godiche qui trébuche sur ses propres pieds pendant le spectacle. Qui tombe peut-être même sur scène.

– Voyons la pirouette, nous dit London.

Raf reprend ma main et je me tourne vers lui. Ne me lâche pas, je t'en prie.

– Maintenant, vous vous penchez.

Je me cambre dans ses bras. Je pourrais rester comme ça pour toujours. Ses lèvres ne sont qu'à quelques centimètres, et il sent tellement bon. Si seulement il se penchait un tout petit peu plus et m'embrassait. Ce serait tellement romantique... Et puis non, peut-être pas. Mon premier baiser lors du casting pour le spectacle ?

– Merci, Randy.

C'est tout ? Pourquoi n'ai-je pas obtenu un « Excellent ! » comme Wendy ? Le désespoir s'abat sur moi comme une vague dans l'océan. Je ne vais pas y arriver.

Pendant que les garçons restent bouche bée à saliver devant les attributs d'Annie, je me demande pendant combien de semaines je vais devoir mettre et débarrasser la table pour que Miri casse les jambes d'Annie et de Wendy. Je plaisante. Enfin, je crois. Je ne devrais pas plaisanter avec un truc aussi horrible. Je crois que c'est pour ça que Miri a reçu les pouvoirs, et pas moi. Je suis ignoble. J'ai sans doute le pire karma possible. Rien que pour avoir tenté de saboter le mariage de mon père, mon aura doit être d'une immonde couleur caca d'oie.

Annie ne danse pas mal. Mais je ne trouve pas qu'elle et

Raf aient l'air faits l'un pour l'autre ou quoi que ce soit. Elle est trop grande.

– Merci d'être venues, dit London, quand Annie a terminé. Les résultats seront affichés lundi. Essayez de ne pas trop stresser ce week-end.

Quoi ? Lundi ? Il faut que j'attende tout le week-end ?

Vous voyez, je savais bien que j'avais un mauvais karma.

FAITES PASSER LE PÉROXYDE DE BENZOYLE

11

Pendant le trajet en train pour aller chez papa, Miri n'essaie même pas de faire semblant de s'intéresser à mon audition. Tout ce dont elle veut parler, c'est de la formule pour FBM.

– Un regard, et il partira en courant, dit-elle d'un ton jubilatoire. Elle dégagera de nos existences, enfin.

– Enfin, je reprends en écho.

Même si nous ne pouvons pas vraiment imaginer à quoi nos vies ressembleront avec un père célibataire – il a rencontré FBM six mois après sa séparation d'avec maman, et ces six mois sans elle étaient bien mieux qu'avec. Nous avions la priorité. Il vivait à Putter's Place, dans un immeuble du centre-ville. C'est un immeuble très connu des pères de Manhattan quand ils quittent leur femme. Le dimanche, je retrouvais la moitié des enfants de ma classe dans le hall avec leurs valises.

Peut-être qu'il ne se remariera jamais. Peut-être qu'on va

lui manquer et qu'il rentrera à la maison. J'ai comme les yeux qui piquent. Je devrais peut-être penser à quelque chose de plus sympa. Comme au défilé.

– Lundi, je saurai enfin si j'ai réussi l'épreuve. Est-ce que tu crois que j'ai grillé toutes mes chances en trébuchant ?

– Huh, huh...

Manifestement, Miri est ailleurs. La réponse qui s'imposait, c'était : « Non ! Bien sûr que non ! Ne sois pas bête ! » Elle sort son nouveau cahier de formules de son cartable (elle tient maintenant un registre des sortilèges qu'elle a testés et note ses observations dans un cahier bleu à spirales qui ne la quitte jamais), ainsi qu'une éprouvette longue de trente centimètres, large de trois, remplie d'une chose bouillasse orange clair.

– Il faut qu'on arrive à étaler cette crème sur FBM.

– Où est-ce que t'as trouvé ce bécher ? Il ressemble à ceux du labo.

– C'est là que je l'ai pris.

– Tu l'as volé au labo ? Je croyais que t'étais une bonne sorcière, pas une méchante.

Elle rougit.

– Je le remettrai lundi.

– T'as intérêt. (Je secoue la tête avec un air de déception exagéré.) Deux semaines et t'es déjà passée du côté obscur !

Elle fait mine de bouder jusqu'à ce que je tire la langue en l'agitant de haut en bas. Comme d'habitude, ma grimace la fait rire. Elle louche en retour.

– Alors, comment tu vas t'y prendre pour étaler ta décoction sur la peau de FBM ? Tu vas la serrer dans tes bras ?

– C'est ce que je ferais si ce n'était pas complètement déplacé. Elle verrait tout de suite qu'il se passe quelque chose.

– Pourquoi est-ce que tu ne la mélanges pas à sa crème hydratante ? Tu sais, le micro-tube à deux cents dollars qu'elle commande spécialement en France et qu'elle cache sur l'étagère du haut dans leur salle de bain ?

– Si je la mélange avec ça, elle aura de l'urticaire chaque fois qu'elle s'en mettra.

– C'est ça qui va se passer ? Elle va avoir de l'urticaire plein la figure ? On aurait pu simplement mettre du sumac vénéneux dans sa chambre.

– C'est censé t'amocher de façon radicale. Comme si t'avais des furoncles, voire la jaunisse.

– Ça ne va pas être douloureux ?

C'est une chose que de la rendre temporairement hideuse, mais je me sentirais trop mal si on la faisait physiquement souffrir (je rigolais en parlant de casser les jambes d'Annie et de Wendy. Enfin... plus ou moins).

– Non. Et j'ai ajouté du raifort, ce qui doit rendre le sortilège temporaire. Donc, ça ne devrait durer que quelques jours. Juste assez pour que papa cesse d'être fasciné et annule le mariage.

Miri réexamine le contenu de l'éprouvette.

– Croise les doigts.

Nous repérons notre père sitôt sorties du train.

– Salut, p'pa, dit Miri en jetant ses bras autour de son cou.

Je sens une boule dans ma gorge, comme toujours quand je le retrouve. C'est vraiment l'angoisse d'avoir des parents divorcés. Je sais que je suis censée être mûre à ce sujet (j'ai de la chance d'avoir deux parents qui m'aiment, et cætera), mais parfois, je ne peux pas m'empêcher d'avoir le bourdon. Je n'ai pas envie d'être une hypoténuse étirée entre mes deux parents divergents. Je n'ai pas envie de ne voir papa qu'une fois tous les quinze jours. Je vois plus souvent mon prof de gym. Vous trouvez ça normal ?

Il me serre dans ses bras, et ma gorge se dénoue lentement. Il prend nos sacs et on le suit jusqu'à la voiture, où attendent FBM et Prissy. FBM nous fait signe de la main dès qu'elle nous aperçoit. Prissy écrase sa figure sur la vitre.

FBM tourne la tête pour nous regarder quand on grimpe à l'arrière, puis nous adresse un grand sourire hypocrite.

– Coucou, les filles, comment ça va ?

Elle ne peut pas aimer ces week-ends, ce n'est pas possible. Pourquoi est-ce qu'elle les aimerait ? Qui a envie de s'occuper de deux adolescentes ?

– C'est moi qui m'assois au milieu, dit Prissy, en s'installant dans son siège rehausseur.

FBM se retourne dans le sens de la marche et admire son reflet dans le miroir de courtoisie.

– Ces deux semaines se sont bien passées ?

– Ouais, dis-je.

Je te parie qu'elle ne s'admirera pas après-demain. Et je te parie qu'aussitôt que papa ne sera plus à portée de voix, elle ne sera plus aussi gentille.

– Formidable, dit-elle. Formidable.

157

Comme si elle en avait quoi que ce soit à faire, de nos deux semaines. À mon tour :

– Et toi, ces deux semaines ?

Elle soupire.

– Longues. C'est tellement difficile d'organiser un mariage, n'est-ce pas, chéri ?

Elle tend la main et caresse la partie dégarnie du crâne de papa. Si elle n'arrête pas de la tripoter, elle va encore s'agrandir.

– Et on en aura trois autres à organiser après celui-là, vu qu'on a trois filles, dit mon père.

Ça me fait vraiment flipper que Prissy vive avec mon père. Au moins, elle ne l'appelle pas papa. Est-ce qu'elle va s'y mettre après le mariage ? Son père vit à Los Angeles, alors elle ne le voit que quelques fois dans l'année. Je ne sais pas pourquoi il a divorcé de FBM. J'aurais bien aimé qu'il fasse part de ses raisons à papa. Je lui demanderai une liste des dix principales si jamais on se rencontre.

Mon père se gare devant le Palais du Bonheur, le restaurant chinois du coin, pour acheter des plats à emporter.

– Chéri, tu pourras prendre des baguettes pour moi ? lui demande FBM la frimeuse.

Dès qu'il a le dos tourné (bon, OK, quelques minutes plus tard, mais quand même, elle est tellement désagréable), FBM fait brusquement demi-tour.

– Miri, comment vont tes ongles ? Tu as arrêté de les ronger ?

Ma sœur s'assied sur ses mains.

– Est-ce qu'il va falloir remettre des sparadraps ? Je ne te laisserai pas me tenir tête comme tu l'as fait l'autre fois. Peut-être que votre mère tolère ce genre de comportement, mais cela n'arrivera pas sous mon toit.

Le visage de Miri devient plus rouge qu'un panneau stop. J'espère qu'elle va changer FBM en grenouille, mais il ne se passe rien. Elle doit être en train de faire des exercices de self-control. C'est l'une des choses qu'ils apprennent au Tae Kwon Do. Elle n'aurait aucun mal à suivre un régime.

– Et Rachel, tâche de ne pas déranger ta chambre ce weekend. Je ne suis pas votre femme de ménage.

– Maman n'aime pas la pagaille, ajoute Prissy.

FBM rit.

– On dirait parfois qu'un animal a pris possession de ta chambre.

J'aimerais que Miri soit assise à côté de moi pour pouvoir lui serrer la main. Fort.

Mon père revient avec le dîner.

– Voilà qui était rapide, chéri, dit FBM en lui souriant gentiment, toute trace de méchanceté effacée de sa voix.

Il lui tend les plats et l'embrasse sur la joue. Comment peut-il ne rien deviner sous ce masque de douceur écœurant ?

– Poulet à la citronnelle, crevettes au curry, bœuf aux épices et nouilles sautées au tofu pour Miri, annonce-t-il en faisant une marche arrière.

– Tu m'as pris des baguettes ? demande FBM.

Il se frappe le front de la main.

– Oh, zut !

– Ce n'est pas grave. La prochaine fois.

Une fois dans l'allée, je donne un coup de main à papa pour les sacs. Miri s'approche de notre cible.

– T'as de la poussière sur la joue.

FBM s'essuie le visage avec le dos de son gant.

– Ah bon ? Où ça ?

– Je vais te l'enlever, propose Miri.

Avant que FBM ait pu répondre, ma sœur plonge son doigt ganté dans la fiole cachée derrière son dos et étale une goutte de la potion sur sa joue.

– Merci, dit FBM.

Miri sourit.

– Oh, y a pas de quoi.

But ! Je me retiens de lever mon pouce en direction de Miri, et sors ma valise du coffre. Ha. Je vais lui en faire voir, un animal, moi. Elle n'aura qu'à se regarder dans une glace.

Le lendemain matin, à une heure impossible, nous sommes réveillées par un cri perçant.

Miri et moi nous précipitons hors de notre lit. Une seconde plus tard, nous entendons un autre cri, encore plus perçant.

– Je crois que ça a marché, je chuchote.

Nous ouvrons notre porte et passons la tête dans le couloir. FBM pousse un troisième hurlement.

Nous nous dirigeons lentement vers la chambre de mon père et toquons à la porte.

– Tout va bien ?

Ensuite, je chuchote à l'oreille de ma sœur :

– Surtout, fais pas la maligne.

Mon père ouvre la porte, l'air à moitié endormi.

– Les filles, est-ce que l'une de vous aurait de la crème anti-acnéique ? Jennifer vient de faire une poussée.

Je ne crois pas que le péroxyde de benzoyle va servir à grand-chose ce coup-ci, papa.

– On peut voir ? demande ma sœur, avec ses gros sabots.

– Ce que Miri veut dire, dis-je en lui donnant un coup de coude dans le ventre, c'est qu'en tant qu'adolescentes, nous sommes souvent affligées de divers déboires cutanés. Alors, on peut être de bon conseil. Ou au moins compatir.

Voilà qui doit parler à mon père, puisqu'il hoche la tête et dit :

– Jennifer, fais voir aux filles.

– Je ne suis pas un monstre de foire, crie-t-elle depuis la salle de bain de leur chambre. J'ai dû faire une réaction allergique. Plus jamais de crevettes au curry, vous pouvez me croire.

– Peut-être que les filles pourront te conseiller quelque chose, dit papa.

La porte de la salle de bain s'ouvre lentement. Je vois un bras, et ensuite... un visage constellé de bons vieux spots.

C'est tout ? Où sont les furoncles ? Les plaques ? Les spots représentent-ils la pire affliction cutanée qu'une sorcière puisse produire ? Il ne se passe guère de jour sans qu'il m'en pousse un. Je trouve tout cela terriblement insultant.

– Une idée, les filles ? demande FBM.

– Non, répondons-nous en chœur.

J'essaie de garder mon sérieux.

– Je suis sûre qu'ils seront bientôt partis.

– Certainement, dit mon père en serrant sa précieuse

fiancée dans ses bras. C'est plutôt mignon. Ça me permet d'imaginer à quoi tu ressemblais adolescente.

FBM pouffe de rire et caresse son crâne dégarni.

Je refoule un haut-le-cœur. Puis Miri et moi fuyons cette débauche amoureuse et nous retirons dans notre chambre.

– De l'acné ? dis-je méchamment. C'est tout ce que t'as trouvé ?

Elle hausse les épaules.

– Je hais les boutons.

À douze ans, il lui reste encore à en faire l'expérience et elle les perçoit donc comme le pire fléau sur terre.

– Eh bien, ça ne va pas suffire pour que papa cesse de l'aimer. Il n'a pas arrêté de m'aimer quand j'ai eu ce super-spot sur le nez à Noël, si ?

Elle frissonne à nouveau. Ce spot (que j'ai baptisé mon cadeau de Noël – on disait pour blaguer que j'avais vraiment dû être très vilaine cette année-là) lui avait fait si peur qu'elle s'était mise à bégayer. Je ne sais pas comment elle va s'en tirer au lycée.

– Peut-être que s'il n'est plus autant fasciné par sa beauté, il verra qui elle est vraiment.

Je ne suis pas convaincue.

– Hé, t'as trouvé ce que c'était que le *Taraxacum officinale*, pour finir ?

– Bien sûr. C'est un nom tape-à-l'œil pour le pissenlit.

– Je vais au drugstore, crie mon père à travers la porte. Je vais chercher un médicament anti-boutons et de la vitamine A. Ça devrait faire du bien à Jennifer.

Je me remets au lit. Ce qui serait encore mieux pour elle,

c'est qu'elle fasse ses bagages et dégage. On peut lui mettre ça dans une pilule ?

Quelques heures plus tard, à une heure de réveil normale, je croise mon père dans les escaliers. La faim fait gargouiller mon ventre, et papa s'apprête à partir au bureau.

Je ne peux pas croire qu'il travaille encore pendant le week-end. Ce qui signifie que Miri et moi allons passer la journée avec la reine des boutons.

Et c'est là que je le vois. Un méchant spot de la taille du poing sur son menton. J'arrête mon père en plein élan.

– Papa, t'en as aussi.

Je n'ai jamais vu mon père avec un bouton. Les pères ne sont pas censés en avoir. Ils ne doivent pas non plus pleurer ni montrer le moindre signe de faiblesse. Ou vous laisser seule en compagnie d'une méchante FBM.

– Ah bon ? (Il se touche le menton.) Je me demandais ce que c'était que cette bosse.

Je retourne en courant dans notre chambre et ferme la porte. Miri est en train de lire le manuel de sorcellerie planqué dans son livre de sciences.

– Il en a aussi, dis-je, le souffle court.

– Quoi ?

– Papa a un bouton sur le menton. C'est possible que ce soit une coïncidence ?

Elle me regarde. Fixement. Puis d'une main tremblante, elle désigne mon nez.

– Il est re-re-re-venu, bégaie-t-elle.

Non. Non, non, non. Pas question.

– Me dis pas ça.

Elle lâche son livre et se couvre le visage de ses mains.

163

– Je me suis plantée.

Pas question que je me couvre de boutons maintenant ! Le cadeau de Noël a duré deux semaines ! Raf ou Mick ne m'inviteront jamais au Grand Bal de printemps si j'ai une mégacitrouille sur le nez !

Je repousse Miri et jette un regard inquiet dans le miroir le plus proche.

– Non ! je crie, horrifiée.

Il est bel et bien revenu. Plus gros et plus moche que l'autre fois. Je croyais qu'une copie était toujours pâle comparée à l'original. Et c'est quoi, ce truc sur mon front ?

– Comment c'est arrivé ? je hurle. Tu m'as jeté le sort, à moi aussi ?

Miri se ronge le pouce.

– Je sais pas. Peut-être qu'il peut se propager. Peut-être que papa a touché FBM et donc la potion, et que ça l'a contaminé, et ensuite toi, quand il t'a embrassée pour te dire bonsoir.

Sa main vole à sa joue.

– Et si je l'attrapais, moi aussi ?

Elle se met à griffonner dans son cahier d'observations de sortilèges.

Je vais pleurer. Et si ça s'étale partout ? Sur mes mains, mon cou, mon ventre ? Qui sait ce dont ce sortilège est capable ? Mon corps tout entier pourrait devenir un immense bouton purulent. Je l'attrape par les épaules.

– Tu m'arranges ça. Tout de suite.

Ses yeux se remplissent de larmes.

– Je sais pas comment.

– Ben, cherche !

Je me rue hors de la chambre et toque à la porte de papa.

164

Je m'attends à les trouver en pleine hystérie tous les deux, au lieu de quoi ils sont allongés sur le lit, en train de se faire des câlins et, pire, de *glousser*.

– J'en ai un, moi aussi, dis-je, ce qui, pour une raison inexplicable, les fait rire encore plus fort.

– Montre, dit papa.

Je m'approche et pointe mon nez du doigt. La figure de FBM a empiré. Son front est couvert de pustules. L'acné de mon père a proliféré jusque sur son crâne dégarni.

– La crème est dans l'armoire à pharmacie.

Comme si ça allait marcher.

– On devrait appeler Harry, propose FBM. Harry est un ami de mon père, il se trouve qu'il est aussi médecin. Au cas où ce serait un zona ou la varicelle. Ou la rougeole.

– Je crois que ces boutons-là s'étalent sur tout le corps et pas seulement sur la figure, dit mon père. Mais je vais l'appeler.

FBM montre du doigt son front boursouflé et éclate de rire. Ils se mettent à rouler sur le lit, tellement ils rient. Pourquoi n'éprouve-t-il pas de répulsion, pourquoi ne réalise-t-il pas à quel point elle est horrible ? Apparemment, tout comme les boutons, le rire est contagieux. Je bats en retraite avant de pouffer à mon tour et retourne dans notre chambre au pas de course. Il nous faut un remède. Fissa.

En ouvrant la porte, je trouve Miri en proie à une petite crise de panique. Un spot a surgi sous son sourcil gauche. J'attrape un sac en papier dans la cuisine et l'enjoins de respirer dedans pour l'empêcher de s'évanouir.

Ensuite, je commence à étudier le grimoire. Comme par hasard, c'est à moi d'arranger tout ça.

– Aha, dis-je une heure plus tard, quand les joues de Miri ont repris quelques couleurs. Il y a deux solutions possibles. Annulation du sort, ou nouveau sort pour avoir une peau nette.

– Annulation, tranche-t-elle en arpentant la chambre de long en large. Pas besoin d'ajouter encore une inconnue à cette salade. On pourrait se retrouver translucides.

Elle trébuche sur le pantalon que je portais hier et me jette un regard cinglant. Après quoi, elle le pend à un cintre.

– Le seul problème de l'annulation, c'est que c'est un cinq-balais. Si t'es même pas capable de faire un sort facile, comment tu pourrais faire celui-là ?

Son visage s'éclaire.

– Tu pourrais appeler maman ?

– T'es malade ? Elle deviendrait folle !

Elle serait furieuse d'apprendre qu'on avait prévu d'enlaidir FBM, et exigerait de connaître les autres sorts que Miri a concoctés. Je perdrai mon sens du rythme à tous les coups.

– Laisse maman en dehors de ça.

– Alors, je vais tenter le sort peau-nette.

Elle s'allonge sur son lit, cale ses pieds au mur.

– Passe-moi le livre.

Je le lui tends, m'allonge à côté d'elle et passe mon grand pied au-dessus du sien, qui est tout petit. Elle soupire.

– Je sais pas trop, pour les ingrédients. Il nous faut une petite cuillère de sel de mer, deux quarts de tasse de jus de citron et cinq quinzièmes de tasse de lait. Ça fait combien ?

– Un tiers de tasse.

Exaspérée, Miri frappe le livre de la main.

– Pourquoi est-ce que ces vieux schnocks ne disent pas plus simplement ce qu'ils veulent ?

– Peut-être que c'est la traduction qui a tout compliqué.

Ou peut-être que la stratégie de fond de ce bouquin est de m'obliger à aider ma sœur ?

– Mais où est-ce qu'on va trouver du sel de mer ? Tu crois que papa va nous emmener à la plage ?

Idée de génie !

– Tu te souviens avant la rentrée des classes quand j'ai utilisé le masque de FBM et que j'étais furieuse parce que ça a fait partir tout mon bronzage ?

Elle hoche la tête.

– C'était un masque de boue de la mer Morte. FBM a toute une collec' de produits de beauté de la mer Morte, y compris des sels. Ils sont au fond de l'armoire de la salle de bain derrière les Vi...

Oups. Il n'y a sans doute aucune raison de partager avec Miri la trouvaille du Viagra. Ça m'a déjà fait flipper pour deux.

– Derrière les vitamines de papa. Je m'occupe des sels. Et il y a des citrons dans la coupe en porcelaine blanche dans la cuisine.

Miri secoue la tête et entreprend de mordre la peau de son petit doigt.

– Rachel, c'est pas des vrais. T'as pas remarqué qu'ils étaient là depuis un an ? Et qu'ils sentent rien ?

– Pourquoi est-ce que quelqu'un s'amuserait à exposer de faux citrons ?

– Pourquoi est-ce qu'il y a des tiroirs qui ne s'ouvrent pas dans la cuisine ? Qui sait ? Ils ont du citron pressé dans le frigo. Il faudra que ça fasse l'affaire. Et ils ont sûrement du lait.

La peau de son petit doigt saigne.

– Ils en ont, mais comme FBM est allergique au lactose, y a que du faux lait. Tu crois que ça change quelque chose ?

Je prends une inspiration, puis fronce des sourcils.

– Tu peux arrêter de te mutiler les doigts, s'il te plaît ? Ça me débecte.

Elle regarde sa main.

– Je m'en étais même pas rendu compte.

Je lui jette un mouchoir en papier.

– T'as de la chance que FBM soit trop préoccupée pour te filer des sparadraps. Bon, mettons l'opération peau-nette en route.

On sonne à la porte, et nous descendons rejoindre le reste de la famille.

– Ce n'est ni la rougeole ni un zona, dit Harry en étudiant nos visages. Ça ressemble à de l'acné. Quant à savoir pourquoi vous en avez tous, je n'en ai pas la moindre idée.

D'un geste vif, FBM écarte de son visage la main de Prissy, qui en est désormais également couverte.

– Arrête de gratter, chérie. C'est pire.

Prissy a l'air suprêmement ridicule avec son acné, mais c'est elle qui a l'air de s'en soucier le moins.

– C'est marrant, dit-elle en touchant ses boutons. Je peux jouer à relier les points. Des fois, à l'école, on joue à relie-les-points...

Je la fais taire et regarde Harry rédiger une ordonnance pour nous prescrire un nouveau médicament, du Xonéran.

– Ça devrait soulager vos symptômes d'ici le milieu de la semaine.

Milieu de semaine ? Il vaudrait mieux que ce problème soit résolu d'ici *demain*. Je ne peux pas aller au lycée dans cet état.

Trente-cinq minutes plus tard, pendant que mon père et FBM vont à la pharmacie acheter la pommade (FBM se cache sous une casquette de base-ball et de grosses lunettes de soleil – je ne pouvais pas croire qu'elle y soit allée avec papa, mais elle avait sans doute envie d'éviter de passer plus de temps que nécessaire avec nous), Miri nettoie l'éprouvette à l'eau bouillante, ainsi qu'il est prescrit dans le grimoire. Ensuite, dans la salle de bain – Miri au lavabo, moi sur le rebord de la baignoire –, elle mélange le citron pressé avec le lait sans lactose et les sels de la mer Morte.

Prissy toque à la porte.

– Je peux entrer ?

– On est occupées ! crie Miri. Reviens plus tard.

Quelquefois, elle s'adresse à Prissy comme je lui parle à elle. Ou comme Jewel me parle, comme si j'étais sa groupie.

Je me demande ce qu'a fait Jewel aujourd'hui. Je l'ai appelée hier, mais j'ai raccroché quand je suis tombée sur son répondeur, et j'ai téléphoné à Tammy à la place.

– Pourquoi pas maintenant ? geint Prissy.

Parce que alors, tu raconteras à ta mère qu'on lui jette des mauvais sorts, et elle nous enverra voir un psy.

– On sort dans une seconde, je crie à travers la porte. J'espère qu'elle va pas mettre le feu à la maison pendant qu'on est là-dedans, dis-je à Miri. On est les pires baby-sitters du monde.

– Ça y est, murmure Miri. Maintenant, silence.

Peau si douce,
Comme soie ;
Visage d'ange,
Blanc comme lait.

Je frissonne de froid, puis ronchonne.

– Honnêtement, je pourrais écrire ces trucs. Et si la sorcière est afro ? Ou latino ? Est-ce que ça ne devrait pas être politiquement correct si c'était adapté au xxie siècle ?

Elle secoue la potion et s'en tamponne le visage.

– Ça a marché ?

– Ça fait une seconde et demie, donc non, dis-je en me l'appliquant à mon tour.

Elle contemple son reflet dans le miroir.

– Il faut que ça marche illico.

– Dis-moi, miroir, qui est la plus belle... ?

Prissy donne un coup de pied dans la porte.

– Laissez-moi entrer ! S'il vous plaît !...

J'ouvre la porte et Prissy tombe à l'intérieur. Oh, non. Elle a poussé plus loin l'idée du jeu relie-les-points, et dessiné des lignes noires partout sur sa figure.

– Mais qu'est-ce que t'as fait ? je demande, incrédule.

– J'ai utilisé le maquillage de maman.

– On va enlever ça. Tout de suite.

Je lui essuie maladroitement le visage avec un gant, en refoulant une nausée. Ensuite, je la soigne. Toucher les boutons de quelqu'un d'autre est une activité tout à fait déplaisante. Je comparerais volontiers ça à changer les couches d'un bébé ou nettoyer le vomi des autres.

– Merci, dit-elle doucement en clignant de ses grands yeux bleu-vert.

Ils sont aussi beaux que ceux de FBM.

Ma répulsion fond comme neige au soleil. Elle n'est pas si méchante. Plutôt mignonne, en fait. J'espère qu'elle n'a pas le même gène de cruauté que sa mère.

Le temps de rincer le gant et de me retourner vers elle, elle a un doigt fourré dans le nez. Je ne peux pas m'empêcher de rire. Elle rit aussi et s'essuie la main sur mon poignet.

Je ris encore plus fort.

– On devrait mettre le mélange dans le tube de Xonéran, suggère Miri en nettoyant. Ça m'est égal que FBM ressemble à une pelote d'épingles, mais y a pas de raison que papa souffre.

Quand papa et FBM rentrent à la maison, Miri déclare qu'elle a besoin d'utiliser le médicament en premier et l'emporte en douce dans la salle de bain pour le remplacer par sa préparation.

Le dimanche matin, nos cinq visages sont nets.

– Y a pas de doute, je vais investir dans le Xonéran, dit mon père au petit déjeuner. C'est un médicament miracle. Et je suis sûr que la vitamine A n'a pas fait de mal non plus.

– Tu sais quoi, dis-je à Miri dans le train, durant le trajet du retour, on ferait fortune si on vendait ta potion peau-nette à l'école.

– Pas question ! Et maintenant, on a besoin d'un nouveau plan.

– Pourquoi pas ? Imagine un peu. On deviendrait million-naires.

Je ferais une grande femme d'affaires. Je me vois bien en train de descendre la Cinquième Avenue, hurlant dans mon portable, mes talons hauts clic-claquant sur le trottoir, les cheveux flottant au vent avant de grimper à bord de mon hélicoptère privé garé sur le toit de mon bureau.

Miri me tape sur la tête.

– Tu peux arrêter de rêver et te concentrer un peu ?

– Quel nouveau plan ?

– Le nouveau plan pour faire en sorte que papa annule le mariage. Notre première tentative a eu l'effet inverse. Papa ne s'est même pas rendu compte combien elle était moche.

Je ris.

– C'est vrai qu'elle était plutôt moche.

Miri se mord le pouce et j'éloigne sa main d'une petite tape.

– Je sais, dit-elle. Mais ça lui était égal. En fait, il avait l'air encore plus amoureux. Comment est-ce possible ?

– Il n'était pas à son avantage, lui non plus.

Je réfléchis un moment.

– Ça ne suffit pas de la rendre hideuse. Il faut qu'on l'aide à voir sa vraie nature, à quel point elle est affreuse. Elle est gentille en face de lui, mais dès qu'il a le dos tourné, elle se métamorphose.

Miri hoche la tête.

– Alors, qu'est-ce qu'on fait ? On l'enregistre en douce et on passe ensuite la bande à papa ?

– Allons. T'es une sorcière. Tu peux faire mieux que ça. Sinon, habitue-toi à l'idée te faire à l'idée de devenir demoiselle d'honneur et de porter une de ces robes. Ringardes, ridicules et roses.

D'ENFER, COOL, OU TOUT SIMPLEMENT GÉNIAL ?

12

Je ne peux pas regarder. Il faut que je regarde. Je ne peux pas.

C'est la première heure de cours, et je suis postée devant le tableau d'affichage du lycée. J'ai trouvé une excuse pour quitter la classe dès que j'ai vu London passer devant la porte. Je savais qu'elle allait afficher les résultats. J'ai demandé à aller aux toilettes, puis j'ai foncé vers le tableau qui détient mon avenir entre ses punaises. J'ai trop peur d'ouvrir les yeux.

Jewel m'aurait appelée si j'avais été retenue, non ? Je suis sûre que je n'ai pas été prise. Peut-être qu'elle n'a pas eu le droit de me le dire.

Peut-être que London l'a menacée d'être virée si elle vendait la mèche.

Peut-être que j'ai été prise ! Mes pieds se mettent à battre au rythme d'une salsa imaginaire. Je m'imagine en tête d'affiche de *Dirty Dancing III : Les Nuits de Manhattan*.

Ou peut-être pas. Ils ont peut-être choisi Wendy. Peut-être que Jewel m'a boycottée, qu'elle ne m'a pas trop défendue ; elle ne m'aime plus, c'est tout.

Je ne peux pas. Il le faut. Je vais ouvrir juste un œil, comme ça, si je ne suis pas retenue, je ne marquerai pas mes deux pupilles à vie.

Tout d'abord apparaissent les mots : « *Danseuse de seconde remplaçante pour le défilé* ». Puis...

Rachel Weinstein.

J'ouvre les deux yeux pour m'assurer que c'est toujours mon nom qui apparaît, puis me mets à bondir sur place. Abracatastique ! Je m'apprête à faire le moonwalk dans le couloir quand j'aperçois M. Earls, le sadique. Je file en classe avant qu'il ait le temps de me coller à nouveau.

Non qu'une retenue soit une si mauvaise chose en soi.

Retenue + écouter aux portes = défilé de mode.

Est-ce que j'ai déjà dit que j'adorais les maths ?

Le temps d'arriver à nos casiers, tout le monde est au courant.

En chemin pour le cours suivant, Doree jette ses bras autour de moi.

– Bravo ! couine-t-elle. Je suis tellement contente d'avoir quelqu'un en classe avec qui parler du spectacle ! C'est trop génial !

– Toutes mes félicitations, Rachel, dit William Kosravi.

Le président du club du lycée vient de s'adresser à moi.

À moi. Il sait qui je suis. Maintenant, j'ai le droit de l'appeler Will tout court, moi aussi !! D'un coup, tout le monde sait qui je suis. Des gens que je n'ai jamais vus me félicitent.

C'est nettement plus efficace qu'un concours de maths.

Ou même de bowling.

– *Je suis très impatiente de te voir danser !* me dit en français Mme Diamon en passant près de moi dans le couloir.

– *Enchantée*, je murmure en m'éloignant d'un pas dansant.

Tammy affiche un sourire béat.

– Je suis tellement contente pour toi.

Elle lève le pouce.

– Tu veux fêter ça après l'école ? On peut aller manger une pizza.

– Oui, super.

On s'engage dans la volée de marches qui mènent au deuxième étage, et avant que j'aie eu le temps de comprendre, plusieurs paires de bras m'enlacent et m'étouffent.

– Félicitations ! crient London et Mercedes.

Deux des filles les plus populaires de l'école me serrent contre leur cœur. Incroyable.

– On commence l'entraînement aujourd'hui après les cours, dit London en faisant comme si Tammy n'était pas là.

Aujourd'hui, elle porte du bleu marine. Jean, pull, casquette des Yankees, bottes, et eye-liner.

– Prévois de travailler dur. T'as un max à rattraper. On compte sur toi ce mois-ci pour venir à l'entraînement tous les jours après les cours, sauf le mercredi.

Comme si c'était un truc pénible ! Je ne peux pas imaginer meilleure façon de passer mes après-midi qu'avec Jewel et Raf.

175

– On répète quoi aujourd'hui ? je demande en essayant de ne pas me montrer trop impatiente.

D'un geste, London sort son bloc-notes.

– Jewel s'est portée volontaire pour t'apprendre l'ouverture pendant l'heure du déjeuner. Il faut absolument que tu sois au point, parce que ce sont les filles de seconde qui ouvrent le défilé. Ça donne le ton du spectacle tout entier. Les entraînements du déjeuner se passent dans la salle de théâtre.

Elle a proposé de m'apprendre ? C'est trop mignon. C'est vraiment une bonne copine. Vous voyez ? Elle m'aime toujours !

– Après les cours, la troupe se retrouve à la cantine pour répéter le premier numéro, continue London. C'est un pot-pourri de musiques extraites de *Chicago*.

Je savais bien qu'il y avait une raison pour laquelle j'avais offert le DVD à maman pour son anniversaire. À part son anniversaire, je veux dire.

– Et demain, les secondes et les premières répètent *Moulin rouge*. Tu danses avec Raf Kosravi.

Je sais ! Hourra ! Abracazam ! Il va tomber amoureux de moi et m'inviter au Grand Bal de printemps !

– Et toutes les filles seront habillées en Izzy Simpson.

Yes, yes, yes ! !

– Oh. Cool, dis-je en haussant les épaules.

– T'as ton mercredi de libre. Mercedes et moi, on va à notre cours de gym Pilates. Jeudi, c'est le jour d'entraînement pour le numéro des filles de seconde et de première. C'est sur *Miami* de Will Smith et c'est moi qui ai fait la chorégraphie : ça va être incroyable. Tu porteras du Juicy. Vendredi, Mercedes réunit tout le monde pour le numéro final, dans lequel on danse tous ensemble. C'est sur une version de *New York, New York* de Sinatra. Tout le monde sera en Theory et en noir.

D'un geste sec, elle coince son bloc-notes sous son bras.

– Voilà tous les numéros auxquels tu participes.

Ça va représenter beaucoup de travail, apparemment. Mais je ne me plains pas. London a l'air de prendre ce spectacle *très* au sérieux.

– Oh, attends – il y a aussi le numéro Vegas avec tous les élèves de seconde. Melissa avait mis au point une scène avec strip-tease absolument géniale, mais l'administration en a entendu parler et a dit que c'était déplacé. Alors, t'as rien raté puisqu'elle recommence tout. À plus, conclut-elle sans autre forme de cérémonie.

Là-dessus, elles s'éclipsent.

Pourquoi est-ce Melissa qui fait la chorégraphie ? Et j'ai oublié quelles marques on allait porter, mais qui s'en soucie ? Je porterais les trucs immondes de Judy s'il le fallait.

Enfin, peut-être.

– Ouahouh, dit Tammy. Je crois qu'on ne va pas aller manger de pizza ce soir.

– J'en ai bien peur, dis-je en me promettant de le faire dès que le spectacle sera passé.

On se remet en route.

– C'est dingue que des créateurs vous laissent porter leurs vêtements, non ? dit-elle.

– Dingue, ouais. J'imagine qu'ils font ça pour la publicité.

Puis j'ajoute, à moitié coupable :

– Il paraît qu'on va aussi nous coiffer et nous maquiller gratuitement ce jour-là.

– Veinarde, murmure-t-elle.

OK, coupable à soixante-quinze pour cent.

Quand nous arrivons au cours de maths, Jewel me fait signe du fond de la classe.

– Je te retrouve plus tard, dis-je à Tammy.

– Salut, chérie, lance Jewel. Je suis tellement contente pour toi !

Je ne peux pas m'empêcher de sourire.

– J'avais trop envie de t'appeler ce week-end. Trop envie. Mais London m'a dit que c'était motus et bouche cousue.

Elle fait mine de zipper sa bouche. Le geste de coudre quelque chose aurait été plus approprié, mais je garde cette remarque pour moi.

– T'es pas super-contente ?

– Super-contente, je répète. Au fait, les répétitions durent combien de temps ?

– Pas longtemps. Ensuite, on va manger un truc.

Est-il possible que je sois bientôt dans le secret des sorties post-lycée ? La cloche sonne, pour annoncer le début du cours. Mlle Hayward claque la porte et commence à ouvrir ses livres.

– Dis-moi, reprend Jewel en se penchant sur son bureau, quand est-ce que t'as appris à danser comme ça ?

– J'ai dû choper le truc quelque part. (Ou me baigner dedans. Peu importe.)

– Mais comment ? Je pouvais pas y croire. Personne d'ailleurs. On n'a parlé que de toi chez Mick.

– Chez Mick ?

Mick ne fait pas partie du spectacle. Il n'a pas assisté à l'audition, c'est certain.

– À sa fête vendredi. Franchement, on était tous complètement sciés. Mercedes a dit qu'elle était ravie que Laura Jenkins ait laissé tomber parce que tu danses dix fois mieux qu'elle. Elle n'arrivait pas à comprendre pourquoi tu t'étais pas présentée en octobre. (Jewel secoue ses anglaises.) Moi non plus, d'ailleurs.

Mlle Hayward donne un coup de règle sur son bureau.

– Rachel, Juliana, pensez-vous pouvoir tenir votre langue suffisamment longtemps pour que je puisse faire mon cours ?

J'ouvre mon livre, un sourire toujours scotché au visage. Même Hayward ne parviendra pas à gâcher cette journée parfaite.

– Il m'a fallu deux semaines pour apprendre ce pas final, et toi, tu le piges en deux secondes, me dit Jewel pendant la répétition.

Je suis *en pleine répétition du défilé de mode*, entourée de Raf, de Jewel, de London et de trente autres membres de l'élite, et je ne suis pas en train de rêver. En tout cas, je ne crois pas. Je me pincerais bien, mais ça ferait bizarre. Nous sommes réunis à la cantine, et venons de reprendre tous ensemble le numéro d'ouverture que Jewel m'a appris au déjeuner.

– Merci, dis-je d'un ton modeste.

– C'est vrai, intervient Stephanie Collins – Stephy pour les intimes.

Elle se tient à ma gauche et doit être la seule fille du lycée plus petite que moi. Elle fait moins d'un mètre cinquante et elle a de longs cheveux blonds soyeux avec lesquels elle se fait deux couettes basses. Ses lèvres, son nez, ses yeux sont tout petits, ils ont l'air de miniatures.

– Je veux pas rester à côté de toi. Sinon j'aurais l'air minable.

Ceux qui prétendent que les filles top-classe sont méchantes sont dingues. Je n'ai eu droit qu'à des compliments depuis que je suis arrivée ici.

– Vous allez au Snack Shoppe après la répète ? nous demande Stephy.

Jewel m'adresse un clin d'œil.

– C'est là que ça se passe ?

Stephy vérifie une deuxième fois le SMS sur son portable rose.

– Ouais, ouais.

– Rachel, tu veux venir ? demande Jewel.

– Pas de problème.

Si je rêve, faites que je ne me réveille jamais.

Je me sens comme Cendrillon. Et Raf est mon prince charmant. Il vaudrait mieux que mon sortilège ne vole pas en éclats à minuit.

Je suis Jewel et Melissa au fond du Snack Shoppe en direction d'un box. Box où sont assis Sean Washington et Mick. Ouais, Mick. J'avais oublié Mick depuis qu'on m'a mise avec Raf, mais il est toujours aussi sexy et ferait un parfait petit ami. Je m'assois en face de lui et m'efforce de ne pas le fixer du regard. Il a l'air de sortir tout droit d'un catalogue

Abercrombie & Fitch, mais en moins dévêtu. Sean est un autre super-canon. Il a la peau sombre, le crâne rasé et le sourire le plus éclatant que j'aie jamais vu. Il fait aussi partie du spectacle et danse avec Jewel dans le numéro habillé.

– Salut, les danseuses, dit Mick en enfournant une frite.

– Salut, répondent Jewel et Stephy.

J'ai la bouche trop sèche pour parler. C'est comme si on m'avait collé un mini-aspirateur sur la langue.

Jewel commande un thé glacé. Melissa commande un thé glacé. Je commande donc un thé glacé. Comme si j'avais besoin d'excitant. Ce dont j'aurais besoin, c'est d'eau. Genre, tout de suite. Ma bouche est un désert et j'ai peur qu'elle se craquelle si je l'ouvre.

– Alors, quoi de neuf ? demande Jewel à Mick.

– Pas grand-chose. Super fête vendredi, pas vrai ?

– D'enfer, dit Melissa.

– Ça va être encore plus top ce week-end, annonce Mick. Nat est en ville.

– Génial, s'exclame Jewel.

Je ne sais pas du tout qui est Nat (fille ? garçon ? chat ?), mais je hoche la tête comme si je le savais.

– Rachel, tu viens cette fois-ci ? Tu vas nous montrer comment tu bouges ? Tout le monde en parle.

Il me parle. Il connaît mon nom. Il m'a invitée à sa fête.

Il me parle. Il connaît mon nom. Il m'a invitée à sa fête.

Il me parle. Il connaît mon nom. Il m'a invitée à sa fête.

Ohmondieu.

– Hé Rachel ? dit-il.

Super. On s'adresse la parole depuis quatre secondes et j'ai déjà tout foutu en l'air. Il y a encore du boulot.

181

– Elle parle pas, commente Melissa. Elle fait que danser.

Eh ben, voilà qui était vraiment gonflé.

– Ça a l'air cool, dis-je.

Est-ce que c'est toujours cool de dire *cool* ? Ou est-ce que ça ne fait pas cool ? Est-ce que j'aurais dû utiliser *top* comme lui ? ou bien *mortel* ? ou tout simplement *génial* ?

Mick sourit et enfourne une autre frite. Il a de belles lèvres charnues. Elles me font penser à des grains de raisin mûrs et juteux.

Peut-être qu'il me laissera l'adorer et lui en donner quelques-uns à la becquée ?

La serveuse nous apporte nos verres et je bois une grande gorgée de thé glacé. J'ai sérieusement besoin de me rafraîchir les idées. De me calmer.

Ohmondieu.

Voilà Raf. Qui me touche. Qui se presse contre moi. Mick est en face, qui me parle avec sa magnifique bouche charnue, tandis que Raf, avec ses mains électriques et ses yeux couleur profondeur des abysses, me touche. Ai-je déjà dit que c'est le plus beau jour de ma vie ?

C'est le plus beau jour de ma vie.

– Salut, partenaire, lance-t-il.

– 'lut, je réponds d'une voix de souris.

Il attrape une chaise à la table voisine et prend place parmi nous.

– Prête pour demain ?

Sans blague.

– À fond. J'espère que je pourrai suivre.

– T'en fais pas, tout ira bien. Pourquoi est-ce qu'on se

retrouverait pas à l'heure du déj, comme ça, je te montrerai quelques enchaînements ?

– Super !

J'ai acquiescé un peu trop vite. Et alors ? J'ai un rencard au déjeuner. Un déjeuner ! Ouais ! Danser, n'est-ce pas un peu comme flirter debout ?

– Où veux-tu qu'on se retrouve ? Je demanderai la musique à Mercedes.

– À ton casier ? dis-je.

– Très bien. Il est...

– Juste à côté de la salle de M. Silver.

Mon Dieu, pour quelle raison pourrais-je bien connaître l'emplacement de son casier à moins de le traquer comme une psychopathe ?

J'ajoute :

– Enfin, je crois.

Tout le monde me regarde. Mick me regarde. Sean me regarde. Melissa me regarde. Jewel me regarde.

– Oui, dit Raf. Le tien est à l'autre bout du couloir.

Pardon ? Il sait où se trouve mon casier ? Pourquoi sait-il où se trouve mon casier ? Il ne m'a jamais adressé la parole. Est-il possible qu'il me suive partout comme un désaxé ? Moi, précisément ? Est-ce que ça ne serait pas trop cool ? Comme ça serait cool ! Dingue ! Mortel ! Génial !

Raf repousse sa chaise.

– Rachel, on se voit demain.

Là-dessus, il passe à une table du fond où sont assis plusieurs joueurs de football, des terminales. Il est trop cool. Il est à l'aise avec tout le monde.

Je bois mon thé glacé à grands traits. Si je ne leste pas mon corps avec du liquide, je vais m'envoler au septième ciel, j'en ai peur.

Est-ce que j'ai déjà dit que c'est le plus beau jour de ma vie ?

Je suis dans les bras de Raf.

Si, vraiment. Et je ne suis pas en train de rêver. (Cette fois-ci je me suis pincée pour être sûre.) Je suis parfaitement réveillée, au lycée, et dans ses bras.

On est mardi, à l'heure du déjeuner : je m'entraîne avec Raf dans la salle de théâtre, pour le numéro habillé. En gros, la danse ressemble à ça : dix garçons avancent le long du T (le podium), après viennent dix filles, après on se place devant nos partenaires. Ils nous font tourner, nous cambrer, on esquisse quelques mouvements sexy, on recule le long du T pour remonter sur scène, et après, chaque couple redescend le long du T pour un pas de deux romantique de trente secondes. Ensuite, retour sur scène où on danse encore une minute.

Le spectacle aura lieu dans l'auditorium du lycée, sur un podium qu'ils remontent chaque année. Malheureusement, on n'a pratiquement jamais l'occasion de s'entraîner dans l'auditorium, sauf pendant la semaine qui précède le spectacle. Le club théâtre est prioritaire. C'est vraiment trop injuste. Ils ont déjà la salle de théâtre pour répéter. Ils soutiennent qu'ils n'ont pas assez de place. C'est n'importe quoi : jouer dans la pièce du lycée est loin d'être aussi cool que de faire partie du défilé, mais les profs pensent que la pièce a une plus grande valeur pédagogique, ou je ne sais quoi.

Pour l'instant, on est en train de répéter notre pas de deux – en gros, Raf fait semblant d'embrasser le bras que je lui tends. Eh oui, on fait semblant de sortir ensemble. Je n'arrive pas à croire que les acteurs puissent passer leurs journées à faire semblant de flirter. Peut-être que je devrais devenir actrice. Pas au lycée, évidemment (pas cool), mais plus tard dans la vraie vie. Peut-être que je devrais demander à Mercedes de glisser un vrai baiser dans sa choré. Y a une boîte à idées quelque part ?

– C'est la fin de notre pas de deux, dit Raf. Maintenant on remonte le T, et c'est au tour de Melissa et Gavin.

– Pigé, dis-je, tandis qu'il me fait tournoyer sur moi-même.

Gavin est en anglais avec moi. Il ne porte que du noir. Il passe tous les cours à dessiner des dessins humoristiques dans les marges des romans qu'on étudie et il a toujours été bien trop cool-mortel-top-génial pour que je l'approche. Mais plus maintenant !

Raf me fait tournoyer encore une fois, et puis c'est fini.

– Tu maîtrises bien les enchaînements, ou tu veux les refaire, pour être sûre ?

Hmm. Question difficile.

– Je crois que ça ne ferait pas de mal de recommencer encore une fois.

Pendant la répétition du soir, Raf chuchote :
– Tu vas à la fête de Mick ce week-end ?

Je respire son odeur avant de répondre. Il sent toujours aussi bon. Le savon et l'homme. Miam.

– Oui. Et toi ?

Je t'en prie, dis que tu y vas, s'il te plaît, dis que tu y vas !

– Oui. C'est toujours sympa, les soirées chez Mick.

Nous marchons sur le prétendu T (Mercedes l'a tracé avec du ruban adhésif opaque) et regagnons notre position sur la scène imaginaire. Ses bras m'enveloppent les épaules.

Sniff. Miam.

Peut-être qu'il va me demander d'y aller avec lui. Je sais que je suis invitée de mon côté, mais comment ça se passe ? À quelle heure je dois me pointer ? Personne n'a parlé d'heure. Je peux demander à Jewel, mais je ne veux pas lui rappeler que je ne suis au courant de rien.

Sniff. Miam.

– T'es enrhumée ? demande Raf.

– Non, pourquoi ?

– T'arrêtes pas de renifler.

Super. Maintenant, il a peur que je le rende malade. Juste ce dont rêvent tous les garçons. D'une partenaire contagieuse.

– Allergie, je lui réponds.

Faut que j'arrête de renifler et que je me concentre sur ses autres attributs. Comme son merveilleux regard couleur de nuit, ses larges épaules musclées, sa peau nette et douce...

– Rachel ? dit Raf en me tirant de ma rêverie d'un coup de coude. On est censés quitter la scène maintenant.

Bon. Il va peut-être falloir que je supplie Miri de me jeter un sort tue-l'amour. Je ne vais jamais réussir à me concentrer sur le spectacle.

TOUJOURS FERMER LA PORTE

13

Quand je lève les bras pour enfiler mon haut, je me sens tout endolorie. Danser, c'est vraiment un sport qui tue. Qui l'eût cru ? À part ça, avec mon nouveau corps de rêve, je suis prête pour le grand soir. Ouais, mesdames et messieurs, l'heure est venue. Après seulement une semaine en compagnie des VIP, moi, Rachel Weinstein, vais me rendre à une soirée branchée.

J'ai passé l'essentiel de la semaine à paniquer – à quelle heure suis-je censée arriver ? Est-ce que j'invite Tammy pour ne pas y aller seule ? –, mais aujourd'hui, en maths, Jewel s'est tournée vers moi et a dit :

– Hé, on peut aller à la fête ensemble ce soir ?

– Pas de problème, ai-je dit, comme si ça n'avait pas grande importance. On se retrouve à quelle heure ?

– Neuf heures ? a-t-elle répondu en enroulant l'une de ses boucles autour de son doigt. À l'endroit habituel ?

On avait l'habitude de se retrouver à l'angle de la Neuvième et de la Cinquième Avenue, juste à côté du marchand de glaces du coin. Nous avons passé bien des heures, et englouti encore bien plus de calories, à cet endroit.

Une chance que je n'aie pas invité Tammy. J'ai espéré toute la semaine que je n'aurais pas à le faire. Je suis devenue experte dans l'art de changer adroitement de sujet chaque fois qu'elle abordait la question du week-end. Par exemple, mercredi, je l'ai interrompue d'un « Oh, est-ce que je t'ai raconté ce qui s'est passé pendant la répète hier ? » et j'ai enchaîné juste après avec une anecdote quelconque : je lui ai raconté qu'un jour où London faisait un grand jeté, elle avait accidentellement shooté dans les fesses de Doree.

Je sais que je ne suis pas sympa. Mais je ne peux quand même pas lui en parler et après, ne pas l'inviter, n'est-ce pas ? Et je ne peux pas lui dire de venir, parce que c'est la première fois que je suis invitée, je ne sais donc pas quelle est la politique de Mick en matière d'invités. Il ne m'a pas dit : « Viens à ma fête et amène une copine. » Et s'il y avait un contrôle à l'entrée ? Si Mick n'avait le droit d'inviter que trente personnes et que Tammy se retrouvait trente et unième ? Il ne s'agit pas de la pizzéria Stromboli, mais d'une *soirée privée*. S'il avait voulu que Tammy vienne, il l'aurait invitée lui-même, non ? Il la connaît. Il lui a tendu une serviette quand elle a renversé de la sauce tomate sur sa chemise !

Le truc, c'est que si Tammy vient avec nous, je vais devoir lui tenir la main toute la soirée, alors que j'ai envie de pouvoir aller et venir librement.

Je fais comme si la chambre de Miri était un podium et j'entre d'un pas gracieux.

– Qu'est-ce que tu penses de ma tenue ? (Je porte un jean et un haut rouge moulant, sous ma chemise noire sexy.)

Elle est allongée sur son lit, les pieds en l'air, plongée dans le A^2.

– Aussi bien que les sept autres.

– T'exagères. J'en ai essayé que six.

– Peu importe. Elles sont toutes pareilles.

– Justement ! Elles sont toutes pareilles, parce que le top que je voulais mettre ce soir, le blanc moulant avec un col en V, sent la transpiration, parce que *quelqu'un* l'a mis après son cours de Tae Kwon Do sans me demander la permission de l'emprunter.

Elle fait une grimace.

– Désolée.

– Ça ira pour cette fois. Je sais comment tu peux te faire pardonner. Tu vois, l'autre raison pour laquelle ces hauts se ressemblent tous, c'est parce que j'ai pas de poitrine.

Je m'examine dans le miroir au-dessus de sa commode.

– Je ne demande pas beaucoup. Juste une demi-taille. Ou une entière. Deux si tu te lâches.

En vérité, deux, ça ferait peut-être un peu beaucoup. Si on porte des bonnets A en cours d'histoire-géo du vendredi, on ne peut pas se retrouver avec des bonnets C le soir même ; ça se remarquerait.

– Pas de sortilège pour la poitrine, mais je vais te laver ton top.

– T'es pas drôle.

– J'essaie de découvrir un sérum de vérité, dit Miri en fronçant les sourcils.

– Je ne crois pas que ça va m'aider. Aucun mec ne doit

entendre la vérité. Si je dis à Raf ou à Mick que je les trouve hyper-sexy, ils vont prendre la grosse tête.

– Pas pour toi, banane. Pour FBM.

Je me perche sur le bord de son lit.

– C'est notre nouveau plan ?

– *Notre* nouveau plan ? Tu veux dire *mon* nouveau plan. T'es bien trop occupée par ta danse pour m'aider.

Je suis allée aux répétitions pratiquement tous les jours. J'ai sans doute quelque peu négligé ma sœur.

– Excuse-moi, Mir. Demain, je t'aide, promis.

– Ah ouais ? Ça serait super. Je dois rassembler quelques ingrédients. Tu peux m'accompagner pour les courses ?

– Demain, parfait. J'ai pas de répète avant dimanche.

Vous voyez ? Je suis une sœur sympa.

– Alors, explique-moi *ton* nouveau plan.

Je mets le top noir devant le rouge et me regarde dans le miroir.

Hmm. Peut-être que je devrais me changer.

– OK.

Elle se retourne et s'adosse contre le mur.

– Il ne sait pas qui elle est vraiment. Alors, si on lui fait boire un sérum de vérité, devine ce qui va se passer.

Le rouge. Non, le noir. Quel est le plus flatteur au teint ? Je crois que je devrais mettre le rouge. Miri me regarde avec impatience.

– Je ne sais pas, Miri. Je ne suis pas extra-lucide, contrairement à toi.

– Ce n'est pas ce que je te demande. Je veux juste que tu m'écoutes deux secondes !

190

Oups. Peut-être que je suis *vraiment* la pire sœur qui soit. Je lui tapote le genou.

– Ne nous énervons pas. Parle-moi plutôt de ton plan.

Elle soupire.

– Une fois que je lui aurai donné le sérum de vérité, elle dira ce qu'elle pense vraiment devant papa. Il verra à quel point elle est horrible et ensuite il rompra avec elle. Tu piges ?

Pour quelqu'un de si jeune, elle est brillante, ça ne fait pas de doute.

– Ingénieux. Et demain, on achète les ingrédients. Mais ce soir, il faut que je sois sublime. Alors, qu'est-ce que tu penses ? Le rouge ou le noir ?

J'opte pour le rouge. Puis le noir, puis le rouge à nouveau. Après, Miri me balance un marqueur noir, sans remarquer qu'il ne porte pas de capuchon. Ça fait une énorme tache au milieu de mon top. Du coup, je prends le noir. Ensuite, j'essaie de tracer un trait de crayon à l'intérieur de mes yeux comme London, mais je manque de me crever une pupille. Ensuite, je mets du blush sur mes pommettes, comme le recommandent les experts en beauté. D'un côté, de l'autre. Oh-oh... J'ai l'air d'un clown. Je me lave la figure et je recommence. Un côté, l'autre. Toujours clownesque. Et maintenant, l'eye-liner humide a dégouliné sur mes joues. Je rince abondamment et me remets de l'eye-liner. Il est nettement préférable que j'y aille sans blush.

– J'y vais ! je crie à maman et à Miri.

Je dois retrouver Jewel à neuf heures, et je n'ai plus que deux minutes devant moi. Il fait si froid que je fais de la buée en soufflant. Quand on était plus jeunes, on portait les mêmes cache-oreilles, Jewel et moi.

Ces cinq derniers mois, chaque fois que j'ai évoqué nos souvenirs communs (comme le jour où on a écrit une pièce et qu'on a demandé à son père de la filmer, ou cette habitude qu'on avait de faire des sorbets avec du jus d'orange en été), ça m'a rendue toute triste. Mais pas aujourd'hui. Aujourd'hui, elle a rendez-vous avec moi. Aujourd'hui, on sort ensemble. La vie est belle.

En arrivant au coin de la Neuvième et de la Cinquième, je jette un œil à ma montre. Neuf heures. Je suis pile à l'heure. Dix minutes s'écoulent. Elle est toujours en retard. De vingt à trente minutes. Je lui donnais rendez-vous vingt à trente minutes plus tôt pour ne pas avoir à attendre. Je lui disais par exemple que le film commençait à neuf heures dix alors qu'en fait, la séance était à neuf heures et demie. Mais là, j'ai oublié. Du coup, je poireaute comme une débile depuis onze minutes. Le duvet sur ma lèvre supérieure (que j'avais envisagé d'épiler) a gelé en formant des stalagmites. Peut-être que je pourrais les casser d'un coup sec. Encore heureux que je n'aie pas de petit ami qui veuille m'embrasser pour me dire bonjour.

Si seulement il ne faisait pas trop froid pour manger une glace.

Vingt minutes plus tard, je repère les boucles de Jewel qui dansent dans la rue.

– Salut PP, dit-elle en prenant ma main.

Comme au bon vieux temps.

J'adore les immeubles en brique. La mère de mon père, bonne-maman, habitait dans un immeuble comme ça avant que papa ne l'installe dans une maison de retraite à Long Island. Elle le partageait avec trois autres locataires et vivait au dernier étage.

La famille de Mick en a deux, et je ne veux pas dire deux locataires. Ils possèdent deux immeubles entiers et ils ont cassé le mur mitoyen. Ils occupent maintenant le plus grand hôtel particulier que j'aie jamais vu.

Quand Jewel pousse la porte – qui n'était pas fermée –, j'essaie d'empêcher mon menton de traîner par terre.

– Pas mal, hein ? dit-elle.

On se met à pouffer toutes les deux.

– Par ici, les manteaux.

Elle désigne du menton la penderie.

La maison sent la bière et la pizza. La lumière est tamisée et les basses pulsent à travers le sol et les plafonds. Je repère des premières vautrés sur un canapé de cuir beige. Et... est-ce un terminale ? Il y a des terminales ici ! Et pas le genre losers qui n'ont pas d'amis de leur âge. Quelques-uns ont même l'air encore plus âgés. Ce Mick est d'un cool...

– Tu connais tous ces gens ? je chuchote à l'oreille de Jewel.

Je cherche Raf des yeux, mais je ne le vois pas. Je n'arrive pas à croire que je suis vraiment là.

– Quelques-uns, murmure-t-elle. Ce sont des copains de Nat.

Ah. Le fameux Nat. Pourquoi tout le monde fait-il comme si je connaissais Nat ? Jewel doit remarquer mon air perplexe, parce qu'elle ajoute :

– C'est la sœur de Mick. Elle est à l'université de Pennsylvanie, mais elle revient parfois le week-end.

On accroche nos manteaux, puis je suis Jewel au deuxième des quatre étages. Elle a l'air de sortir tout droit d'un clip vidéo. Avec son jean à la taille si basse que son string dépasse. Comment peut-on être à l'aise avec un fil dentaire entre les fesses ? Elle porte également un bustier moulant qui révèle son...

– Jewel, depuis quand t'as un piercing dans le nombril ?

– Depuis Noël. Tu aimes ?

Depuis deux mois ? Je n'arrive pas à croire que je ne le savais pas. Et en voyant Sean lui tapoter les fesses quand on entre dans le salon, je me demande ce qu'il me reste encore à apprendre.

Des tas de gens sont assis sur un canapé de cuir rouge en L. La musique sort à fond des enceintes fixées sur chaque mur, et on dirait que les musiciens sont dans la pièce et non pas sur l'écran plat de la taille du mur. Qui sait, peut-être qu'ils sont vraiment là. D'après ce que je comprends, la famille de Mick a assez d'argent pour faire venir un groupe.

Mick bondit de son siège.

– Salut, beauté, dit-il à Jewel en la prenant dans ses bras pour la soulever du sol.

Il la repose et se tourne vers moi.

– Salut, beauté, dit-il en me soulevant à mon tour.

Salut, beauté ? Je l'adore !

Peut-être que Miri lui a secrètement jeté un sort pour me

faire une surprise. Ou alors, me dis-je en sentant son haleine alcoolisée, il est allé faire un tour dans l'armoire à liqueurs de son père.

Il finit par me reposer et s'éloigne vers de plus riants pâturages. Quand je regarde autour de moi, je constate que Jewel s'est installée, et je me retrouve complètement godiche.

Peut-être quelle va me présenter à la blonde avec qui elle est en train de parler et qu'on va avoir toutes les trois une super-conversation. Nan, elle n'a pas l'air pressée de me faire signe. Jewel ? Hum, Jewel ? Allô ?

Des sachets de chips éparpillés traînent sur la table basse en marbre. J'attrape ce que je crois être une chips nature et la fourre dans ma bouche. Beurk. Au vinaigre. Est-ce que je m'assieds par terre ? Je suis la seule debout. Le tapis rouge et blanc à longs poils a l'air plutôt confortable. Je crois que je vais prendre une autre chips.

Ouais, là, telle que vous me voyez, je suis très occupée à manger. Qui a besoin de gens à qui parler ou d'un endroit où s'asseoir ? Je peux manger. Je vise une cannette de soda. Oooh, je peux boire, aussi. Je l'ouvre et avale une longue gorgée. Puis une autre. Et encore une autre.

– Mais tu es là ! crie une voix haut perchée, et je lève les yeux pour voir Melissa approcher d'un pas dansant. Bouge ton petit cul, dit-elle à Jewel en se glissant à côté d'elle. T'es venue avec qui ?

Pourquoi est-ce que je n'ai pas pensé à ça ? J'aurais pu me faire une place, moi aussi.

– Rachel, répond Jewel en jouant avec une boucle.

– Qui ça ? demande Melissa, le regard vide.

Oh, allez. Elle sait qui je suis, non ? Je suis juste là.

Jewel regarde autour d'elle, comme si elle essayait de se rappeler où elle m'avait plantée.

– Tu sais bien. Rachel. Ah t'es là, dit-elle en me repérant.

Melissa fixe sur moi son regard de fouine.

– Ah, oui. Elle. Comment tu vas, superstar ?

– Super.

Je me sentirais mieux si j'étais assise à ta place. Melissa me fusille du regard et je reprends une longue gorgée.

– Ces essais étaient d'un nul ! reprend-elle en levant les yeux au ciel. Je ne sais pas pourquoi toutes ces minables se sont donné la peine de venir. Elles ne savaient pas danser la première fois. Je ne comprends pas pourquoi elles ont cru qu'elles seraient prises ce coup-ci.

Jewel rit. Elle se lève et agite les bras comme un poulet.

– À qui je vous fais penser, là ?

– Janice Cooper, je réponds.

Aussitôt, j'ai honte. Je prends un autre soda.

Melissa éclate de rire.

– Bien vu, dit Jewel en se poussant.

Apparemment, il y a plus de place sur le canapé qu'elle ne le laissait paraître.

– Pourquoi tu viens pas t'asseoir avec nous ?

Ça y est, je ne suis plus exclue. Aussi bien physiquement que métaphoriquement.

Une demi-heure plus tard, j'ai l'impression que ma vessie va exploser. Je suis terrifiée à l'idée de ne plus avoir de place à mon retour, ou de ne plus trouver Melissa et Jewel et de devoir les chercher dans toute la maison en faisant semblant d'être super-occupée.

– Gardez-moi une place, dis-je en essayant de ne pas avoir l'air inquiète.

Notez comment je m'abstiens délicatement de mentionner où je me rends. Plus que tout, il convient d'entretenir une aura de mystère raffiné. Je pars en quête des toilettes.

Je les trouve au troisième étage, lequel est désert. Il n'y a qu'un problème : le verrou ne marche pas. Super. Qu'est-ce que je fais maintenant ? Je reviens sur mes pas pour trouver Jewel et lui demander de surveiller la porte ? Pas le temps. Ma vessie ne tiendra pas le coup.

Je vais faire vite. La porte est sur ma droite, je peux donc la repousser au besoin.

Évidemment, sitôt que je baisse mon jean, quelqu'un tourne la poignée. Je jette un bras en travers de la porte pour l'empêcher de s'ouvrir à la volée et crie :

– Y a quelqu'un !

La porte se referme. Oh, là, là... J'espère que c'était une fille.

– Désolé, dit une voix grave, d'homme.

Une voix familière. La voix de Raf.

Je ne ressors plus d'ici.

Raf patiente derrière la porte. Comment je pourrais faire pipi avec Raf à moins de trente centimètres ? Je ne peux pas. Pas avec un mec que j'aime à portée de voix. J'y arrive à peine quand papa est au même étage.

Peut-être que si je prends mon temps, il finira par s'en aller. Ou il pensera que je suis... vous savez bien. Que j'ai des problèmes de femme. Ou, pire, des problèmes digestifs. Oh, non, dég'. Je ferais mieux de me dépêcher. Je ne veux pas qu'il pense *ça*. Je dois faire pipi. Immédiatement. Allez. Rien ne vient. Alors il vient, ce petit clapotis ? Comment est-ce possible ? J'étais prête à exploser il y a une minute. Le seul bruit que j'entende est le tic-tac de ma montre. Non, ce sont les battements affolés de mon cœur. J'ai une crise de panique. Je n'ai pas de raison de paniquer. Il faut que je me calme.

Inspire, expire. Inspire, expire.

Je sais. Je devrais faire couler de l'eau. Le son couvrirait le clapotis. Le seul problème, c'est que le lavabo n'est pas à portée de main : il va falloir que je me lève pour ouvrir le robinet. Tout ira bien, sauf si Raf essaie d'ouvrir pendant que je suis en plein élan. Non, aucun risque. Une pensée épouvantable me traverse. Et si, devant ce silence insoutenable, il s'inquiétait à l'idée que j'aie pu me noyer et qu'il défonçait la porte pour me porter secours ?

J'y vais. Trois, deux, un. Je me jette sur le lavabo, ouvre l'eau en grand et retourne m'asseoir illico sur la cuvette.

Ah. J'espère que ça sera rapide. Évidemment, non. C'est le plus long pipi de l'histoire. Raf est sans doute parti depuis longtemps. Ça doit faire au moins une heure que je suis là-dedans.

Enfin, j'ai fini. Je tire la chasse et me lave les mains, puis j'ouvre la porte.

Oh, non. Oooooh-ho !... du calme.

Raf est nonchalamment adossé au mur, sexy comme tout dans son baggy à taille basse, avec un vieux tee-shirt vert qui a l'air très doux. Sexy à vous rendre folle. Plus brûlant que le soleil. Plus brûlant que le soleil en feu. Plus brûlant que le soleil qu'on aurait aspergé d'essence, puis auquel on aurait mis le feu. Plus brûlant que...

– Qu'est-ce qui se passe ? dit-il en me caressant l'épaule. Je me demandais où tu te cachais.

Vraiment ? Eh bien il m'a trouvée. Aux toilettes. Génial.

– J'étais là. Je veux dire, en bas. Enfin, bref.

J'aurais grand besoin de cette cape d'invisibilité *là mainte-nant tout de suite*.

– Il faut juste que j'aille aux toilettes, dit-il.

Pas étonnant. Je les monopolise depuis des heures.

– On se retrouve après, tu veux ?

– Pas de problème, dis-je en admirant l'aisance qu'il déploie au sujet de ses fonctions vitales.

Je veux dire, il faut avoir sacrément confiance en soi pour sortir « Il faut que j'aille aux toilettes ».

Il sourit et disparaît à l'intérieur. Il veut qu'on se retrouve ! Ouais ! Je ne sais pas au juste ce que signifie se retrouver, étant donné qu'on ne se connaît que depuis une semaine. Se pourrait-il que *se retrouver* soit un euphémisme pour *sortir ensemble* ? Est-ce qu'il va m'embrasser ? Est-ce que je vais enfin vivre mon premier baiser ? Suis-je censée l'attendre ? Je ne veux pas qu'il s'imagine que je l'espionne devant les toilettes. Qu'est-ce que je dois faire ? Pour la première fois, je comprends l'étrange relation que Miri entretient avec ses ongles. Ce serait le bon moment pour me mettre à les ronger. En tout état de cause, ça me donnerait quelque chose à faire.

Coup de bol, comme c'est un garçon, Raf a fini deux se-condes plus tard.

– Viens, on va trouver un endroit pour s'asseoir, dit-il quand nous redescendons.

Il me sourit, et mon cœur fait des sauts périlleux. Il a un si beau sourire. Pourquoi n'ai-je pas remarqué son joli sourire plus tôt ? Ses dents sont si blanches et si bien rangées. En tout

199

cas, j'avais remarqué ses épaules larges, ses yeux magnifiques, et à quel point il sent bon.

Je le suis dans le salon et regarde autour de moi. Melissa et Jewel ont disparu. Merci de m'avoir attendue, les filles. En fait, à part un première ivre mort, la pièce est vide. J'entends un rire collectif qui monte de l'étage en dessous, ce qui me convient tout à fait. Un moment seule avec Raf.

Il me tend un soda et s'installe confortablement dans le canapé.

– Alors, qu'est-ce que tu penses du spectacle pour l'instant ?

Mon genou n'est qu'à cinq centimètres du sien.

– C'est sympa.

– Ouais ? Pourquoi tu n'as pas auditionné en octobre ?

– Comment sais-tu que je ne l'ai pas fait ?

– On t'aurait prise.

Est-ce qu'il me drague ? Cela ne m'est encore jamais arrivé, mais, d'après les informations que j'ai recueillies dans les films, ça pourrait rentrer dans le cadre.

– J'étais pas sûre d'avoir le temps de tout faire.

Un grand sourire lui monte aux lèvres, ses yeux se plissent en deux demi-lunes.

– Trop occupée à gagner des concours ?

Il est au courant pour le concours de maths ? Y a-t-il un trou pour matheux boutonneux où je pourrais me cacher ?

– De quoi tu parles ?

– J'ai vu le trophée près du secrétariat avec ton nom dessus.

Il hoche la tête.

– Très impressionnant.

200

Je ne sais pas si je devrais être morte de honte ou me ren-
gorger. D'un côté, avoir gagné prouve que je suis intelligente.

De l'autre, il ne s'agit que de maths.

Il n'a peut-être pas bien regardé le trophée. Et il croit que
j'ai gagné une compète de pom-pom girl. Ha, ha.

– Vite, quelle est la racine carrée de deux cent quatre-vingt-
neuf ?

Non, il a bien regardé. Je réponds du tac au tac :

– Dix-sept.

Il reprend une gorgée de sa boisson.

– Et de cinq cent cinquante ?

– Ça ne tombe pas juste, ça doit faire dans les vingt-trois
virgule quatre...

Je ris.

Il lève les yeux au plafond et fait mine de calculer.

– Je te crois. Intelligente et douée. Impressionnant.

Ouais ! Il est impressionné ! J'ai impressionné le spécimen
mâle le plus canon de la planète !

– Pas vraiment. Et seulement en maths. Je ne pourrais pas
conjuguer un seul verbe français, même si ma vie en dépen-
dait. Mme Diamon a envie de me tuer. T'as qui, toi, comme
prof ?

– M. Parouche.

– Et qui d'autre ?

– Henderson, Wolf.

Whouaouh. Que des cours accélérés. Pourquoi faut-il qu'il
y ait plusieurs cours accélérés pour chaque matière ? Pourquoi est-ce qu'il n'est pas dans le mien ?

– Et en option, t'as pris quoi ?

Le rose lui monte aux joues.

– L'atelier d'écriture.

Il deviendrait cramoisi s'il savait que je l'imagine en train de me donner la sérénade. Je serais à la fenêtre, et lui dans la rue, debout à côté du garage, en train de me lire ses poèmes. Je parie qu'ils riment mieux que le A^2.

– Sois pas gêné. Ça a l'air sympa.

– Je crois que t'as raison. Ça craint moins que de gagner un concours de maths.

Un grand sourire lui fend la figure.

– Je plaisante.

Juste à ce moment passe un groupe de terminales, et Will se jette sur Raf.

– Tu flirtes avec une fille ?

Comme c'est mignon ! Des frères en train de se bagarrer.

– Avant que tu t'assoies sur moi, oui, répond Raf, coincé sous son grand frère, l'air ennuyé, mais content qu'il s'intéresse à lui.

Will lui fait une prise autour du cou, lui ébouriffe les cheveux, puis se tourne vers moi.

– Alors comme ça, t'es sa nouvelle partenaire, hein ?

– Ouais.

Je suis sur le canapé avec Raf, l'amour de ma vie, et Will, le président du club du lycée. Je suis sûrement au paradis.

– Sa nouvelle petite amie, aussi ?

Raf prend la couleur du canapé. Moi aussi, j'en suis sûre. Vu ses fonctions, on aurait pu attendre de Will un peu plus de maturité. Non pas que ça me dérange. Redis-le ! Redis-le !

– Will, je te ficherai une raclée tout à l'heure, marmonne Raf, toujours coincé sous son frère.

Will rit, lui ébouriffe les cheveux encore une fois, et se lève.

– Ah, les frères, dit Raf en secouant la tête. J'en ai deux.
Mitch est en troisième année à l'université de New York.
Casse-pieds tous les deux. Et toi ?

– Une sœur.

Avec un peu de chance, Prissy n'obtiendra jamais ce statut.
Et je ne veux pas qu'il apprenne quoi que ce soit au sujet d'un
quelconque mariage potentiel. Pas question. Mon emploi du
temps est open. En tout cas, il le sera une fois que le sortilège
de Miri aura fait effet.

– Elle est comment ?

– Elle est...

Sorcière ? Déterminée ? Ceinture marron ?

– Étonnante.

On discute le reste de la soirée. Ou du moins, je crois qu'on
discute. Difficile de dire ce qui se passe depuis le septième
ciel. La conversation semble tourner autour du lycée, des
copains, et de la télévision. Il se trouve qu'il déteste autant
que moi la télé-réalité. (Vous voyez ? Nous sommes faits l'un
pour l'autre, c'est clair.) Vers minuit, il jette un coup d'œil à
sa montre.

– Je dois bientôt partir. J'ai hockey à sept heures demain
matin. Tu rentres comment ?

Il est génial, poète, sublime, merveilleux danseur, et spor-
tif ? Est-ce possible ?

– Je prendrai un taxi avec Jewel. Je ne devrais pas tarder à
rentrer, moi aussi. J'ai pas de couvre-feu, mais il est entendu
que je serai de retour avant minuit et demi.

Il joue avec ses doigts.

– Heu... qu'est-ce que tu fais le reste du week-end ? Tu ne
voudrais pas venir à un concert demain soir ? Mon père m'a

203

trouvé des places gratuites, et j'en ai une en trop. Tu aimes Robert Crowne ?

OhmonDieu. OhmonDieu. Il me propose une sortie. Je crois sérieusement que mon cœur vient d'exploser. Oh, une minute. J'ai oublié de respirer. Il faut que je me concentre. Expirez, inspirez. Expirez, inspirez. Oh non, j'ai inversé.

– O-OK, je balbutie, avant de m'évanouir, faute d'oxygène.

Il sourit de son sourire adorable.

– Je t'appelle demain vers une heure et on s'organise ?

Je hoche la tête, trop heureuse pour oser parler. Je lui note mon numéro de téléphone en essayant de reprendre mon souffle, puis on descend retrouver Jewel.

Je ne peux pas arrêter de sourire. Avoir un rencard est une sensation grisante. Comme si on me chatouillait le dos, que je mordais dans un brownie et que je flottais en même temps.

Je suis sûre que c'est encore meilleur que d'avoir des pouvoirs magiques. J'aperçois Mick en train de soulever une fille du sol et ça me laisse de marbre. Désormais, je vais concentrer toute mon énergie sur Raf. Désolée, Mick.

J'ai un rencard.

MON TOUT PREMIER QUASI-RENCARD

14

Apparemment, Raf a changé d'avis et décidé d'emmener quelqu'un d'autre au concert de Robert Crowne.

Il est une heure et demie. Il n'a pas appelé.

– On y va ? gémit Miri.

Elle a déjà enfilé son manteau et ses bottes, et attend à la porte.

– Dans dix minutes.

– T'as déjà dit ça il y a dix minutes.

Je l'ignore et continue d'errer dans la cuisine, en faisant semblant d'être occupée.

– Je sais que tu fais semblant d'être occupée.

Je m'assieds par terre, à même le carrelage.

– Il a dit qu'il appellerait à une heure.

Dring !

Je me lève d'un bond pour décrocher, mais je n'entends que la tonalité.

– Allô ?

Bizarre.

Miri se tord de rire.

– Désolée, j'ai pas pu m'empêcher.

– Hein ? C'est toi qui as fait ça ?

– Ouais, dit-elle entre deux fous rires.

Mon air réjoui se mue en une mine renfrognée.

– Comment ?

– Je ne sais pas exactement. J'ai plus ou moins suggéré mentalement que t'entendes la sonnerie. C'est marrant, non ? Ça n'a même pas sonné.

J'agite un doigt menaçant dans sa direction.

– Non, c'est pas marrant. Ne recommence pas. Pourquoi est-ce qu'il n'appelle pas ?

– C'est un mec. Il est en retard.

– Qu'est-ce que tu sais des mecs, au juste ?

– J'en sais plus que toi, si tu crois qu'il va t'appeler à l'heure. Il ferait mieux de se dépêcher. Je crève de chaud.

À cet instant précis, le téléphone sonne. Je lui jette un regard suspicieux.

– C'est toi ?

– Non, je te jure, c'est pas moi.

– Tu l'as obligé à appeler ?

– T'es dingue. Pourquoi t'en fais tout un plat, de toute façon ? T'as dit que c'était même pas un rencard. Qu'il avait des places gratuites et personne d'autre à emmener.

Je décroche le combiné, je le laisse tomber, je le rattrape.

– Allô ?

C'est vrai, j'ai dit ça. S'il a eu les billets gratuitement, est-ce que ça relève plus de l'amitié ou du rencard ?

– Bonjour, Rachel est là, s'il vous plaît ?

C'est lui ! C'est lui ! C'est lui !

– C'est moi.

– Salut, Rachel, c'est Raf.

J'essaie de feindre la surprise.

– Oh, salut Raf. Comment ça va ?

– Bien. Je voulais juste m'assurer que ça tenait toujours, pour ce soir.

– Pas de problème.

Ouais ! Il ne veut pas annuler !

– Super. C'est à huit heures. T'habites où ?

Je lui donne mon adresse.

– Hé, t'es pile sur mon chemin. Je passe te prendre ?

Si ça, c'est pas un truc de rencard... Un copain ne passe pas prendre une copine. Un copain *retrouve* une copine. Comme quand je retrouve Jewel.

– OK. Si tu veux.

Je lui dis au revoir et raccroche.

– J'ai un rencard ! Enfin, une espèce de rencard. Tu crois que c'est un rencard ?

– S'il rencontre maman, c'est un rencard.

– Il va rencontrer maman parce qu'elle sera là, c'est tout, dis-je pour mettre les choses au point.

Je n'ai pas envie qu'il fasse sa connaissance, c'est clair. Cela risquerait de ne pas arranger mes chances pour la suite.

Miri me pousse vers la porte.

– On peut parler de ça en route. On a des tonnes de choses à acheter. T'as pris ton argent de Hanoukka ?

– Ça fait loooongtemps que je l'ai dépensé. J'ai acheté des

chaussures, un jean, du maquillage... mais il me reste vingt dollars d'argent de poche.

Miri m'adresse un clin d'œil.

– J'en ai économisé deux cents sur mon anniversaire et les vacances.

Comment a-t-elle réussi à économiser autant ? Ah, oui. Elle emprunte mes affaires au lieu de s'en acheter.

Dès que je referme la porte derrière moi, je demande :

– Alors, on va où ? Dans un marché mystique secret ? Existe-t-il un Chemin de Traverse comme dans *Harry Potter* ? On aura le temps de circuler sur la ligne 4 1/2 du métro ?

– Tu délires à nouveau, dit Miri. On va au supermarché. Et on a intérêt à se magner, parce que maman a dit qu'elle serait de retour seulement dans quelques heures.

– Au supermarché ?

Voilà qui n'est pas très original.

On entre au Food Emporium et on pousse notre caddie dans l'allée.

– On devrait faire des réserves, dit Miri en réfléchissant à voix haute. Pour que je n'aie plus besoin de piquer des ingrédients dans la cuisine.

– Y a quoi sur ta liste ?

– Des amandes, des pommes, du basilic, du beurre, de la camomille, des cerises, des piments, de l'ail, du gingembre, du miel, du radis noir, des citrons, de la menthe, de la moutarde, des oignons, du sel, des tomates, et du yaourt.

Un peu plus et on avait un vrai buffet.

– Et peut-être un peu de mozzarella.

– Pourquoi ? C'est pour quel sort ? Tu vas nous faire grandir ? (Je me mets à rire.) Tu piges ? Parce que ça s'étire ?

Je pourrais peut-être devenir comique professionnelle.

– Ha-ha.

Elle s'adosse au mur et manque de renverser un présentoir de céréales placé sous une gigantesque fraise en carton. C'est quoi cette manie de mettre des fruits secs dans les céréales ? On est des astronautes ? Trop paresseux pour couper nos propres fruits ?

– Non, dit Miri quand elle recouvre son équilibre. J'ai envie de pizza. Et maman pourrait se demander pourquoi on est allées faire des courses. Si on prépare le dîner, on ne sera pas démasquées. Tu suis ?

– Comme si c'était pas louche de préparer le dîner !

Elle me lance un regard lourd de reproche.

– Que *toi*, *tu* proposes de préparer le dîner serait suspect, mais pas moi.

– Tu es tellement intelligente, je m'écrie en jetant une barre chocolatée dans le caddie.

Miam.

– Prends pas ça, dit Miri. Le fabricant exploite des enfants sud-américains.

Je m'apprête à l'enlever. Mais franchement, est-ce qu'une seule petite barre y changera quelque chose ? Je parie que Miri a lu ça quelque part sur le Net sur un site altermondialiste.

– Allons chercher des sels de bain pour maman, reprend Miri. Peut-être qu'elle aimera. Et si ça se trouve, on en aura besoin.

J'attrape le miel et les amandes.

– Alors, explique-moi, ça sert à quoi, ces trucs ? Le miel rend gentil ? Les amandes font la peau douce ?

– Toutes ces herbes et ces aliments et... heu... ces condiments ont des pouvoirs magiques. Ils envoient des ondes dans le cosmos quand je les combine avec mon pouvoir mental et le sortilège.

– J'ai rien compris.

– Tu sais qu'une odeur peut te mettre dans une certaine disposition ?

Comme l'odeur de Raf. Miam.

– Oui.

– C'est la même chose. Le sortilège, les ingrédients et mon pouvoir s'additionnent pour réaliser ce que j'ai souhaité.

– Cool.

Je pousse le caddie dans l'allée des surgelés.

– Mais pourquoi est-ce qu'il se met à faire froid chaque fois que tu fais de la magie ?

– Je sais pas trop. Peut-être que l'énergie dans la pièce est pompée par le sortilège ?

– Est-ce que tout le monde peut sentir le changement de température ? ou seulement d'autres sorcières ? je demande, remplie d'espoir.

– Tout le monde. C'est pour ça que maman soutient qu'il est particulièrement dangereux de jeter des sorts en public.

– Ah.

On se dirige vers la viande rouge et les volailles. Une minute.

– T'as dit que le sort marche avec les ingrédients et tes pouvoirs. Mais t'as fait bouger le homard sans prononcer un seul mot.

– Mais je ne maîtrisais absolument pas ce que je faisais. Ces sortilèges me permettent de contrôler ce que je souhaite.

210

Je la presse vers l'allée boulangerie, *loin* des animaux morts, au cas où.

– Et quel effet ont les épices ?

– Eh bien, la camomille calme. Le sel purifie. L'ail protège.

– De quoi avons-nous besoin pour le sérum de vérité ?

– C'est simple. Tout ce qu'il nous faut, c'est de l'eau, des amandes et une touche de menthe pour activer. Et y a même pas de fractions débiles pour m'embrouiller.

– Activer ?

– Ouais. La menthe est un activateur, tu sais, comme en chimie.

Au rayon légumes, j'étudie attentivement les oignons. Rouges d'Italie, oignons doux mayas, grelots rouges, grelots blancs, jaunes, jaunes de Hawaii.

– Tu pensais à un oignon en particulier ?

Elle a l'air vaguement inquiète.

– Je ne sais pas. On ne peut pas juste en prendre un normal ?

– C'est quoi, un normal ?

Elle en désigne un beige.

– Celui-là ressemble à ceux qu'utilise maman.

Je le balance dans le caddie comme si c'était un ballon de basket. Panier !

– Eh, y a pas des ingrédients qu'on pourrait ajouter pour me rendre irrésistible ce soir ?

Elle secoue la tête au-dessus du caddie.

– Tu ne préfères pas qu'il t'aime pour ce que tu es, plutôt qu'à cause d'un sortilège ?

– C'est toi qui l'as fait appeler.

211

– Non. Je ne ferais jamais un truc pareil. Ce ne serait pas bien.

Pas bien, à moins que je n'accepte de mettre la table une année entière, mais je garde ça pour moi. Je ne voudrais pas qu'elle se sente mortellement blessée et qu'elle sabote mon rendez-vous de ce soir exprès par accident.

– D'ailleurs, t'es déjà irrésistible, ajoute-t-elle en m'adressant un sourire. Et puis, je suis juste une débutante en tours de passe-passe, ne l'oublie pas. Pourquoi risquer ce que tu as déjà ?

Elle pousse le caddie vers les condiments. Je lâche un pack de yaourts dans le caddie.

– Je sais déjà que Raf m'aime pour moi-même. Il m'a invitée, non ?

Oui mais, avant que je ne fasse partie du défilé, il ne m'avait jamais adressé la parole. Si Miri ne m'avait pas jeté son sort de danse, ce soir je regarderais la télévision avec Tammy.

Et alors ? Peut-être que parfois l'amour a besoin qu'on l'active. Qu'on l'arrose avec un peu de menthe.

– Je n'en reviens pas que vous ayez préparé le dîner, les filles ! s'exclame ma mère en avalant une bouchée de pizza.

Au supermarché, on a pris aussi de la pâte à pizza, une laitue et une miche de pain. Ne sommes-nous pas les meilleures filles qu'on puisse rêver d'avoir ?

– Je pourrais bien vous charger du dîner une fois par

semaine. Qui l'eût cru ? Combien est-ce que ça vous a coûté, tout ça ?

– Seulement quinze dollars, dit Miri.

En fait, quatorze pour les ingrédients de la pizza, mais la facture totale approchait plutôt des cinquante. Les denrées non périssables sont cachées dans le placard de Miri, et les fruits planqués dans le frigidaire derrière des trucs plus grands.

– Eh bien, je ne veux pas que vous ayez à puiser dans votre argent de poche pour le dîner. (Elle fouille dans son porte-monnaie.) Voilà vingt dollars.

Peut-être que c'est pour ça que Miri a autant d'argent. Notre mère lui remplit les poches. Mais je dois donner raison à ma sœur : c'était une bonne idée et la pizza est vachement bonne. À part les graines de tournesol. Je ne sais pas pourquoi, elle a pensé qu'elles feraient une bonne garniture. Je n'arrête pas de les empiler dans ma serviette.

– Rachel, Tammy a appelé.

– Ah bon ?

Je meurs d'envie de lui raconter pour mon rencard. Ça va la rendre folle. Mais comment vendre la mèche à propos du mec sans lâcher le morceau au sujet de la fête de Mick, comment faire une chose pareille sans passer pour la Pire Amie du Monde ?

Je m'occuperai de ça lundi. Je vais appeler Jewel à la place.

– Je me charge de la vaisselle, les filles. Rachel, va te préparer pour ton rencard.

Et elle me fait un clin d'œil un peu étrange. C'est bizarre, son œil qui reste ouvert ne bouge absolument pas, alors que la plupart des gens l'écarquillent. Ça fout les jetons. Elle est assez excitée par cet événement majeur. Depuis que je lui en ai parlé, elle n'arrête pas de m'adresser des clins d'œil et de me tapoter la tête. Ça pourrait être pire. Elle aurait pu m'interdire de sortir, ou prétendre que je suis trop jeune ou un truc de ce genre. Elle en serait tout à fait capable.

– C'est pas un rencard, maman.

Même s'il passe me prendre au lieu de me donner rendez-vous quelque part, il n'a jamais employé le mot rencard. Maman n'a donc pas le droit non plus.

– Désolée, ton quasi-rencard.

Elle m'adresse un autre clin d'œil inquiétant.

– Est-ce que je vais faire la connaissance de ce quasi-petit copain ?

– Sûrement pas. Je sais que c'est mon premier quasi-rencard, mais on va essayer de ne pas en faire tout un plat.

– Ça veut dire pas de photos ? demande Miri en exhibant la pizza qu'elle a dans la bouche.

– Ha, ha. Seules les caméras sont autorisées.

Juste au cas où l'une d'elles me prendrait au sérieux, j'ajoute :

– Non pas de caméra.

– Il les a achetés ces billets ? demande maman.

– Quelle différence ?

Elle racle un morceau de fromage sur l'assiette avec sa fourchette et le met dans sa bouche.

– S'il les a achetés, alors c'est un vrai rencard.

– T'es restée bloquée dans les années cinquante ou quoi ? Les garçons n'invitent plus les filles.

– Ce n'est pas vrai.

– Je ne te qualifierais pas vraiment d'experte en rencards,

maman. De toute façon, ces billets sont des places gratuites, ce qui veut dire qu'il ne les a pas payés.

J'essaie ensuite de changer de sujet :

– Qu'est-ce que vous avez prévu ce soir, toutes les deux ?

Je suis déjà assez tendue comme ça pour ne pas avoir en plus à endurer cette inquisition.

– On continue l'apprentissage de Miri, répond maman en raclant une autre lichette de fromage avec sa fourchette. On a presque fini l'histoire de la magie.

Les yeux de Miri s'illuminent comme deux bougies.

– Alors, on attaque la pratique maintenant ?

Maman secoue brièvement la tête.

– Non. Pas encore. D'abord on étudie les implications et l'éthique. Ne t'inquiète pas. Tu finiras par faire de la magie un jour.

Miri manque de s'étrangler avec un morceau de pizza. Si maman savait...

– Je vais me préparer, dis-je en repoussant ma chaise.

Maman lance des petits baisers sonores en l'air.

– Tu crois qu'il va t'embrasser à la fin de ce premier quasi-rencard ?

– T'aimerais bien savoir, hein ?

Et je m'enfuis sous la douche avant qu'elles ne voient à quel point j'ai rougi.

Si j'avais un vœu à formuler, ce serait qu'il m'embrasse. Non, je retire ce que j'ai dit. Ce serait qu'il m'invite au Grand Bal de printemps.

Je fais couler l'eau chaude et me glisse sous le jet. C'est incroyable. C'est tellement plus agréable de se doucher le soir plutôt qu'au réveil le matin : on est à moitié endormi et on n'a qu'une envie, retourner se coucher. Aujourd'hui, je pense même que je vais me faire deux shampoings, comme conseillé sur le flacon.

Si ma soirée suscite pas mal d'excitation dans la maison, c'est que personne ici n'a eu de rendez-vous depuis deux ans. Après le divorce, maman est sortie avec quelques types qu'elle rencontrait à son boulot (j'en ai jamais croisé un seul – elle ne leur donnait rendez-vous que le week-end quand on était chez papa, mais j'ai vu leurs noms s'afficher grâce au service des appels en absence), mais elle n'en aimait aucun. Finalement, ils ont cessé de téléphoner.

En vérité, je crois qu'elle est toujours très attachée à papa. Elle a gardé le sweat-shirt qu'il mettait pour traîner à la maison, le gris avec le doux col élimé et la tache d'encre bleue sur la manche. Celui qu'il portait quand on restait entre nous et qu'on regardait la télévision avant qu'il ne devienne associé et qu'il ne travaille tout le temps.

J'ai demandé à maman si elle savait où était ce sweat, mais elle a répondu que non. Un an plus tard, un jour où je m'étais réveillée à sept heures du matin et que je ne pouvais pas me rendormir, je me suis glissée dans sa chambre pour lui emprunter un roman à l'eau de rose, et je l'ai vue qui dormait en le tenant dans ses bras. Elle ne le portait pas. Elle le serrait juste contre elle.

Je suis retournée dans mon lit et j'ai pleuré jusqu'à ce que je sombre dans le sommeil. Être amoureuse de quelqu'un, l'épouser, avoir deux enfants avec lui, et se retrouver abandonnée doit être la pire chose du monde. Il a commencé à fréquenter FBM six mois seulement après être parti, avant même que le divorce soit prononcé, et parfois je me demande si elle ne faisait pas partie du décor un chouïa plus tôt qu'il n'est prêt à l'admettre. Genre, quand il habitait encore avec maman et nous. C'est peut-être pour ça qu'il se « sentait différent » ? Qui sait ?

J'aurais cru que maman le détesterait, mais elle ne dit jamais un mot méchant sur lui. Jamais. Elle se contente de se servir de son sweat comme doudou. J'espère qu'elle le lave de temps en temps pour des raisons d'hygiène, mais ça ne me regarde pas, c'est clair.

À sept heures vingt, je suis sur mon trente et un. Je porte mon deuxième jean préféré (j'ai mis le premier hier soir, ça craint) et un haut vert, qui, avec un peu de chance, souligne la couleur de mes yeux.

À sept heures vingt-cinq, Raf sonne à l'interphone.

– Ton quasi-rencard est là ! crie maman depuis le salon.

– Tu peux arrêter de dire ça, s'il te plaît ? je hurle.

Il sonne à la porte deux secondes plus tard, et je cours l'accueillir avant que ma mère ne puisse le faire. Malheureusement, ma sœur et elle surgissent toutes les deux derrière moi dans l'entrée. Comment ont-elles pu arriver aussi vite ? Est-ce qu'elles se sont téléportées ? Il va falloir que je les surveille de plus près.

J'ouvre la porte. Raf sourit. Il est trop mignon. Il porte un jean, le même qu'hier, je crois – j'aimerais bien pouvoir aller remettre celui d'hier, moi aussi –, et son manteau de laine noir.

Je l'adore.

J'aimerais que ma mère nous photographie. J'agrandirais la photo et l'accrocherais dans ma chambre.

– Salut, Rachel, dit-il. Bonsoir, madame Weinstein.

217

Ce *madame Weinstein* manque de me faire pouffer de rire. Personne ne l'appelle comme ça.

– Je vous en prie, appelez-moi Carol, dit maman. Enchantée.

– Et voici ma sœur, Miri, dis-je.

– Enchanté.

Super. On est tous enchantés. Maintenant qu'on a expédié les mondanités, peut-être que je peux aller à mon premier quasi-rencard.

– Je serai rentrée vers minuit, dis-je.

Et avant que quiconque ait pu ouvrir le bec, je leur fais au revoir de la main et referme la porte derrière moi. J'aperçois maman en train de m'adresser un clin d'œil, et je crois que Raf l'a vue aussi.

J'essaie de lui suggérer par télépathie de prendre ma main, mais ça ne marche pas. Ses amis cool, Ron, Justin (c'est l'un des premières du groupe des Illuminés) et Doree (qu'est-ce qu'elle fait là ?), nous attendent près de la place Irving.

– Salut, Rachel, chantonne Doree en passant son bras sous le mien. Tu trouves pas ça dingue ? On sort ensemble depuis mercredi, Justin et moi, chuchote-t-elle. Je suis tellement contente que Raf t'ait invitée. Comme ça, on est en couples.

J'espère que Doree ne va pas lever les bras pendant le concert.

Raf sort les billets et les tend au videur, qui nous passe des bracelets verts au poignet pour mineurs-à-qui-on-ne-vend-pas-d'alcool.

On traverse la foule pour se faufiler aussi près que possible à l'avant. Sans doute l'influence de Doree. Le temps que les membres du groupe entrent en scène, on n'est plus qu'à quelques mètres.

Les lumières s'éteignent et la voix de Robert Crowne se met à hurler :

– Bonsoir, New York !

Les lumières se rallument et le voici, Robert Crowne, à seulement quelques mètres de moi. Seigneur. Je n'arrive pas à croire que je suis là. À un concert surbooké de Robert Crowne. Ce qui est sûr, c'est que je ne rêve pas cette fois-ci : il y a bien trop de bruit.

Les lumières se tamisent et un arc-en-ciel de couleurs primaires se répand sur la salle. Raf se met à chanter avec la musique. Justin joue de sa guitare imaginaire, et Doree – elle n'est pas sortable – agite les mains en l'air sur la musique.

Je ne peux pas me retenir. Je me mets à danser. La musique, la foule, l'ambiance... le sublime Robert Crowne sur scène. Il porte un pantalon de cuir noir et une chemise argentée à manches longues (je suis sûre qu'il crève de chaud), et parcourt la scène en tous sens. Il est aussi sexy qu'à la télé. Tout est top. Qui aurait cru qu'en ayant du rythme, on pouvait s'éclater autant ? Pendant les deux chansons suivantes, je fais corps avec la musique. Soudain, je me souviens de Raf et je lève les yeux, il me regarde, et l'instant d'après, on danse ensemble. Pas de tours ou de passes, rien de ce genre, non, juste bouger, flirter et s'éclater.

– Tu danses vraiment super bien ! hurle-t-il pour couvrir la guitare électrique.

Je lui réponds sur le même ton :

– Merci !

– Dis-moi, je me demandais... Tu veux venir avec moi au Grand Bal de printemps ?

En plein dans le mille !

– Je serais ravie.

Je lui souris. Il me sourit à son tour.

Ça, c'est un rencard. Et pas un quasi-rencard. Un pur rencard à cent pour cent.

TAMMY ME FAIT LA TÊTE

15

– T'étais pas chez ton père, ce week-end ? demande Tammy.

– Mm-mm, dis-je en faisant semblant d'être préoccupée par le contenu de mon casier.

– Alors, qu'est-ce qui t'est arrivé ? Je t'ai appelée un milliard de fois.

Elle a l'air sincèrement déconcertée. Le fait qu'elle n'envisage pas une seconde que j'aie pu la laisser tomber me dérange comme un chewing-gum collé sous la chaussure. (Peut-on m'expliquer pourquoi il y a autant de chewing-gums par terre ? Pour quelle raison crache-t-on son chewing-gum sur le trottoir ? Les gens sont-ils donc si négligents qu'ils ne peuvent pas attendre jusqu'à la prochaine poubelle ?)

– Désolée. C'est juste que ça a filé trop vite. J'ai pas vu le temps passer, dis-je en me torturant la cervelle pour essayer de changer de sujet. (Peut-être que je devrais faire semblant de glisser ? Ou lâcher ma trousse par terre ? Eurêka !)

– J'ai une super nouvelle !

Elle s'adosse à son casier et m'adresse son signe pour OK.

– Ah ouais ? C'est quoi ?

Opération distraire Tammy réussie ! Hmm. Et maintenant, comment lui communiquer la bonne nouvelle sans lui raconter mon week-end ? Je ne veux pas parler de vendredi dans la mesure où j'aurais sans doute dû l'inviter, alors je vais aller droit au but. Je lui fais signe de me suivre dans les toilettes des filles. Je n'ai pas envie de faire de l'hyperventilation devant tout le monde. Sitôt que la porte se referme sur nous, j'annonce tout excitée :

– Raf m'a invitée pour le Grand Bal du printemps !

Comme Tammy est parfaitement au courant de mon obsession pour Raf/Mick, je m'attends à ce qu'elle saute de joie. Ou au moins à ce qu'elle sourie.

Mais elle secoue la tête et me regarde comme si je venais de lui dire que ma mère était une Martienne (ce qui, honnêtement, ne serait pas si éloigné de la vérité, vu que c'est une sorcière, enfin, bref).

– T'es malade ? demande-t-elle. Tu peux pas aller au Grand Bal de printemps.

– Pourquoi pas ?

C'est quoi, son problème ? Je fais couler de l'eau et me mouille les doigts avant de me les passer dans les cheveux.

– Ton père se marie ce jour-là.

Oups, j'avais oublié ce léger détail. N'empêche, ça ne veut pas dire pour autant que Tammy a le droit de casser l'ambiance. Peut-être qu'elle est jalouse que j'aie un rencard, et pas elle.

Je l'aperçois dans le miroir, en train de se mordre la lèvre inférieure, l'air préoccupé, le regard interrogateur, et je me rends compte que je suis complètement à côté de la plaque. Tammy n'est pas jalouse. Elle ne fait que souligner une évidence. Elle est invitée au mariage, après tout. Et elle n'est pas au courant du nouveau talent de Miri et de notre plan secret.

– Je crois que j'étais tellement excitée qu'il m'invite, que j'ai oublié que c'était le même jour, dis-je en guise d'explication.

– Je suis vraiment désolée.

Elle me tapote gentiment l'épaule.

– Sois pas déçue. Je suis sûre qu'il t'invitera pour le prochain bal. (Son visage s'éclaire.) J'ai une idée. Pourquoi tu demandes pas à ton père si tu peux inviter un copain ?

Pauvre innocente. Tout d'abord, il n'est pas question que j'inflige à Raf ce mariage, autrement dit cet horrible spectacle. C'est une chose d'avoir une amie sur place, mais un garçon dont j'essaie de me faire aimer, pas question. Deuzio, et plus important, il est absolument *hors de question* que Raf me voie dans l'espèce d'horreur couleur flamant rose.

– Ouais, c'est une bonne idée.

Tu parles... La cloche sonne, et j'ajoute :

– On devrait aller en classe.

On monte les escaliers quand j'aperçois Raf en train de foncer dans le couloir, son manteau toujours sur le dos. Il s'anime à ma vue et me fait signe de l'attendre. Après avoir fourré ses affaires dans son casier et attrapé ses livres, il se dirige vers nous.

– Salut, les filles.

– Salut.

Parfois, mon manque de créativité me tue. Pourquoi est-ce

que j'ai toujours l'air d'un robot en face de garçons comme Raf?

– Salut, Raf, dit Tammy avec un grand sourire.

Il sourit lui aussi, et je remarque qu'il a une fossette sur la joue gauche. Qu'il est mignon ! C'est dingue, chaque fois que je le vois, je remarque quelque chose de nouveau et d'extraordinaire.

– En route pour un autre concours de maths ? me demande-t-il.

Il me taquine ! Si c'est pas adorable.

– Je ne laisserai pas tomber avant d'être la première, dis-je.

Il rit et tambourine son stylo sur son livre.

– Dis-moi qui est le loser qui t'a battue, je m'occuperai de lui.

La cloche sonne pour la deuxième fois.

– Je dois aller en cours. À tout à l'heure, Rachel.

Je souffle. Je le regarde disparaître dans le couloir (quel joli petit cul, on le devine à peine !), et on grimpe l'escalier quatre à quatre, Tammy et moi.

– Vous êtes trop chou tous les deux, me complimente Tammy, enthousiaste. Alors, vous en êtes où ? Vous êtes ensemble, maintenant ?

– Je ne crois pas. On n'est sortis ensemble qu'une fois.

Plus ou moins. Et il ne m'a même pas embrassée. Après le concert, il m'a raccompagnée à la maison (parce que c'était un rencard ? Parce qu'il ne voulait pas que je me fasse suivre ou kidnapper ? Parce qu'il mourait d'envie de passer encore quelques précieux moments seul avec moi ? Va savoir...), et quand on est arrivés sur le pas de la porte, je me suis dit : Ça y est, il va m'embrasser, il va se lancer, c'est clair, et pourquoi, mais pourquoi n'ai-je pas pensé à me fourrer dans le bec le chewing-gum qui a passé tout la soirée dans ma poche ? Est-ce que c'est censé faire effet du fond de ma veste ? Et là, il s'est penché vers moi... et m'a gentiment caressé l'épaule. L'épaule. Y a un problème avec mes lèvres ? Je savais qu'elles étaient trop minces – il n'arrête pas de les louper. Peut-être que le Grand Bal de printemps sera mon grand soir. Je vais investir dans un crayon à lèvres, sûr. Enfin, bref, je crois qu'il est temps de tout dire à Tammy au sujet de samedi soir : c'est là qu'il m'a posé la question. Je vais juste omettre les détails qui nous y ont menés.

– J'ai tellement de trucs à te raconter.

– Ça m'en a tout l'air. Tu veux faire quelque chose après les cours, ce soir ?

On est quel jour ? Ah, oui. Lundi. Depuis mon renversant quasi-rencard avec Raf, j'ai l'esprit complètement ailleurs.

– Je ne peux pas. Désolée. Je dois aller à la répète.

– Ah, oui, dit-elle en regardant le bout de ses chaussures.

Je me sens minable de la laisser tomber comme ça tout le temps. Elle a toujours été une bonne copine.

– Pourquoi est-ce qu'on ne ferait pas un truc mercredi ?

Elle amorce un sourire.

– Ah oui ? Pas de répète ?

– Nan. On est libres le mercredi. London a son cours de gym Pilates. Ça sera super. T'as qu'à venir chez moi. On regardera un film. Peut-être qu'on pourra convaincre maman de commander du chinois.

– Super, dit-elle, en m'adressant son signe OK.

On trouve deux places près du mur de gauche en salle

d'étude, et je lui raconte tout au sujet de mon premier quasi-rencard.

– Vous avez vu ce que Janice Cooper portait aujourd'hui ? demande Stephy durant la répétition, après les cours.

Doree éclate de rire.

– Ouais, des caleçons longs. Comme dans les années quatre-vingt. Vous ne trouvez pas ça marrant ? Elle est dans un de mes cours. Je vous jure, rien que de voir dans quelle tenue elle va se pointer chaque matin, ça m'aide à rester réveillée.

Le reste de la troupe se met à rire. On est assises sur des bancs à la cantine, pour une pause de dix minutes. Cette dernière heure a été consacrée au numéro des filles. Mes fessiers me font mal à force de m'être autant trémoussée. On fait un pas de deux d'enfer, Jewel et moi, où on avance ensemble le long du podium avant d'onduler en chœur. J'adore ce mouvement. Je deviens littéralement la vague.

– Sa coupe de cheveux fait très années quatre-vingt aussi, dit Melissa. Je crois même qu'elle se les crêpe.

Je sais qu'elles sont ignobles, mais je ne crois pas que ce soit volontaire de leur part. Les ragots sont leur manière à elles de se défouler. Quoi qu'il en soit, je suis de bien trop bonne humeur pour me laisser affecter par quoi que ce soit. Je vais au Grand Bal de printemps ! Je vais au Grand Bal de printemps !

Enfin, peut-être. Il me reste toujours à résoudre le petit détail du mariage de mon père, comme l'a si généreusement souligné Tammy.

Je farfouille dans mon sac pour y retrouver la barre chocolatée que j'ai achetée au supermarché. Pendant que mes camarades continuent de tailler un short à toutes les filles absentes, je déchire l'emballage.

– Quelqu'un en veut ? je demande en mordant dedans.

Elles me fixent toutes, les yeux écarquillés, la mâchoire pendante : apparemment, elles sont sidérées.

Est-ce que j'aurais dû leur en offrir avant de mordre dedans ? Ce n'est pas bien grave. Je peux en couper un morceau de l'autre côté.

– Tu vas manger ça ? demande Melissa.

Oh, allez, elle ne va pas s'y mettre, elle aussi.

– Pourquoi, à cause du problème sud-américain ?

Elles continuent de me fixer.

– Tu danses devant tout le lycée dans moins d'un mois, poursuit Melissa. Tu sais combien il y a de calories là-dedans ?

– Deux cent soixante-douze, répond Doree.

Lèche-bottes.

– Onze grammes de graisse, ajoute Melissa.

Stephy s'approche.

– Trente grammes de sucres.

Je m'apprête à remballer ma barre et à la cacher dans mon sac quand Jewel intervient :

– Et alors ? Si elle a faim, qu'elle la mange.

Merci, Jewel ! Je mords une seconde bouchée (un tout petit peu plus petite).

– C'est facile pour toi de dire ça, Jewel, se défend Melissa. Tout le monde n'a pas ta silhouette et ton métabolisme.

Sur ce, elle jette un regard à mes cuisses.

Je crois que je n'ai plus faim. Je remets ma friandise dans mon sac.

London rentre dans la pièce et nous quittons nos bancs pour nous précipiter à nos places, cinq secondes à droite, cinq premières à gauche. Elle est tout en vert aujourd'hui. Pourquoi a-t-elle le pouvoir de dicter la mode, alors que Janice n'a droit qu'à des moqueries ? Personnellement, je trouve que Janice avait l'air cool, dans son genre rétro, tandis que London me fait penser à des M&M'S. (À moins que mon cerveau ne soit bloqué sur le chocolat.)

– Prêtes, les filles ? demande London.

On hoche la tête. On n'a pas vraiment le choix : les questions de London sont toujours des ordres déguisés.

– Parfait, dit-elle. On y est presque. On aura réglé les détails samedi. Et dimanche, répétition générale, avec tout le monde. Donc, on se retrouve samedi après-midi, à quatorze heures ? Juste pour une heure.

Oh-oh. Je lève une main.

– T'as pas besoin de lever la main, Rachel. T'es pas en cours. Je vais pas te mettre une colle.

Melissa ricane. J'ai les joues qui chauffent. Seraient-elles au courant, pour ma colle ? Est-ce que ça la fout mal d'être collée ? Je croyais que ça me donnerait un petit côté rebelle. Peut-être qu'elles ne savent rien du tout et que je fais tout un flan pour un truc à la noix.

Je baisse le bras, vaguement mal à l'aise.

– Je ne peux pas venir à la répétition ce week-end. Je vais chez mon père à Long Island.

– Comme c'est chou ! dit London. Tu passes encore tes week-ends avec ton papa ?

Encore ? Je n'avais pas pris conscience que ça ne se faisait plus en grandissant.

– J'ai pas vraiment le choix.

London pousse un soupir.

– Rachel, le spectacle a lieu dans trois semaines. Et tu n'es avec nous que depuis une semaine. Quand on t'a choisie, même si c'était tard, je t'ai prévenue que tu allais devoir consacrer tout ton temps à la cause, et voilà que tu ne respectes plus le contrat. Tu trouves ça normal ?

Pourquoi est-ce qu'elle s'adresse à moi comme si j'avais sept ans ? Tous les regards sont fixés sur moi. J'ai l'horrible sentiment que Laura Jenkins n'a peut-être pas laissé tomber et qu'on l'a virée. Dites-moi que London ne va pas piquer une crise. Si elle se met à crier, je crois que je vais fondre en larmes.

– Je-je... (p-p-pourquoi est-ce que je bé-bégaie ?) il faut que j'aille à Long Island.

Miri ne donnera jamais le sérum de vérité à FBM sans moi. Si je rate ce week-end chez papa, il faudra attendre deux semaines de plus. Ce qui ne nous laissera plus qu'une semaine avant le mariage. Et si le sortilège ne marche pas ? Est-ce qu'on aura assez de temps pour concocter autre chose ?

Je tente ma chance :

– Et si, au lieu de samedi, on se retrouvait dimanche avant la répétition générale ? Je prendrai le train du matin pour revenir. Comme ça, on aura toutes notre samedi de libre.

Jewel et quelques premières approuvent d'un signe de tête.

– J'aimerais mieux samedi, lance Melissa.

J'aimerais mieux qu'elle la boucle.

London examine mon offre.

– OK. Je pourrais profiter de la journée de samedi pour parler avec les stylistes. Quelqu'un veut venir ?

Comme il se doit, Doree lève la main.

Le mercredi matin, en retard comme d'hab', je cours vers le lycée, quand une London toute de marron vêtue me bloque le passage.

– Ce soir, aboie-t-elle. Après les cours. Répétition d'urgence de l'ouverture.

J'ai l'impression que j'avais quelque chose de prévu. Pizza ? Chinois ? Qu'est-ce que c'était ?

– Je crois bien que je suis prise aujourd'hui... Est-ce que c'est pas notre journée de libre ?

London fronce le nez, comme si elle mangeait quelque chose de d'infect, genre un Mac au fromage avec du ketchup (Miri fait ça. Est-ce bien nécessaire de mettre du ketchup partout ?), puis plante ses mains sur ses hanches.

– Pas question que ce soit le bazar dans mon ouverture. Mon ouverture doit être nickel, tu piges ? Nic-kel. Et le cours Pilates est annulé. La prof aurait quand même pu attendre la fin du spectacle pour accoucher, tu trouves pas ?

Tammy ! J'ai prévu un truc avec Tammy.

– Mais...

– Il n'y a pas de mais, Rachel. Si tu sèches toutes les répètes, tu ne fais plus partie de mon spectacle.

Sécher toutes les répètes ? Je pars plus tôt de chez papa pour ne pas la manquer. Ça ne suffit pas ?

— OK, OK.

Elle hoche la tête.

— Quinze heures pétantes.

Dès qu'elle s'éloigne, je cours vers mon casier. Tammy est en train de refermer le sien.

— Coucou, Tammy, dis-je, hors d'haleine. Garde-moi une place, tu veux ? J'arrive dans deux secondes.

— T'en fais pas. Je t'attends. (Elle s'appuie contre son casier.) Devine ce que j'ai loué hier ? Le DVD version 16/9ᵉ de *La Guerre des étoiles*. Marrant, hein ? Et j'ai apporté le pop-corn à faire au micro-ondes que t'adores. Celui avec le giga-supplément de beurre.

J'en salive à l'avance. Mais je me souviens de la barre chocolatée, et ça me rappelle le spectacle.

— Tammy, je suis vraiment désolée mais London veut que j'aille à une répète après les cours.

Son sourire se racornit comme une plante qu'on aurait enfermée dans un placard.

— Encore ?

J'empile les livres dont j'ai besoin par terre et referme mon casier d'un coup sec.

— Oui.

— Tu ne peux pas annuler ?

— J'ai essayé, crois-moi.

— C'est ça, dit-elle en s'éloignant comme une furie.

Que s'est-il passé ? Je n'arrive pas y croire. Ce n'est pas ma faute. Qu'est-ce que je devrais faire ? Je ne peux pas ne pas y

231

aller. Pourquoi faut-il que Tammy en fasse toute une histoire ?

Je ramasse mes livres et me dépêche d'entrer en classe.

Tammy est assise près de la porte, à côté d'Annie : elle ne m'a pas gardé de place.

Groumpf. Je m'apprête à m'installer en solitaire, quand Doree me fait signe depuis le premier rang. Merci, Doree. C'est mieux que je m'assoie près d'elle, de toute façon. Elle au moins, elle ne me fera pas culpabiliser.

– Salut, beauté, dit-elle. (Elle est en train de découper des photos de coupes de cheveux dans un magazine.) Alors, c'est vrai ? Raf t'a invitée au Grand Bal de printemps ?

Voilà qui est mieux. Une vraie conversation sympa entre filles.

– Oui. Comment tu le sais ?

– Justin me l'a dit hier soir au téléphone ! Je peux pas croire que tu ne me l'aies pas dit plus tôt ! Vous voulez qu'on y aille ensemble ? On pourrait louer une limousine. T'as déjà prévu ta tenue ? Je ne sais pas comment je vais me coiffer. Et toi, comment tu vas te maquiller ?

C'est nettement mieux.

– Je sais pas. Et toi ?

Je sens le regard de Tammy posé sur moi, mais je ne me retourne pas. Elle n'a qu'à partager son pop-corn avec giga-supplément de beurre avec Annie.

FBM JURE – MALGRÉ ELLE – DE DIRE LA VÉRITÉ, TOUTE LA VÉRITÉ, RIEN QUE LA VÉRITÉ

16

– Alors, tu pars dimanche matin ? me demande Miri.

Long Island, vendredi soir. On est allongées comme deux sardines dans notre chambre. Miri a envie de parler, mais je suis épuisée après cette infernale semaine de répétitions. Je suis allée m'entraîner chaque jour au déjeuner et après les cours. Le seul numéro auquel je participe qui ait encore besoin d'être travaillé, c'est celui des élèves de seconde. Même si c'est Melissa qui fait la chorégraphie, j'attends la répétition avec impatience, parce que je vais pouvoir redanser avec Raf.

Je me sens un chouïa coupable de partir tôt dimanche, mais honnêtement, je n'ai pas le choix. Si je n'y vais pas, on va me virer du spectacle. Je suis déjà assez énervée comme ça de rater une super-fête chez Sean Washington ce soir. *Tout le monde* y sera. Tout le monde, sauf moi. Cette fois-ci au moins, ce n'est pas parce que je n'ai pas été invitée.

– Miri, pourquoi est-ce que tu ne pars pas avec moi ?

– Nan, dit-elle en levant au plafond ses doigts fraîchement ficelés de sparadrap pour les contempler avec dégoût. Je veux surveiller les effets du sortilège et m'assurer que ça a marché, cette fois-ci. Je veux dire, *vraiment* marché.

Quand ils nous ont récupérées au train, tout s'est passé de la même façon que la dernière fois. Une fois de plus, FBM l'a jouée Dr Jekyll et Mr Hyde. Quand papa nous a joyeusement accompagnées à la voiture, elle était tout sucre tout miel. Je leur ai dit que je devais partir tôt dimanche, et elle a dit que c'était sympa que j'aie des activités parascolaires. Mais à la seconde où il a refermé la porte pour aller chercher des plats chinois (après son numéro habituel : « Chéri, pense aux baguettes ! »), elle a tourné brusquement la tête et m'a fusillée du regard.

– As-tu oublié qu'on avait un essayage dimanche ?

Je me suis ratatinée dans mon siège.

– Il va falloir que je reprenne rendez-vous maintenant. Enfin... Et toi, Miri, comment vont tes doigts ? Mieux ?

Miri a croisé les bras et coincé les poings sous les aisselles. Pas sa posture la plus avantageuse.

– Le mariage est dans trois semaines, nous rappelle FBM, comme si on pouvait l'oublier. Voilà votre père. Mais il a oublié mes baguettes.

Je n'arrive pas à comprendre pourquoi elle n'en achète pas, tout simplement. D'un autre côté, il n'y a pas grand-chose que je comprenne chez elle. Je veux dire, pourquoi veut-elle épouser papa, pour commencer ? Manifestement, elle n'aime pas ses enfants.

Papa est remonté dans la voiture, a déposé les plats sur les genoux de FBM et s'est remis à rouler.

– T'as pensé à mes baguettes ? a-t-elle demandé.

Il s'est frappé le front de la main.

– Oh, zut ! Tu veux que je fasse demi-tour ?

– Oh, laisse tomber, chéri. Ce n'est pas la peine.

C'est quoi le problème, avec la double personnalité de FBM ? On dirait des Frosties. Sucrées d'un côté, croustillantes de l'autre.

– J'ai hâte de lui refiler le sérum de vérité, dis-je à Miri, qui joue maintenant au théâtre d'ombres avec ses doigts bandés.

Je ferme les yeux et me retourne sur le ventre.

– Il va vite se rendre compte à quel point elle est horrible, et ce sera la fin des *oh, mon chéri !* hypocrites. Alors, quand est-ce qu'on passe à l'action ?

– Dans une heure, à peu près.

Ping. J'ouvre tout grands les yeux.

– Hein ? Mais je suis complètement endormie.

– T'es pas endormie. T'es en train de parler.

– Je suis presque endormie.

– Il faut fabriquer le sérum à minuit, précise-t-elle.

Ses yeux brillent dans le noir.

– Ça abracadabra-craint !

– C'est ce qu'il y a écrit dans le livre. Il faut le faire à ce moment-là, sinon ça ne marchera pas demain quand on le donnera à FBM.

Je tire les couvertures au-dessus de ma tête.

– T'as vraiment besoin de moi ? T'as pas dit qu'il n'y avait pas de fractions compliquées dans celui-là ?

Je sens soudain quelque chose de lourd sur mes pieds. Je crois qu'elle vient de me balancer son oreiller.

– J'ai encore besoin de toi ! Tu es le témoin cosmique.

C'est ça.

– Je dors une petite heure, dis-je de ma voix la plus contrariée en laissant mes paupières lourdes se baisser. Réveille-moi quand c'est le moment.

Deux secondes après, elle me secoue.

– Debout.

Groumpf.

– Il n'a pas pu se passer une heure, c'est pas possible.

Je la regarde relever les stores et poser le verre d'eau qu'elle a rempli tout à l'heure sur le rebord de la fenêtre.

Elle sort de son sac à dos le bécher qu'elle a emprunté, une poignée de feuilles de menthe et deux amandes, et se met à broyer les fruits secs avec une cuillère dans une serviette en papier. Ensuite, elle verse tous les ingrédients dans le tube et retourne à la fenêtre.

– Au moins, y a pas de nuages. Le sort ne marche pas si on ne voit pas la lune.

Elle s'éclaircit la voix et chuchote :

L'honnêteté voit clair au milieu de la nuit.
Que FBM...

Elle se tape le front de la main.

– Je voulais dire Jennifer. Je ne sais pas si j'ai le droit d'utiliser un surnom. Il faut que je recommence.

Re-groumpf.

Elle se gratte la tête, comme si elle réfléchissait.

– Mais dans la mesure où on l'appelle FBM, peut-être que c'est comme ça que je dois la nommer dans la formule.

L'un de ses sparadraps s'est décollé et reste accroché dans

236

ses cheveux, comme si un ressort venait de claquer dans son cerveau.

– Mais si le sortilège s'embrouillait parce qu'on ne l'appelle pas Jennifer ? Pourquoi est-ce que je ne dirais pas plutôt Celle-qui-le-sérum-boira ?

– Ça m'a l'air très bien, je marmonne.

On s'en fiche. Tout ce que je veux, c'est me rendormir.

Miri s'éclaircit la voix à nouveau.

– Tu l'as déjà fait !

Concentrée, elle fronce le visage et pince les lèvres.

L'honnêteté voit clair au milieu de la nuit.
Que Celle-qui-le-sérum-boira se montre sous son vrai jour.
Me voici sous la lune, exauce mon vœu, Phébé,
Fais, je t'en prie, que sa parole sonne vrai et juste.

Même sous les couvertures, je sens la bouffée d'air froid. Elle prend le bécher, le rebouche et le pose par terre à côté de son lit.

C'était ça, sa formule ? Pas possible !

– Ça rimait même pas, dis-je.

– Toutes les formules ne riment pas forcément.

– J'aime mieux quand elles riment. Et ça aurait été facile à faire, en plus. Celui qui a écrit ça était paresseux, c'est tout. Tu n'avais qu'à inverser *juste* et *vrai*.

Les talents de poète de Raf doivent déteindre sur moi.

– Ah oui, et qu'est-ce que tu fais de *nuit* et *jour* ?

Je me creuse la tête pour trouver une rime, mais en vain.

– Hé, je ne vois pas pourquoi ce serait toujours à moi de penser à tout.

237

Elle retourne au lit et écarte ses cheveux de sa figure.

– T'as qu'à écrire au Service des réclamations.

– Parce qu'il y a un Service des réclamations ? Où ça ? Dans une grotte paumée quelque part ?

– Je plaisante.

– Ah, ouais !...

Ça m'agace qu'elle fasse toute la partie amusante alors que tout ce qu'on me réserve, c'est le rôle de témoin cosmique. Et la justice cosmique, dans tout ça ?

– *Debout, les filles !*

Qu'est-ce qui se passe ? Pourquoi est-ce qu'on hurle dans mon crâne ?

J'ouvre lentement les yeux pour découvrir FBM penchée sur moi.

– J'ai pris un rendez-vous d'urgence chez la couturière à huit heures.

Huit heures ? Ça veut dire qu'il est... je lève la tête juste assez pour lire les chiffres en lettres rouges sur le réveil... 7 h 05. 7 h 05 un samedi ?

Il faut qu'elle dégage.

– Il est trop tôt ! dit Miri du fond de son lit.

Elle doit se cacher : tout ce que je peux voir, c'est une masse de cheveux bruns ondulés.

Les cheveux de FBM sont parfaitement lisses et soyeux, et son maquillage est impeccable. Elle doit se coucher toute prête pour le lendemain.

238

– C'est le seul moment où Judy pouvait nous prendre, explique-t-elle. Alors, soyez contentes. Allez, maintenant, debout. Le bus part à 7 h 30.

En parlant de bus, elle veut parler de sa nouvelle Lexus, achetée avec l'argent de mon père. Miri pourrait peut-être la transformer en vrai conducteur de bus. Comme s'il pouvait lui venir à l'idée de gagner sa vie ! Je la vois bien dans une veste jaune fluo.

– Et Rachel, j'aimerais que tu ranges ton côté de la chambre avant le départ, lance-t-elle en quittant la pièce comme une furie.

Elle veut qu'on se lève, qu'on prenne notre petit déjeuner *et* qu'on range ? En vingt-cinq minutes ?

– Il est temps que tu t'occupes d'elle, dis-je à Miri en sifflant entre mes dents. T'as qu'à l'asperger totalement.

Elle enfonce ses pieds nus dans ses pantoufles et secoue la tête.

– Il faut qu'elle le boive, tu te rappelles ? Tu veux bien faire attention ? Le sortilège était pour Celle-qui-le-sérum-boira.

– Alors, il faut qu'on le mette dans son café, dis-je.

– Quand on s'arrêtera chez Starbucks, tu files à l'intérieur et tu verses le sérum dans son gobelet.

– Pourquoi tu le fais pas, toi ?

– Parce que c'est moi qui me charge de tout le reste.

Exact.

– D'ac. Mais pourquoi est-ce que je lui proposerais d'aller chercher son café ? C'est toujours elle qui y va.

Elle triture le sparadrap autour de son petit doigt.

– Dis-lui que t'as envie d'un café, toi aussi. Dis-lui que t'en bois maintenant.

Je prends la douche la plus rapide du monde – il tombe combien de gouttes en trois secondes ? Le temps que j'en ressorte, nos deux lits sont faits au carré. Je ne sais pas si Miri l'a fait manuellement ou par magie, mais qu'importe, j'apprécie. Deux toasts et vingt minutes plus tard, on est fin prêtes. Dès qu'on s'entasse dans la voiture, FBM dit :

– On s'arrête deux secondes prendre un café chez Starbucks.

Quand je lui déclare que j'en veux un, et que je lui propose de courir les chercher à sa place, elle a l'air surprise. Elle hausse les épaules et me tend un billet de vingt dollars. Elle va financer sa propre perte ! J'adore : c'est trop fort !

– Prends-moi un Macchiato caramel au lait de soja avec une demi-sucrette, dit-elle.

– Moi aussi, braille Prissy du fond de son siège. Je peux en avoir un, moi aussi ?

– Non, ma chérie, répond FBM. Le café ralentit la croissance.

Je regarde ma poitrine. Toutes les croissances ? Je ne peux pas vraiment me permettre de courir ce risque.

Je commande les deux cafés à une femme rikiki avec une mèche blanche dans ses cheveux noirs, genre tête de blaireau. Je ferais mieux de prendre le même que FBM, même si je n'ai pas la moindre idée de ce que c'est.

– Quelle taille ? demande le blaireau.

Hi-hi... Elle a dit : « quelle taille... » comme dans « quelle taille de bonnet » !

– Petit.

Malheureusement.

– Un long ?

240

Peut-être qu'elle ne m'a pas entendue.

– Non, dis-je. Un peeeu-tiiiiit.

– Les longs sont des petits.

– C'est le truc le plus débile que j'aie jamais entendu.

De plus, si elle sait que le petit, c'est un long, pourquoi se donner la peine de demander ?

Elle pousse un soupir.

– Vous voulez un café ou pas ?

– Oui, s'il vous plaît.

L'univers du café est plus compliqué que je ne croyais.

Je règle, et elle me demande de patienter au bout du comptoir. Un milliard de commandes plus tard (« Café au lait écrémé ! », « Cappucino ! », « Frappuccino ! »), les miens sont enfin prêts. J'attrape maladroitement le tube dans mon sac et verse un tout petit peu de la potion dans le gobelet de FBM, puis range le reste dans mon sac. Après quoi, j'ajoute la sucrette.

De retour dans la voiture, alors que je m'apprête à lui tendre un gobelet, je suis tétanisée par ma bêtise. Nos deux cafés sont strictement identiques. Dans lequel ai-je versé le sérum ?

Miri remarque mon hésitation et, prise de désespoir, enfouit son visage dans ses mains. Me retrouver en train de répandre la vérité partout en ville pourrait poser un problème, en effet. Réfléchissons. J'essaie de me rappeler quel café est dans quelle main...

Le sien est dans la gauche. Sûr. Je le lui tends. Oh-oh. Je crois que je me suis trompée.

Elle en boit aussitôt une gorgée.

– On dirait qu'ils ont ajouté de la menthe.

Victoire ! Je lui ai donné le bon ! Au moment où on se gare sur le parking de la couturière, j'articule en silence à Miri :

– Ça met combien de temps ?

Elle hausse les épaules.

J'articule encore :

– Et comment on l'arrête ?

Elle hausse les épaules à nouveau. Puis elle sourit.

– J'ai apporté tout ce qu'il faut pour fabriquer un antidote au cas où il y aurait un problème, chuchote-t-elle.

Un problème ? Nous, des problèmes ? Pas possible !

– Merci de nous recevoir si vite, dit FBM à Judy. Rachel est désolée. Passe la première, Miri. Tu es toujours la plus difficile.

Je la déteste. Afin d'être sûre d'avoir la bouche trop pleine pour pouvoir la rembarrer, je reprends une gorgée de cette délicieuse boisson.

Miri se rend dans la cabine d'essayage, boudeuse. Peut-être que je pourrais renverser accidentellement le café sur ces robes immondes, pour qu'on n'ait pas à les mettre.

Prissy est à genoux par terre, en train de jouer d'une main avec les chutes d'anciennes robes et de se curer le nez de l'autre.

FBM contemple le plafond d'un air bizarre. Bientôt, Miri, revêtue de son napperon rose maintenant terminé, entre d'un pas lourd dans la pièce.

– Ouahou, Miri, s'exclame FBM, que tu es belle ! Une vraie princesse.

242

Je manque de lâcher mon café. Miri lève les yeux, inter-loquée.

– Je rêvais d'avoir une robe comme ça, quand j'avais ton âge, poursuit FBM en battant rapidement des paupières. Vous allez avoir fière allure sur les photos.

Elle soupire.

– Rachel, je n'arrive pas à comprendre comment tu as pu oublier l'essayage. Est-ce que tu n'attendais pas ça avec impa-tience ? Moi oui. J'aime bien ces moments qu'on passe entre filles.

Qu'est-ce qu'elle raconte ?

Judy lève les yeux.

– Vous vous sentez bien, mademoiselle Abramson ?

FBM hoche lentement la tête.

– Je suis heureuse, tout simplement. J'ai de la chance, vous savez ? D'avoir trouvé l'amour une deuxième fois.

– T'as de la chance, maman, chantonne Prissy. Et moi, je serai une princesse.

On a dû se tromper de sérum. Et lui donner celui qui rend complètement nunuche.

On se regarde du coin de l'œil dans le miroir, Miri et moi, en attendant qu'elle reprenne la parole. Elle n'ouvre pas le bec pendant les cinq minutes qui suivent, jusqu'à ce que j'aie passé ma robe.

– Tu es magnifique, toi aussi ! s'écrie-t-elle.

Elle déraille complètement. Je ne suis pas magnifique du tout. Je ressemble vaguement à Glinda, la bonne sorcière de la contrée du Nord. Je plisse les yeux et marmonne pour moi-même : « Faites que FBM renverse son café sur cette robe, faites que FBM renverse son café sur cette robe... »

243

Peut-être que ressembler à une sorcière m'aidera à déclencher mes pouvoirs. Je vais tromper le destin et lui faire croire que je devrais être une sorcière puisque j'ai l'air d'en être une !

FBM jette son gobelet vide dans la poubelle.

Apparemment, ça n'a pas marché.

Pendant que FBM aide Prissy à enfiler sa robe, je murmure à Miri :

– Je crois que t'as loupé ton coup. Elle délire.

Miri a l'air terrifiée.

– Je sais. Y a un truc qui cloche. Qu'est-ce qu'on fait ?

Quand elles émergent de la cabine, FBM est en train de jouer avec les cheveux de Prissy.

– Je t'aime tellement, ma chérie. Si tu savais combien... Plus que les étoiles dans le ciel. Plus que trois milliards de milliards d'étoiles !

Areu-areuh ? Elle gâgâtise ? Décidément, ça a dû foirer quelque part. J'articule à l'adresse de Miri :

– Peut-être qu'on lui a refilé un sérum qui rend aimable ?

Oui, ça devait être une potion d'amabilité. En tout cas, c'est ce que je pense jusqu'à ce que FBM appelle papa de son portable, une fois que nous sommes remontées dans la voiture :

– On rentre de chez la couturière... Où ça ? Au bureau ?... Non, je ne suis pas très contente que tu sois au bureau. Tes filles sont là et elles ont envie de te voir. Rachel doit rentrer tôt dimanche, raison de plus pour que tu sois à la maison aujourd'hui. Tu n'as qu'à aller au bureau lundi. Et ce serait bien si tu pouvais commencer à préparer le brunch.

Et elle raccroche.

Elle a dit quoi, là ? Miri donne un coup de pied dans le

dossier de mon siège. Je n'arrive pas à croire que FBM vient juste d'engueuler papa. C'est la première fois que ça arrive. Je me retourne, et Miri et moi échangeons un regard. Est-il possible que le sortilège se soit mis à marcher tout à coup ? Mon père va enfin voir l'horrible femme qu'elle est ?

En arrivant à la maison, on trouve papa, penché au-dessus d'une poêle sur le feu. Il n'a jamais cuisiné de sa vie. Je suis sûre qu'il ne savait même pas à quoi ressemblait une poêle. Et encore moins où elle était rangée.

– Comment vont mes filles préférées ? demande-t-il.

– Très bien, répondons-nous toutes en chœur.

Prissy danse en chaussettes dans la cuisine.

– Je ressemble à une princesse dans ma robe, hein, maman ? Pour le mariage, je vais mettre du rouge à lèvres et du vert sur les paupières et...

– Qu'est-ce que tu fais ? je l'interromps en passant un bras autour de la taille de papa.

Il casse un œuf.

– Des œufs au saumon fumé.

FBM l'embrasse sur la joue.

– Et pour Miri ?

Et pour Miri ? Quoi ? On reste toutes les deux pétrifiées derrière la table.

– Elle peut bien en manger, dit mon père. Ce n'est pas de la viande.

FBM pousse un soupir.

– Chéri, est-ce que tu peux respecter les besoins des gens ? Tu sais bien qu'elle ne mange pas de poisson. Ce que tu peux être égoïste, parfois. Tu as tendance à ne penser qu'à toi, pas à ce qui ferait plaisir aux autres. Comme hier, quand je t'ai demandé de me rapporter des baguettes et que tu ne t'es même pas donné la peine de t'en souvenir. On serait toutes beaucoup plus heureuses si tu tenais compte des sentiments des autres. Et de leurs préférences alimentaires.

Hum... m'a-t-on téléportée dans un univers parallèle ? Est-ce qu'un extraterrestre se serait emparé en douce du corps de FBM ?

Je suis stupéfaite. Papa, Miri, et même Prissy sont stupéfaits. Si nos mâchoires inférieures étaient tombées ne serait-ce qu'un poil plus bas, elles se seraient écrasées sur le sol immaculé. Je ne crois pas que quelqu'un ait déjà traité papa d'égoïste auparavant. Pendant tout le temps où il était marié avec ma mère, je ne me souviens pas l'avoir jamais entendue lui adresser le moindre reproche. Son visage adopte une configuration que je n'ai jamais vue. Sa bouche se tord dans tous les sens. Il va exploser. Piquer une crise. Nous allons assister à un concours de hurlements qui va surpasser le plus bruyant des concerts de tous les temps.

Il ouvre la bouche. La referme. La rouvre. Le temps est suspendu, comme dans ces films de science-fiction avec super-effets spéciaux.

— Désolé, dit-il. Je ne m'étais pas rendu compte que j'étais égoïste. J'essaierai d'être plus attentif à l'avenir.

Il coupe l'omelette et glisse les parts dans nos assiettes.

— Miri, qu'est-ce que je te prépare ? Ça te dirait, des crêpes ? OhmonDieu.

Miri me regarde, avant de fixer à nouveau son regard sur papa.

— Bonne idée, répond-elle lentement.

Le sortilège doit commencer à faire effet. FBM dit ce qu'elle pense vraiment. Elle va nous descendre en flammes d'une seconde à l'autre.

On est toutes à table, sauf papa, toujours au fourneau.

Ce serait le bon moment, très cher monstre. Allez-y, c'est à vous. Commencez donc à nous démolir.

Elle me sourit.

Il est temps de prendre les choses en main. Littéralement. Je donne un coup de pied à Miri sous la table et lui fais signe de se ronger les ongles.

Elle hoche la tête. Puis enlève ses sparadraps un à un et met le paquet, comme si elle n'avait pas mangé depuis des semaines. Elle ronge, mâchonne, mordille. Un vrai festin d'ongles.

FBM lui caresse les cheveux.

– Miri, je vois bien que je mène une bataille perdue d'avance avec tes ongles, aussi vais-je te laisser tranquille avec ça. Mais je veux que tu saches que j'essaie seulement de t'aider à arrêter parce que je sais à quel point cette manie est difficile à perdre. Je me les rongeais moi aussi, et je me suis sérieusement abîmé les dents et la racine des ongles. J'étais en plus tout le temps malade, à cause des germes sur mes doigts qui s'infiltraient dans mon appareil digestif. Le truc du sparadrap a marché pour moi, et j'espérais qu'il en irait de même pour toi. Mais j'ai l'impression que je me suis trompée.

Miri arrête de ronger et m'appelle à l'aide du regard.

Mais je suis aussi perplexe qu'elle. Pourquoi FBM n'est-elle pas méchante ? Pourquoi ne balance-t-elle pas des injures au-dessus du sel et du poivre, tel un ballon de volley par-dessus le filet ? Il faut tenter autre chose. Qu'est-ce qui pourrait bien la rendre méchante ?

247

Je passe la pièce en revue et opte pour la chemise à rayures jaunes de papa, occupé à cuire des crêpes. Il ne s'est pas changé en rentrant du bureau et porte l'un des trucs les plus hideux qu'il possède.

– Super, ta chemise, papa, dis-je. Tu l'aimes, Miri ?

– Oh, j'adore.

On y est presque. Je désigne l'atrocité jaune.

– T'en penses quoi, Jennifer ?

– On ne peut pas dire que j'en raffole, admet-elle.

Yes ! ! !

Surpris, papa baisse les yeux sur sa chemise.

Elle hausse les épaules.

– Tu ressembles à une banane, là-dedans.

Prissy pouffe de rire.

– Une banane ! T'as l'air d'une banane !

Du dos de la main, j'essaie de retenir le sourire qui me monte aux lèvres. Là, c'est trop. Qu'est-ce qu'il va répondre ? Il ne va quand même pas rester planté là à se faire insulter, si ?

Le silence dans la pièce est si lourd que j'entends grésiller les crêpes.

– Vraiment ? fait-il enfin. Mais tu ne me l'avais jamais dit. À propos de bananes, Miri, tu en veux avec tes crêpes ?

– Euh... oui.

Prissy se tortille sur sa chaise.

– Je peux avoir des bananes avec mes œufs ?

– Non, chérie, on ne mange pas ses œufs avec des bananes, répond FBM en se tournant à nouveau vers papa.

– Je sais, mais j'aurais dû. Tu n'as pas toujours très bon goût en matière de fringues.

Il va exploser. Il va reposer la banane qu'il est en train de couper pour Miri et exploser. Il secoue la tête et... se met à rire.

— Et moi qui croyais que tu l'aimais ! C'est pour ça que je la mets tout le temps.

Pourquoi rit-il ? Elle vient de critiquer sa garde-robe ! Il devrait être fou furieux.

Elle ajoute un peu de sel sur ses œufs.

— Eh bien, non. Désolée.

Il se retourne vers la cuisinière.

— Y a-t-il d'autres vêtements que tu n'aimes pas ?

— Ah ça !... (Elle mâche lentement, comme si elle passait mentalement sa garde-robe en revue.) Ton pull vert fluo ? À ta place, je ne porterais pas ça en public.

— Il faut que tu me dises ces choses-là. Je compte sur toi. Tu es mon miroir pour le monde extérieur.

— On fera un tour dans ton dressing après le brunch. Pour rassembler les vêtements qui ne te vont pas, et les donner aux bonnes œuvres.

— Merci, Jen. C'est gentil à toi.

Sur ce, il se penche par-dessus la table pour l'embrasser. Oui, l'embrasser. Voilà qui ne se déroule pas *du tout* comme prévu.

Quand il recule enfin, FBM dit :

— Pourquoi est-ce qu'on n'organise pas un défilé avec tes frusques, comme dans le spectacle de Rachel ? Rachel, tu pourrais apprendre à ton père comment défiler !

Stop, stop ! On annule tout ! Pourquoi sont-ils en train d'organiser des distractions familiales épouvantablement embarrassantes au lieu de hurler comme des putois ?

– Quand a lieu ton spectacle, Rachel ? demande papa. Je suis désolé. J'ai oublié quand c'était.

– La veille du Ba... de votre mariage.

Oups. Je me suis rattrapée de justesse sur ce coup-là.

– Chéri, reprend FBM, tu le sais bien. C'est pour ça qu'on a prévu le dîner de répétition le jeudi soir. Je suis très excitée à l'idée de te voir dans le spectacle, Rachel.

Elle bat furieusement des paupières et se gratte l'oreille, comme si elle ne pouvait pas en croire ses oreilles.

– Et je suis très fière de toi, continue-t-elle.

Miri en lâche une pleine fourchette de crêpe à la banane.

– Je suis très fière de toi aussi, Miri. Vraiment. Que tu te consacres au Tae Kwon Do montre que tu es capable de beaucoup de concentration et d'énergie. Tu offres un formidable exemple à Priscilla. Vous offrez toutes les deux un merveilleux exemple de conduite. Si l'on oublie le côté bordélique de Rachel, bien sûr. Je sais que vous trouvez que je suis dure avec vous, mais c'est seulement parce que je vous aime et que je veux que vous vous épanouissiez pleinement.

Les yeux de mon père commencent à se remplir de larmes, tellement il est heureux.

Je crois que je vais recracher mes œufs.

– Euh... merci. Hum, Miri, je peux te parler une seconde ? Elle bondit de sa chaise.

– Oui. De toute façon, j'avais fini.

Je la traîne par le coude en haut de l'escalier et referme la porte de notre chambre.

– Mais qu'est-ce que t'as foutu ? C'est pas un sérum de vérité ! C'est un sérum à vomir !

– Je te jure que j'ai suivi les instructions à la lettre, répond-elle en secouant la tête d'un air consterné. Je ne comprends pas ce qui se passe.

– Ça ne doit pas être le bon. Elle ne peut pas être sincère, là. Elle ne pense pas du tout qu'on est des enfants modèles. Elle nous déteste. (Je plisse les yeux.) Et on la déteste aussi. En plus, ça rend papa encore plus amoureux ! Il faut que tu trouves un antidote ! Il faut qu'on annule ce sortilège !

– Je ne peux pas l'annuler si je ne sais pas de quel genre de sort il s'agit. (Son visage s'assombrit.) Il n'y a qu'une façon de savoir. Il faut qu'on l'essaie, toi ou moi.

– Ne me regarde pas comme ça. Je n'avale pas d'autre potion. Et si ça neutralisait le sortilège pour danser ? Il faut que je sois à la hauteur demain. Vas-y, toi.

Elle hoche la tête, se mord le pouce, méditative, puis se l'ôte du bec.

– Très bien. C'est moi qui vais le prendre.

Je sors le bécher de mon sac et elle avale le reste du sérum.

– Je crois que je vais vomir, dit-elle. Ça sentait la poubelle.

J'entends des rires en provenance de la chambre de papa et FBM.

– Il est trop moche, ce pull ! s'exclame FBM. Il est tellement moche qu'on ne peut même pas le donner. Il va falloir le brûler. Rachel, Miri, venez nous rejoindre ! Ça serait beaucoup plus drôle si vous étiez là !

Qu'est-ce qui lui prend ? Je crie :

– Une minute !

Il semble que le divertissement défilé post-brunch ait commencé. Je m'allonge sur mon lit, plante mes talons sur le mur et me concentre sur Miri. Elle est assise au centre de la pièce et cligne sans arrêt des yeux.

– Ça marche ? je demande.

– J'en sais rien.

– Je vais commencer à te poser des questions. Comme dans un test au détecteur de mensonges. Ton nom est Miri, c'est bien ça ?

Elle lève les yeux au ciel.

– Oui.

– Comment te sens-tu aujourd'hui ?

– Je t'en veux à mort de partir demain matin.

Sitôt que ces mots lui ont échappé, elle plaque sa main sur sa bouche.

– Oups !

Quoi ?

– Tu m'en veux ?

Elle hoche la tête.

– Je n'arrive pas à croire que je viens de dire ça.

– Tu ne peux pas m'en vouloir.

– Et pourquoi pas ? Tu me laisses tomber pour être avec tes potes, alors que c'est le seul moment qu'on passe ensemble. Et je te trouve égoïste. Hier, j'ai dû jouer au solitaire dans mon lit pour tenir le coup jusqu'à minuit. (Elle a l'air tellement triste.) Pourquoi tu ne pouvais pas veiller avec moi ? En plus, tu m'as reprochée de t'avoir réveillée et j'ai culpabilisé.

Je me sens devenir rouge comme une pivoine.

– J'étais crevée, Mir. Je suis désolée.

– Y a pas que ça. Je comprends que tu sois jalouse de toute cette histoire de sorcellerie, et j'en suis désolée. Je ne sais pas pourquoi je le suis et pas toi, mais c'est pas ma faute. Et j'ai peur. Trop peur, vraiment. J'ai peur de provoquer un accident de voiture, ou même de déclencher une guerre. Et j'aime pas jeter des sorts toute seule. Cette histoire de témoin cosmique, c'est moi qui l'ai inventée.

Elle bat furieusement des paupières.

– J'ai horriblement peur de ce pouvoir.

Peur ? Miri ? Je fais un salto arrière hors de mon lit et pose ma tête sur ses genoux.

– Je vais tâcher d'être plus présente, OK ? Mais je suis obligée de partir plus tôt demain. J'ai pas le choix. Si je ne vais pas à la répète, je vais me faire virer. C'est pas ce que tu veux, si ?

Elle secoue la tête et agite les mains en l'air, comme pour réclamer l'attention.

– De toute façon, ce spectacle est une idée stupide. Je sais que c'est comme ça que les terminales lèvent des fonds pour le Bal de promo, mais je trouve que c'est juste une excuse pour pratiquer un élitisme ignoble. (Elle plaque à nouveau ses mains sur sa bouche, en étouffant un cri.) Désolée !

– Je crois que le sérum marche, non ?

Elle hoche la tête, en gardant la bouche soigneusement fermée.

– Les filles ? crie FBM dans le couloir. Vous venez ?

Je planque le manuel de magie sous mes pieds, et Miri s'essuie les yeux.

FBM ouvre la porte sans frapper.

– J'aimerais que vous passiez plus de temps avec moi, les filles. Je sais que vous me trouvez désagréable, mais je m'énerve seulement quand je trouve que vous faites des bêtises. Ça me rendrait heureuse que vous m'aimiez. Parce que nous allons former une famille. Je vais devenir votre mère et...

– On a déjà une mère, l'interrompt Miri.

Oh-oh. Deux êtres sincères, ça ne peut rien donner de bon.

FBM hoche la tête.

– Je sais. Votre pauvre mère. Je suis désolée pour elle.

Elle se passe la langue sur les lèvres, comme si toute cette sincérité les desséchait.

– Parfois, j'ai peur que votre père cesse de m'aimer et qu'il me quitte. Il est tellement merveilleux. Intelligent, généreux, aimant, plein d'énergie. Je suis tellement folle de lui que ça me terrifie. Peut-être que je suis dure avec vous parce que j'essaie de garder mes distances au cas où il me quitterait...

C'en est trop. Je ne veux pas entendre parler des craintes et des peurs intimes de FBM. Surtout quand j'essaie de faire en sorte qu'elles se réalisent.

Miri hoche la tête.

– On espère bien que ça...

– ... n'arrivera pas.

Je la fais taire avant qu'elle ne nous grille à jamais.

FBM ressort de la chambre.

– Allez, venez nous rejoindre quand vous aurez terminé.

– T'es malade ? je chuchote à Miri.

– J'ai pas pu m'empêcher. J'étais sur le point de me lever et de crier que je suis une sorcière.

Elle m'adresse un sourire penaud.

– Je crois que ce sortilège marche vraiment.

– Faut dire que t'en as bu beaucoup.

Qu'est-ce que ça signifie, alors ? Que FBM nous aime ? Qu'elle nous trouve vraiment parfaites ? S'est-elle seulement rendu compte que ça ne lui ressemblait pas du tout ? A-t-elle vraiment hâte que nous formions une famille ? Vous ne me ferez pas avaler ça. De toute façon, ça m'est égal. Elle n'est pas assez bien pour mon père.

Mais il y a un truc dans ce qu'elle a dit qui me dérange, un peu comme une étiquette oubliée dans vos sous-vêtements peut vous gratter le bas du dos : elle a peur que papa cesse de l'aimer. Est-ce pour ça que je ne me dispute jamais avec lui ? Ou que je ne lui dis jamais que ses vêtements sont trop moches ? Est-ce que j'ai peur qu'il cesse de m'aimer, moi aussi ? Comme il l'a fait avec maman ? Toutes ces vérités me donnent mal à la tête.

– Antidote, dis-je. Pour toutes les deux. Là-maintenant-tout-de-suite.

Miri retourne à ses mélanges.

PLAN C

17

– Coucou, PP, dit Jewel en me pinçant la taille. T'as passé un bon week-end ?

– Pas mal. Et toi ?

Mon week-end ne s'est pas bien passé du tout. Qu'est-ce que je vais faire ? Jamais mon père ne rompra avec FBM si nos plans n'arrêtent pas de se retourner contre nous.

– D'enfer. On est allés chez Sean vendredi soir.

Groumpf.

– C'était sympa ?

Peut-être qu'un tuyau a éclaté et qu'il a fallu évacuer tout le monde de l'appartement ?

– C'était génial, renchérit Melissa. Dommage que t'aies pas pu venir. J'espère que ça ne t'a pas trop dérangée de te pointer aujourd'hui ?

Elle est allongée sur le dos sur une table de la cantine, le menton tendu vers le plafond, comme si elle était en train de bronzer.

Pardon ? C'est quoi, cette insinuation ?

London arrive avec vingt minutes de retard, vêtue de rouge cerise. Bas de survêtement rouge, débardeur rouge, baskets rouges. On dirait qu'elle baigne dans son sang.

On répète pendant deux heures. Et je suis plutôt bonne, je dois bien le dire.

– J'arrive pas à capter ce mouvement, se plaint Jewel, les mains sur les hanches.

– La pirouette à la fin ? (Je m'approche d'elle à pas glissants.) Je vais te montrer.

Melissa s'incruste entre nous.

– Je peux lui montrer, moi aussi, fait-elle en grinçant des dents.

Pourquoi est-ce qu'on dirait qu'elle veut m'arracher la tête ? J'étais amie avec Jewel en premier. Vraiment, elle ne manque pas d'air.

– C'est quoi, ton problème ?

Elle agite un doigt sous mon nez.

– C'est toi, mon problème.

Oh-oh... Ça devient un peu trop pour moi. Elle ne va pas chercher à se battre, là, si ? Je ne sais absolument pas me battre ; ça, c'est le rayon de Miri. De plus, elle est bien plus grande que moi : je suis pratiquement sûre de perdre.

Les autres danseuses nous fixent du regard.

– Va falloir te calmer, Liss, la prévient Jewel.

Melissa semble sur le point de nous envoyer toutes au diable. Au lieu de quoi, elle quitte la cantine en trombe.

Jewel hausse les épaules, comme si ce genre de scène arrivait souvent.

– Je vais la chercher.

Elle se lance à sa poursuite.

Mais que s'est-il passé ? Je demande :

– J'ai loupé quelque chose ?

Doree secoue la tête.

– Elle fait sa diva. T'as qu'à l'ignorer.

– Mais qu'est-ce que j'ai fait ?

– Elle a invité Raf au Grand Bal de printemps et elle n'a pas été *du tout* contente d'apprendre qu'il t'avait déjà demandé.

– Melissa en pince pour Raf ?

Première nouvelle.

– Oui, dit Stephy. (Elle est assise par terre en train de faire son stretching.) Je l'ignorais jusqu'à vendredi. Quand elle a piqué sa crise. En fait, elle est même allée vomir dans les toilettes.

– Il paraît qu'elle est boulimique, dit Doree.

– C'est vraiment pitoyable, ajoute London en nous faisant signe de nous rapprocher. Quand Laura a abandonné, Melissa a supplié Mercedes de la laisser danser avec Raf dans le numéro habillé. Elle ne supporte pas Gavin. Elle dit que c'est un crétin de gothique qui n'arrête pas de lui marcher sur les pieds. (Elle baisse la voix.) Mais Mercedes peut pas la sentir et elle a refusé. (Elle balaie la pièce du regard.) Et pourquoi est-ce qu'on ne ferait pas une pause pour le déjeuner ? Les autres arrivent seulement dans une demi-heure, de toute façon.

Je retourne à mon casier avec Stephy et Doree.

– Alors, c'est pour ça que Melissa est tellement désagréable avec moi, hein ? je demande. À cause de Raf.

– Je dois avoir les cheveux dans tous les sens, lance Stephy en refaisant ses couettes. Qu'est-ce que tu disais ? Ah oui. Liss. Je suis sûre que ça n'arrange pas les choses que Jewel soit ta nouvelle meilleure copine. Elles étaient tout le temps fourrées ensemble avant.

Ma nouvelle meilleure copine ? On était meilleures copines *dix ans* avant même de connaître Melissa. Mais, aux yeux de ces filles, je n'existais tout simplement pas avant de faire partie du spectacle. Dans leur tête, je suis arrivée au lycée Kennedy en février. Une question me traverse l'esprit : si Mercedes et London n'aiment pas Melissa, pourquoi est-ce elle qui fait la chorégraphie des secondes ?

– À cause de sa mère. London pense que si elle est sympa avec elle, elle aura peut-être une chance de passer un jour dans un clip.

– Ça ne risque pas avec les cuisses qu'elle se paie, commente Stephy.

– Quelles cuisses ?

London n'a pas de cuisses. Elles sont tombées sur la tête ?

– Elles sont énormes, intervient Doree. Un mec de première les a vues en chair et en os aux Hamptons l'été dernier et il a dit qu'elles étaient couvertes de cellulite.

– Le fait que Melissa était la meilleure danseuse ne veut pas forcément dire qu'elle sait créer des enchaînements, déclare Stephy. (Elle fait claquer un élastique autour de sa couette.) Bon. Qu'est-ce que vous voulez pour le déjeuner, les filles ? Une salade César mixte ou allégée ?

J'aurais bien suggéré des hamburgers, mais elles s'évanouiraient sans doute rien qu'en entendant ce mot. Calories ! Sucres ! Graisse ! Mais, avant de pouvoir envisager le déjeuner, il faut que j'éclaircisse un point.

– Tu veux dire quoi, par « était » la meilleure danseuse ? Qu'est-ce qui s'est passé ?

Stephy s'esclaffe.

– Ben, toi.

On dit de moi que je suis la meilleure danseuse du groupe ? Imaginez un peu si on retrouvait cette mention dans l'annuaire des élèves ! Meilleure danseuse. Trop top. Mille fois plus cool que génie des maths. Encore que, l'un plus l'autre fassent un tout plutôt bien équilibré. Parfait pour se présenter à la fac.

Je commence à plaindre Liss. Après tout, je lui ai piqué son petit copain, sa meilleure copine, son titre, ainsi qu'une éventuelle place dans l'une des plus grandes facs des États-Unis.

Ma compassion retombe après le déjeuner quand je sens qu'elle m'envoie virtuellement des flèches empoisonnées à la tête. Si Melissa était une sorcière, je serais un chat à l'heure qu'il est. Même pas. De l'herbe à chat, plutôt.

Les regards noirs empirent quand déboule le reste de la troupe, et Raf plus précisément.

– Salut, dit-il après m'avoir déposé un rapide baiser sur la joue. Tu m'as manqué chez Sean.

Il m'a embrassée ! Je lui ai manqué !

– J'étais chez mon père.

Il jette son manteau sur une table et dénoue son écharpe en laine grise.

– T'y vas un week-end sur deux ?

– Oui.

– Une chance que le spectacle tombe un week-end où t'es libre, hein ?

– Oui, je m'empresse de répondre.

Il ne se passe rien de spécial ce week-end. Non, rien du tout. Même pas le mariage de papa. Soupir.

Il va falloir que je prenne sérieusement les choses en main.

Quand je rentre enfin à la maison à sept heures du soir, c'est pour découvrir que l'ascenseur est en panne. Une fois de plus. Je monte péniblement l'escalier. Mais même si je suis crevée, je suis bien moins essoufflée qu'il y a quelques semaines.

En ouvrant la porte, je trouve ma mère en train de me fusiller du regard, les mains sur les hanches.

– Pas un geste, mademoiselle.

Oh-oh... L'appartement sent la cigarette, donc j'ai un problème. Elle nous a sûrement démasquées. Elle a dû ranger la chambre de Miri et tomber sur sa liste de formules.

– Je-je-je crois qu'av-vant de dire quoi que ce soit, il faut que tu saches...

– Rachel, tu devrais être rentrée depuis déjà plusieurs heures. Tu dois me dire où tu vas. (Les cendres de sa cigarette tombent par terre. Très chic.) Je t'imaginais blessée, sur un quai de métro. Je t'ai cherchée partout. J'ai même appelé Tammy.

Ouais ! On n'a pas été démasquées. Ça montre à quel point je suis douée pour le paranormal.

– Désolée, maman. J'essaierai de penser à t'appeler.

Tammy a dû être étonnée. On s'est à peine parlé depuis que j'ai été obligée d'annuler notre rendez-vous après les cours. Ce n'est pas qu'on s'ignore – on se dit bonjour, au revoir –, mais on ne s'assoit plus ensemble en classe.

Maman s'accroupit pour essuyer les cendres, puis agite son doigt dans ma direction.

– Non, tu appelles, ou tu ne fais plus partie de ce spectacle.

Je déglutis avec peine. Ce spectacle est trop important maintenant pour qu'on m'interdise d'y participer.

– Si tu m'achetais un portable, tu pourrais m'appeler.

– Il n'y a aucune raison d'avoir un portable à quatorze ans. Mais, si tu en as tellement envie, tu n'as qu'à mettre de l'argent de côté.

– Il y en a une puisque tu veux savoir où je suis, dis-je en ôtant mon manteau. Je te parie que papa m'en achèterait un.

Elle fait demi-tour et se rend à la cuisine.

– Tu n'as qu'à lui demander. Changeons de sujet.

– Peut-être que je vais le faire, j'insiste en lui emboîtant le pas.

Elle donne un tour de cuillère dans la casserole en ébullition.

– Miri m'a dit que tu l'accompagnais à la marche pour la paix samedi. C'est gentil de ta part. Peux-tu me passer l'huile d'olive, s'il te plaît ?

La marche pour la paix ? Ah, oui. Je grimpe sur le plan de travail pour atteindre le placard. Je tends la bouteille à maman. Ensuite, je reste assise là où je me trouve, les pieds ballants. J'avais oublié le deal passé avec ma sœur.

Et dire que Miri me reproche de la laisser tomber, alors que je lui ai généreusement proposé d'aller avec elle à cette manif. Dehors. Dans le froid. C'est un joli geste de la part d'une sœur. À moins que je n'aie une répétition au même moment. Oh-oh... Un peu paniquée, je demande :

– C'est à quelle heure ?

Maman hausse les épaules.

– Je ne sais plus exactement, dans l'après-midi. J'irai au bureau pendant ce temps-là. On est submergé de demandes

262

de lunes de miel pour l'été. Je suis désolée d'être restée si tard au bureau, mais la bonne nouvelle, c'est que l'agence marche très bien. Est-ce que je t'ai dit qu'elle a été classée par le *New York Magazine* parmi les meilleures ?

– C'est super, maman, dis-je, un peu ailleurs.

Samedi matin, c'est la répétition de la danse des secondes, celle dont Melissa assure la chorégraphie. Et samedi soir, répétition du numéro des filles. Donc, pas de problème pour la manif, mais pas de rendez-vous possible avec Raf. J'espère qu'il sera chez Mick vendredi soir. Apparemment, les parents de Mick ne seront pas là. Une fois de plus. Et je devrais souvent avoir l'occasion de voir Raf ces trois prochaines semaines, puisqu'on a des répétitions prévues tous les jours après les cours et pendant l'heure du déjeuner. Plus le samedi et le dimanche. Je ne vais jamais pouvoir aller à Long Island dans deux semaines. Miri va péter un boulon.

La semaine prochaine, essayage de nos tenues ! Je suis trop contente pour ma robe Izzy Simpson ! Et d'aller me faire coiffer et maquiller au salon Bella, à Soho. Ils espèrent sans doute que toutes celles qui lorgnent sur la jet-set du lycée vont réserver chez eux pour le Bal de promo. L'administration nous fait cadeau d'une demi-journée pour nous préparer pour le spectacle. On ne m'a jamais maquillée. Peut-être que je ne me démaquillerai plus jusqu'au Grand Bal de printemps. Tiens, à propos, qu'est-ce que je mettrai ? Et comment je vais payer ? Je ne peux pas demander à ma mère de m'acheter quelque chose si elle ne sait même pas que j'y vais. Peut-être que je pourrai emprunter la robe Izzy Simpson. J'ai hâte de la porter sur scène devant tout le lycée !

– Rachel ? Houhou ? fait ma mère en remuant l'eau des

pâtes. J'ai l'impression que tu n'es plus avec moi. Tout va bien ?

– Quoi ?

Elle attrape l'égouttoir et porte la casserole à l'évier.

– Alors, tu as hâte d'être au grand jour ?

Et comment. Mes quinze minutes de gloire.

– Je crois que ça va être génial. Tu viens, hein ?

J'ai oublié de lui demander si elle voulait des billets en plus. Les membres de la troupe ont droit chacun à six places réservées à l'avant. J'en ai promis trois à papa (même si j'espère que FBM et Prissy auront dégagé d'ici là), il en reste une pour maman, une pour Miri, et probablement une pour Tammy, si jamais on se rabiboche un jour.

Ma mère lâche la passoire et les pâtes se renversent partout dans l'évier.

– Si je viens ? Au mariage de ton père ? Non, ma chérie, je crois que je vais m'abstenir.

Elle ramasse les nouilles. Ses mains tremblent.

Les joues me cuisent, et ça n'a rien à voir avec la plaque de cuisson.

– Je croyais que tu parlais du défilé de mode.

Elle se met à rire en pressant ses poings contre son ventre. Ses yeux se plissent comme deux amandes.

– Oh, bien sûr que je viens à ton spectacle. Les places sont à combien ?

– Dix dollars, dis-je en contemplant mes mains.

Elles ressemblent à celles de papa. Doigts effilés, quasi-absence de cuticules autour des ongles, pouces épais.

– L'argent va au Bal de promo. Mais t'auras des bonnes places.

C'est bizarre de penser qu'elle ne sera pas au mariage. Enfin, si mariage il y a. Comment peut-on vivre avec un homme pendant quinze ans, porter ses enfants et ne pas être invitée pour le plus beau jour de sa vie ? Le deuxième plus beau jour de sa vie, si on compte le jour où il l'a épousée.

– On sera là, dit maman, dont les épaules se décontractent maintenant qu'il n'est plus question du mariage.

Ce n'est pas que je meure d'envie d'en parler avec elle, moi non plus, mais si mon ex-mari se mariait, j'aurais envie de connaître tous les détails sordides.

À moins que ces sordides détails ne me fassent mal.

Je me rappelle quand papa nous l'a annoncé. C'était un vendredi soir au mois d'août. Jewel et moi avions passé l'après-midi à Central Park, à soigner notre bronzage pour la rentrée des classes imminente (le fameux bronzage que j'ai ensuite gommé par erreur avec le masque aux sels de la mer Morte). On a pris le train de dix-huit heures pour Port Washington, Miri et moi, et quand ils nous ont fait monter dans la voiture, ils nous ont directement emmenées à l'Al Dente, un restaurant italien très chic.

Je n'ai repéré le caillou qu'au beau milieu de ma salade César. FBM (on l'a surnommée comme ça plus tard ce soir-là) portait un diamant éblouissant gros comme une pomme. J'ai failli m'étouffer avec un anchois. Déjà que je n'aime pas trop les anchois en temps normal.

Je les regarde, horrifiée.

– Est-ce que... ?

Papa a serré l'épaule de FBM (elle portait un dos-nu en soie blanc avec un pantalon noir) et annoncé :

– On a décidé de se marier, Jennifer et moi.

265

J'ai failli recracher mes croûtons sur la nappe en lin blanche.

Les yeux de Miri se sont remplis de larmes. Mon père, croyant que c'était des larmes de joie, s'est écrié :

– Regarde comme elles sont contentes !

Là-dessus, son verre de vin rouge s'est renversé sur le haut de FBM, ce qui, Dieu merci, les a un peu fait redescendre sur terre.

Hmm. À bien y réfléchir, l'incident du vin devait être l'œuvre inconsciente de Miri, dans la mesure où personne n'avait touché le verre de papa. Il s'en est pris aux pieds de la table, bancals, selon lui. Bravo, Miri !

En rentrant le dimanche, on a trouvé ma mère en train de faire la vaisselle du week-end. Alors que Miri ouvrait la bouche, j'ai essayé de lui dire, par télépathie : « Pas un mot ! », mais ça n'a servi à rien. Elle a lâché : « Papa se marie », et l'expression réjouie de maman, contente de nous retrouver, a disparu. Ses joues se sont creusées comme si elle soufflait dans un ballon, elle a reposé l'assiette qu'elle avait entre les mains et s'est lentement effondrée par terre. L'eau continuait de couler dans l'évier.

« Je suis désolée », a murmuré Miri, stupéfaite de l'impact de ses mots. Ensuite, ma sœur s'est mise à pleurer. Je ne savais pas si c'était à cause de la peine qu'elle éprouvait ou à cause de celle qu'elle avait faite. Alors, je me suis mise à pleurer moi aussi. Je me suis assise à côté de maman et j'ai enfoui ma tête dans ses genoux.

Je sentais ses doigts dans mes cheveux. Je ne voulais pas relever les yeux, je ne voulais pas savoir si elle pleurait, elle aussi. J'étais révoltée. Comment pouvait-il faire une chose pareille ?

Comment pouvait-il nous quitter et en épouser une autre ? Comment avait-elle pu laisser un truc pareil se produire ?

Ma sœur s'est alors assise par terre près de moi. Et elles ont tressé mes cheveux toutes les deux jusqu'à ce que je sois calmée.

Mis à part les quelques détails strictement nécessaires (« Désolée, maman, je ne pourrai pas passer le week-end avec toi. Y a le tu-sais-quoi »), je n'avais pas prévu de reparler du mariage, jamais.

– Tu peux m'attraper deux assiettes ? me demande-t-elle.

On vient d'éviter soigneusement une nouvelle conversation sur le sujet. Tout ce qu'il nous reste à faire maintenant, c'est d'éviter le mariage tout court.

Je passe toute la journée suivante à l'école à essayer de trouver notre plan C. De retour à la maison – après une journée de classe épuisante sans compter les répétitions, à l'heure du déjeuner comme après les cours –, je trouve maman en train de lire un roman sentimental, et Miri qui grogne et compte en coréen derrière sa porte : « *Hana* ! Han... *Tul* ! Han... *Set* ! »

Je me précipite à l'intérieur : pieds nus, elle s'envoie de brusques coups de pied dans le miroir.

– Il nous reste moins de trois semaines.

Je suis paniquée. Presque en état d'hyperventilation.

– Pourquoi tu perds ton temps ? La seule chose qui compte, c'est le plan.

267

– J'ai d'autres responsabilités, en dehors du mariage, dit-elle. Comme le Tae Kwon Do ou mes devoirs. *Net !*

Elle envoie un coup de pied en poussant un dernier grognement avant de s'asseoir à son bureau.

– Pas toi ?

Qui peut bien avoir le temps d'assumer quoi que ce soit pendant une période de crise pareille ? Encore qu'à bien y réfléchir, j'ai un contrôle de maths mercredi. Et je suis censée finir *Les Aventures de Huckleberry Finn* pour le mercredi d'après. Ce qui ne devrait pas poser de problème, parce qu'il me faut normalement une semaine pour lire un livre. Cinquante pages ce soir. J'ai aussi un contrôle de français jeudi prochain et... Stop ! Revenons à nos moutons !

– Qu'est-ce qu'on fait ?

– On n'a plus le choix, déclare Miri.

C'est là que je vois un truc que je croyais ne jamais, jamais voir en mille milliards d'années. Je glapis :

– Qu'est-ce que c'est que ça ?

– Quoi ?

– Ça !

Je désigne ses doigts, qui sont enveloppés de sparadraps. De son plein gré.

– T'as disjoncté ou quoi ?

Elle devient cramoisie et se replonge dans son livre.

– Je ne veux pas bousiller la racine de mes ongles.

Je suis *sûre* que ce n'est pas la seule raison. Dommage qu'elle ait avalé l'antidote du sérum de vérité et qu'elle ne soit plus sincère.

– Tu te dégonfles ? T'es de son côté ? Il y a encore des solutions. La magie n'a pas de limites !

– Ben, je ne sais plus quoi faire d'autre, dit-elle en papillonnant de ses longs cils.

Elle n'essaie même pas, c'est tout. Où est passé le A^2 ? Je le repère à côté de son lit, par terre, sous un Tigrou endormi. Par terre ! C'est comme ça qu'on traite un authentique traité de magie ? Je l'incline sur le côté pour faire glisser la boule de poils et le porte jusqu'à son bureau.

– T'as qu'à consulter le livre. Il est juste sous ton nez.

Réfléchissons. Une minute... Juste sous son nez... Mon cœur bat plus vite.

– On est passées à côté de l'évidence.

Elle ouvre le livre d'un coup sec.

– Qu'est-ce qui est évident ?

– Ce qu'on veut, c'est qu'il cesse de l'aimer.

– On a déjà essayé, répond-elle lentement, comme si j'étais à la maternelle et qu'elle m'enseignait l'alphabet. On a tout essayé et, chaque fois, il l'aime encore plus.

– Pas tout, dis-je, soudain prise de tournis, comme si je flottais dans une nappe d'hélium. Et s'il tombait amoureux de quelqu'un d'autre ?

Miri feuillette les pages.

– De qui ? Il ne connaît personne d'autre.

– Mais si.

Je lève les sourcils et lui jette un regard interrogateur.

– Maman ? dit Miri, qui a enfin compris.

– Oui, maman. On va faire en sorte qu'il retombe amoureux de maman.

On reste toutes les deux silencieuses, savourant la douceur de cette éventualité, comme une glace au chocolat qui fondrait sous notre palais.

Quelques instants plus tard, elle lève les yeux vers moi. L'excitation lui monte aux joues.

– Je... mais... les sortilèges d'émotions sont temporaires, me rappelle-t-elle, d'une voix tremblante. Surtout les sortilèges amoureux.

– Ça ne fait rien. D'ici là, le mariage aura été annulé.

Miri secoue lentement la tête.

– Et maman ? Elle va souffrir à nouveau.

– Mais tu piges pas ? Ça ne va pas s'estomper. S'il est tombé amoureux d'elle une fois, il peut tomber amoureux à nouveau. Il a juste besoin qu'on le pousse dans la bonne direction. Un petit coup pour l'aider à se rendre compte qu'il a commis la plus grosse erreur de sa vie en partant. C'est le plan parfait ! Non seulement on l'empêche d'épouser FBM, mais en plus il se remet avec maman. On fait d'une pierre deux coups.

– Papa et maman à nouveau ensemble, dit Miri avec nostalgie.

– Elle l'aime encore.

Mon cœur bat fort, comme si je venais de grimper cent volées de marches en courant.

Miri hoche la tête.

– Je sais. Elle a gardé son sweat-shirt. Le gris tout pourri, tu te souviens ? Celui qu'il...

– Le sweat. Parfait ! On peut l'utiliser pour le sortilège ! Viens, on va le chercher.

– Elle est en train de lire, dit Miri en sautant de sa chaise pour arpenter la pièce. Voici mon plan. Je vais faire diversion pendant qu'elle prépare le dîner en lui posant des questions sur les bûchers de sorcières. Elle adore en parler. Tu savais que nos origines remontent aux sorcières de Salem ? C'est pas cool ?

Maman dit qu'on a toujours de la famille là-bas, et j'ai vraiment hâte de les rencontrer. Je savais même pas qu'on avait de la famille dans le Massachusetts. Je lui ai demandé si c'est là qu'habite tante Sasha, mais elle n'a toujours pas voulu en parler...

Je me tapote la tempe.

– Miri, on se concentre. On fera le voyage l'année prochaine si tu veux. Mais là, tout de suite, on s'occupe de l'opération récupérer-le-sweat-shirt-de-papa.

Elle sautille d'un pied sur l'autre.

– Désolée. Tu vas en douce dans sa chambre et tu trouves le sweat. Ensuite, après le dîner, je mets au point la formule – espérons qu'on a tout ce qu'il faut à la maison – et puis on le glisse sous l'oreiller de maman avant qu'elle aille se coucher.

– Elle va dormir sur le sweat-shirt entier ? T'as pas peur qu'elle s'en rende compte ?

– Peut-être qu'on coupera une manche et qu'on n'utilisera que ça.

Elle feuillette le livre jusqu'à ce qu'elle trouve la formule d'amour appropriée.

– On va d'abord s'occuper des autres ingrédients.

À huit heures, maman se lève enfin pour se diriger vers la cuisine, considérant qu'il est temps de préparer le dîner. Je devrais peut-être enfiler une tenue d'espion appropriée. Au fait, que portent les espions de nos jours ? Mais je devrais surtout arrêter de m'en faire au sujet de ma tenue et aller chercher ce sweat-shirt débile avant qu'elle ait fini dans la cuisine.

La porte de sa chambre est ouverte, et je me glisse dans la pièce. Hmmm. Bon, si j'étais un sweat-shirt caché par une ex-épouse, où est-ce que je me cacherais ? Sous le lit ? Je tombe sur mes genoux et soulève le cache-sommier. Non, mais elle pourrait passer un coup de balai là-dessous, ce ne serait pas du luxe.

Peut-être qu'elle le garde avec ses autres sweat-shirts. Camouflage. Pour qu'on ne s'aperçoive de rien. J'ouvre sa commode et fouille dans les tiroirs. Un tiroir. Nan. Deux. Nan. Trois. Nan.

Mais où est-il ?

Je jette un œil dans le placard. Pas de sweat-shirt de papa, mais des tas de sacs, de chaussures et de vieux tee-shirts de concerts. Ça la tuerait de s'acheter de nouvelles fringues ?

Le micro-ondes vient de sonner. Oh-oh. Le temps presse. Où est-il ? Je farfouille dans le tiroir à soutiens-gorge et petites culottes. Elle pourrait se débarrasser de quelques trucs. Tous ses sous-vêtements sont beiges. Pas étonnant qu'elle n'ait pas de petit ami. Il va falloir qu'elle investisse maintenant que papa a eu droit aux dessous de FBM, parce que je les ai vus en train de sécher, ils sont tous roses et pleins de dentelles. Au moins maintenant je saurai quoi offrir à maman pour son anniversaire. Mais ce n'est pas un peu bizarre d'offrir de la lingerie à sa mère ?

J'ai regardé absolument partout : il n'est nulle part. Impossible. Je fouille encore une fois dans la commode. Ensuite, dans le placard. Il doit se trouver sous l'un de ses sacs. Pourquoi est-ce qu'elle a tellement de sacs ? Et de sandales à semelles compensées ? Qui porte des semelles compensées de nos jours ? Où est ce stupide sweat-shirt ?

– Rachel ?

Démasquée. Maman. Debout sur le pas de la porte. Qui se demande ce que je fricote dans son placard. Qu'est-ce que je fais là, en effet ? J'essaie de prendre un air dégagé en enroulant ma queue de cheval autour de mon poignet.

– Oui, maman ?

– Qu'est-ce que tu fabriques ?

– J-j-je... (Vite. Pourquoi est-ce que j'arrive jamais à réfléchir efficacement quand je le veux ?) Je cherche des chaussures. Oui. J'ai besoin d'un tas de chaussures pour le défilé. Tu sais, une paire différente pour chaque numéro. Alors, j'ai pensé que je pouvais peut-être t'en emprunter. (J'espère que je ne lui ai pas déjà dit que les créateurs nous prêtaient des talons.)

Elle a l'air perplexe.

– Mais tu chausses du trente-huit et moi du trente-neuf.

Ah oui, euh...

– Je sais, mais certaines de ces chaussures sont tellement vieilles que je me suis dit que tu les avais peut-être achetées quand tu mettais une pointure de moins.

Elle hausse les épaules.

– Très bien. Mais le dîner est prêt.

Il était moins une. Moins une, mais pas de sweat-shirt.

Au bout de quelques minutes passées à contempler l'infect tofu aux cacahuètes dans nos assiettes, maman laisse brusquement tomber sa fourchette.

– Qu'est-ce qui ne va pas, les filles ? Arrêtez de faire cette tête, ce n'est pas si mauvais que ça. C'est une nouvelle recette, et c'est bon pour la santé.

Pour commencer, c'est vraiment « si mauvais que ça », si. Les morceaux de tofu remuent dans l'assiette comme de la gelée, mais ce n'est pas pour ça que je fais la grimace. J'essaie de faire comprendre à Miri qu'on a un sérieux problème avec le sweat-shirt.

– Je ne faisais pas la grimace à cause de la nourriture. Je me disais que je *n'arrivais pas à trouver* les chaussures que je cherchais. Je ne sais pas *où* elles sont. Je pense que tu as dû *le jeter*.

Oups !... J'ajoute, pour rectifier le tir :

– Je veux dire, *les* jeter.

– Quelles chaussures ? demande maman.

– Hum... mais tu sais bien ! Les argentées.

– Quelles chaussures argentées ?

Il est temps de faire diversion :

– Maman, euh... cette recette est délicieuse.

Elle sourit, aux anges.

– Tu vois ? Il faut expérimenter de nouvelles saveurs. J'en referai.

For-mi-da-ble...

À la fin du repas, je débarrasse avec Miri (normalement, c'est à nouveau son tour, *enfin* ! mais elle a mis la table pour moi pendant que je farfouillais dans le placard), et maman retourne dans sa chambre.

– Je le trouve nulle part, je chuchote. J'ai même vérifié dans le linge sale, bien que je doute qu'elle l'ait déjà lavé.

Miri secoue la tête.

– C'est trop triste.

– Je sais. Mais c'est pour ça qu'on le fait. Il va retomber fou amoureux d'elle, comme ça, elle sera heureuse.

Je balance le reste du tofu aux ordures. Bon débarras.

– T'as raison. Mais, qu'est-ce qu'on fait si le sortilège s'estompe ?

– Je te l'ai dit, une fois qu'il sera sorti des griffes de FBM, il restera amoureux de maman.

Les grands yeux bruns de Miri s'élargissent, remplis de doute, alors je décide de lui dire ce que j'ai toujours soupçonné, mais jamais voulu admettre.

– C'est sans doute à cause de la Future Belle-Moche qu'ils se sont séparés.

– Qu'est-ce que tu racontes ? s'offusque Miri en rinçant la vaisselle.

– Allez, réfléchis un peu. Il prétend qu'il l'a rencontrée six mois après avoir quitté maman. Est-ce qu'il ne serait pas possible qu'il l'ait rencontrée... hum... avant ?

Miri pâlit.

– Tu veux dire qu'il aurait trompé maman ?

On reste figées l'une et l'autre, à écouter couler l'eau. Soudain, Miri arrache ses sparadraps.

– Il faut qu'elle parte. Si on n'arrive pas à trouver le sweat, il faut qu'on trouve une autre de ses affaires. Ça ne peut pas être un cadeau qu'il a fait. Il faut que ce soit un truc qui lui a vraiment appartenu, à lui. T'as quelque chose ?

– Son trophée de maths ?

– Je crois qu'elle remarquerait une statue de métal sous son oreiller, dit Miri.

Si elle n'avait pas l'air si malheureux – sans doute à cause de ce que j'ai dit au sujet de la liaison de papa, que ce soit vrai ou non – je me mettrais presque à rire.

– Alors, qu'est-ce qu'on fait ? je demande en remplissant le plat de cuisson d'eau savonneuse pour le mettre à tremper. On attend le week-end prochain ?

Elle soupire.

– J'imagine que oui. Mais ça ne lui laisse qu'une semaine pour annuler le mariage. Qu'est-ce que t'en penses ?

Je souffle sur une bulle de savon au-dessus de sa tête.

– On n'a pas le choix.

On en reparlera, des possibilités infinies.

POURQUOI LE CRIME
NE PAIE PAS

18

– Encore une fois ! crie London.

Mardi après les cours. On travaille l'ouverture toutes ensemble comme des forcenées. Comme les filles de seconde dansent en premier, London nous a déjà fait répéter notre partie une bonne vingtaine de fois.

La musique reprend et on recommence notre enchaînement. Ce n'est vraiment pas si difficile que ça, en fait. On est cinq, réparties sur toute la scène, et quand la musique de *Chicago* démarre, cinq spots nous éclairent, comme des chanteuses de boîte de nuit. Ensuite, on danse cinq secondes, et les autres arrivent sur scène en courant.

– Vous n'êtes pas synchro ! s'époumone London.

Elle remet la musique. Je me sens comme un CD rayé, à recommencer tout le temps la même chose.

Une fois que tout est enfin au point, je pars en repérage à Soho avec Jewel pour trouver ce que je vais mettre au Grand Bal de printemps. Je dégote la robe vert foncé idéale.

– T'es canon, dit Jewel en tournant autour de moi dans la cabine d'essayage. Tu devrais te relever les cheveux.

Jewel a toujours aimé que je relève mes cheveux. Pour le bal de la Saint-Valentin au collège, elle m'a aidée à faire un chignon banane. Et une fois, à Halloween, elle a passé une heure à me faire des macarons à la princesse Leia, ou à la cannelle, comme dit Prissy.

– Fais voir ce que ça donnerait, dit-elle en enlevant les baguettes de ses cheveux.

Ses boucles se répandent sur ses épaules et, sans réfléchir, je tire sur l'une d'elles pour la faire rebondir. Ça la fait rire.

Elle enroule mes cheveux impeccablement au sommet de mon crâne et dégage avec soin deux longues mèches sur mon front.

– On les arrangera avec mon fer à friser.

On se sourit dans le miroir en pied.

– Merci, Jewel.

Je serai parfaite. Dieu merci, Miri m'a prêté ses derniers quatre-vingts dollars pour acheter une robe, somme que j'ai promis, juré, craché de lui rendre avec mon argent de poche. Un jour.

Après le shopping, on va chez Jewel faire nos devoirs de maths.

– Rachel, ma chérie, quelle surprise ! dit Mme Sanchez quand sa fille lui demande si je peux rester dîner. Tu nous as manqué, ajoute-t-elle.

Je me retiens de la serrer dans mes bras. Elle m'a manqué, à moi aussi.

Mercredi, à l'heure du déjeuner, je me dépêche de rejoindre la salle de théâtre, où doivent se retrouver les danseurs de seconde. En ouvrant la porte, je trouve le sexy Raf tout seul, étendu sur la moquette, un livre sous la tête.

– Salut, dis-je en m'allongeant à côté de lui.

Yes ! Seule avec Raf ! Peut-être qu'il va saisir cette occasion pour m'embrasser ! Ou m'inviter samedi soir. Notre quasi-rencard remonte déjà à deux semaines. Il a sûrement envie qu'on ressorte ensemble avant le Grand Bal du printemps, non ? Il m'aime ou pas ? Est-ce qu'il m'a invitée au Grand Bal seulement parce que je danse bien ? Avec toute cette histoire de rencard/quasi-rencard, je n'arrête pas de me poser des questions.

Ohmondieu, je vais bientôt ressembler à Prissy !

– Salut, dit-il. Alors, quoi de neuf ?

Il passe sa main dans ses cheveux de jais, et je me demande comment ils sont au toucher. C'est lisse ? doux ? soyeux ? Comme du cachemire, peut-être ? Non pas que j'aie déjà porté du cachemire. Ou que je sache quel effet ça fait. Serais-je seulement capable de sentir la différence entre ça et le coton, genre test comparatif Coca-Cola/Pepsi ? Je m'imagine les yeux bandés, les mains tendues, tandis que mes paumes caressent différentes matières.

– Mes parents veulent que je les accompagne à La Nouvelle-Orléans pendant les vacances de Pâques, annonce Raf, m'arrachant à mon rêve.

Oh non... Il laisse tomber le Grand Bal de printemps ! Il va

278

partir avant, et en plus, le mariage de papa sera annulé, et après toutes les intrigues, le 3 avril, je vais me retrouver à la maison à regarder *La Guerre des étoiles*.

– Ah bon ?

– Mes frères ne veulent pas y aller, mais j'ai dit à mes parents que j'étais d'accord pour partir si on prenait l'avion le dimanche après le bal.

Il est trop chou ! Non seulement il veut toujours aller au bal avec moi, mais en plus c'est un bon fils. Ce garçon, c'est du chocolat mélangé à de la barbe à papa mélangée à des bonbons fondants. Si je n'étais pas aussi amoureuse, j'attraperais des caries.

Jewel entre dans la pièce et sourit en nous trouvant ensemble.

– Coucou, les inséparables. Hé PP, comment s'est passé ton contrôle de maths ?

– Pas mal, dis-je en essayant de prendre un air désinvolte.

J'ai fait un carton. J'avais fini au bout de vingt minutes et j'ai passé le reste du temps à préparer la prochaine interro de français et à écrire des lignes de *Je m'ennuie* dans mon cahier.

– Et toi ?

– Pas trop mal, répond-elle, le sourire toujours aux lèvres. Merci de m'avoir aidée à le préparer.

Je me doutais qu'elle s'en était bien tirée. Pendant le contrôle, elle écrivait à toute allure, en enroulant ses boucles autour de son pouce comme toujours quand elle est concentrée. Elle ne rongeait pas sa gomme, chose qu'elle fait quand elle est contrariée.

J'ignore comment s'en est sortie Tammy. Je lui demanderais bien. Si on se parlait.

Les autres secondes débarquent petit à petit. Melissa arrive en trombe la dernière, deux chaises en plastique à la main.

– Tout le monde debout. Ces crétins de l'administration n'ont pas approuvé mon idée de strip-tease, mais ils m'ont autorisée à utiliser le thème des jeux d'argent. Alors on va utiliser des chaises pour donner du piquant.

Des chaises ? Qu'est-ce qu'elle raconte ? Je n'ai pas du tout envie de danser avec des meubles.

Elle lâche nos partenaires en plastique au centre de la pièce.

– Jewel, Sean, Raf, Doree, Stephy, Jon, Nick et moi, on est les huit danseurs principaux. On est des joueurs assis à une table de poker sur le podium. Rachel et Gavin, vous serez habillés en croupiers et vous resterez sur le côté de la scène, *sous* le podium.

What a surprise... Au moins, elle ne nous a pas relégués derrière les rideaux.

Déjeuner libre ! Déjeuner libre !

Vendredi. C'est le seul midi de la semaine où je n'ai pas de répétition ! C'est la première fois que j'ai une chance de m'asseoir à la table des branchés. Je cherche Jewel dans la cantine. Où est-elle ? Je ne la trouve pas, Doree non plus. Ni Stephy. Mais où sont-elles passées ? Je n'aperçois pas Raf non plus, mais d'habitude il déjeune dehors. Maintenant que j'y pense, je ne l'ai pas vu de la journée.

Est-ce qu'ils sont tous partis manger sans moi ? J'ai un

nœud dans l'estomac, mais je n'ai rien avalé, donc ce n'est pas une intoxication alimentaire. Peut-être qu'ils ne m'aiment pas, après tout. J'achète un croque-monsieur avec des frites aux dames de la cantine, puis je cherche quelqu'un des yeux, n'importe qui, avec qui déjeuner. Je repère Tammy à mon ancienne table, la quatrième en partant du fond, avec Janice, Annie, et Sherry. Bon ben...

J'emporte mon plateau jusqu'à leur table et m'assois à côté de Tammy.

– Salut, les filles.

Je mords dans mon croque pour me donner une contenance.

Tammy me jette un regard en coin.

– Excusez-moi ? On s'est déjà rencontrées ?

Je réponds, en postillonnant quelques miettes par la même occasion :

– Tu veux que j'aille m'asseoir ailleurs ?

Elle me fixe un instant avant de baisser les deux mains à plusieurs reprises, son signe subaquatique pour « on se calme ».

– Je plaisante. C'est juste que je te vois plus jamais. Bien sûr que tu peux rester avec nous.

Oups. Je crois que j'ai réagi de manière excessive.

Sherry me sourit d'un air étrange, les yeux écarquillés. Elle retire un long cheveu de sa bouche.

– Salut, Rachel. Super, ton pull.

Mon pull ? Je porte le vert que j'ai acheté chez Macy et déjà mis un milliard de fois. Elle se moque de moi ? Annie m'adresse un sourire bizarre, elle aussi, et je me tortille sur ma chaise. Je ne sais plus où me mettre. C'est quoi, le problème ?

Janice me regarde, l'air sérieux.

– Comment ça marche, le défilé ? demande-t-elle.

Elle porte une salopette en jean délavé.

– On a hâte d'aller t'applaudir.

Ah. Le défilé. Je suis une célébrité de retour au pays. Je leur adresse mon sourire le plus bienveillant.

– Beaucoup de boulot, dis-je.

– Alors, elle est comment, London Zeal ? s'enquiert Annie, qui se penche vers moi en écrasant ses énormes seins l'un contre l'autre, offrant aux garçons de la table d'à côté une nouvelle occasion de se rincer l'œil.

– Marrante, je réponds en agitant la main.

– C'est vrai que tu vas au Grand Bal de printemps avec Raf ? demande Sherry.

– Ouais.

Là-dessus, je remarque l'air troublé de Tammy.

– Enfin, je crois. J'avais un autre truc ce soir-là, mais c'est annulé.

Les yeux de Tammy lui sortent de la tête.

– Quoi ? Le mariage est annulé ?

Je lui lance un regard implorant genre est-ce-qu'on-peut-en-parler-plus-tard-s'il-te-plaît ? Elle hoche la tête, les yeux toujours exorbités.

Quand la cloche retentit et que mes groupies se dispersent, Tammy me donne une petite tape amicale dans le dos.

– Qu'est-ce qui s'est passé ?

– Je ne peux pas en parler, je murmure, en remontant mes genoux contre ma poitrine. Ça risque de porter la poisse d'évoquer l'annulation d'un mariage avant qu'il le soit réellement, non ? Comme quand un fiancé voit la robe de la mariée avant la cérémonie. Enfin, si on veut.

– T'inquiète, je comprends. Personne ne connaît mieux que moi les problèmes de famille. Mais si t'as besoin d'en parler, tu peux compter sur moi. Je me rappelle trop bien comme je me sentais mal quand ma mère a épousé ma belle-mère.

J'ai le cœur qui fond. Tammy est tellement sympa. J'ai été ignoble avec elle depuis qu'on m'a prise dans le défilé. Je devrais demander à Miri de lui mijoter une potion de bonheur.

Elle m'adresse un sourire timide.

– Est-ce que ça signifie que je peux dire à Aaron que je vais au bal avec lui ? Je lui ai dit que je ne pouvais pas à cause du mariage.

Ohmondieu.

– Quoi ? Il t'a invitée au Grand Bal ?

Elle ôte son élastique de ses cheveux, regonfle ses mèches châtains, et les laisse retomber sur ses épaules. J'aime bien quand elle a les cheveux lâchés. Ça lui adoucit le visage.

– Oui, il a fini par se décider à m'inviter.

– Pourquoi tu me l'as pas dit ?

– Il me l'a proposé la semaine dernière et on ne se parlait pas vraiment. (Ses yeux noirs s'assombrissent.) Écoute, je suis désolée de ne pas être plus compréhensive au sujet de ton emploi du temps. Je sais que c'est difficile, et je devrais davantage te soutenir si c'est aussi important que ça pour toi.

Elle est trop cool. S'il existait un prix de la meilleure amie, elle le gagnerait, et de loin. Elle est en train de s'excuser de ce que je ne trouve pas assez de temps pour elle. Et elle a dit non à Aaron alors qu'elle meurt d'envie d'aller à ce bal tout autant que moi. Elle préfère m'accompagner au mariage rasoir de papa. Franchement, elle mérite une médaille. Je vais demander à Miri de lui en fabriquer une.

– Merci, Tammy.

Et j'ajoute, débordant de gratitude :

– Et moi je devrais trouver plus de temps pour mes amies.

Là-dessus, on se dirige bras dessus, bras dessous vers nos casiers.

Dans l'escalier, on tombe sur une London toute vêtue de blanc. Elle agite le poing dans ma direction et hurle à pleins poumons :

– Mais où t'étais ?

Oh ! Du calme... Je recule, terrifiée.

– Où j'étais, quand ça ?

– Eh bien à l'heure du déjeuner ! On avait rendez-vous aujourd'hui. J'ai raté mes cours aujourd'hui pour réunir toutes les secondes et les premières pour le numéro en tenue de soirée.

Qu'est-ce qu'elle raconte ?

– Je croyais qu'on était censés répéter ce numéro dimanche.

– J'ai changé d'avis hier soir. J'ai téléphoné à Melissa et elle a proposé de vous prévenir. Elle m'a dit que t'avais eu le message.

La sorcière... dans le sens négatif du terme. Melissa a fait exprès de ne rien me dire pour que je sois mal vue. Ou peut-être qu'elle ne voulait pas que je danse avec Raf. Elle me donne envie de vomir. Sa boulimie est peut-être contagieuse.

– Je suis désolée, mais Melissa ne m'en a jamais parlé.

– Peu importe. Il est trop tard maintenant. Mais tu ferais mieux de ne plus rater une seule répétition sinon tu dégages. Même si tu danses bien, grogne-t-elle avant de s'éloigner d'un pas sonore.

284

Je m'adosse au mur, complètement secouée.

– T'en fais pas, dit Tammy, en me tapotant le dos. Ils ne peuvent plus te renvoyer maintenant. Le spectacle a lieu dans deux semaines. Et t'es bien trop bonne.

Elle s'efforce de me réconforter jusqu'à ce qu'on atteigne les casiers, mais je suis bien trop furax pour lui prêter attention. Je hais Melissa. Si seulement j'étais sorcière à la place de Miri, je lui jetterais un mauvais sort, sûr. Je la changerais en souris. Non, trop mignon. En rat. Ou en grenouille. Ou en thon, que je pourrais écraser et donner à manger à Tigrou.

– Tu es libre ce soir ? demande Tammy en ouvrant son casier.

Est-ce que je propose à Tammy de venir chez Mick ? Il organise encore une fête. Je devrais. Mais il va falloir que je reste avec elle, et je suis désolée mais j'aimerais mieux passer la soirée à flirter avec Raf plutôt que de baby-sitter Tammy. J'ouvre mon casier et attrape mes livres.

– Je sais pas. D'habitude, je suis crevée après les répétitions. Je vais sans doute aller direct au lit tout simplement.

– Je comprends. Appelle-moi si t'as envie qu'on fasse un truc. Je pourrais passer. On n'est pas obligées de faire quelque chose de spécial.

– On n'a qu'à décider plus tard, non ? Oh, attends. (Je lui tends l'un des billets pour le défilé.) Je ne sais pas si ça te tente d'être assise à côté de ma famille, mais j'ai six super-places.

– Merci ! dit-elle en m'adressant son signe OK.

J'ai fait payer ma famille pour ces billets, bien obligée – London a été très claire : on devait payer les places. Je ne roule pas sur l'or. Mais j'ai une dette envers Tammy.

Après les cours, je me dirige vers la cantine pour la répétition du numéro des filles et pique tout droit sur Melissa. Elle fait encore semblant de se faire bronzer. Cette fois-ci, elle porte des lunettes de soleil.

On est à l'intérieur. Il n'y a pas de soleil. Je me penche sur elle, pour lui cacher son soleil, s'il y en avait un.

– Merci mille fois de m'avoir prévenue pour la répétition du déjeuner.

Elle soulève ses verres et bat des cils.

– J'ai oublié ?...

Évidemment, elle a les yeux bleus. Pourquoi est-ce que je n'ai pas les yeux bleus ? C'est vraiment trop injuste. Elle est rousse aux yeux bleus.

– Oui, t'as oublié. Je l'ai ratée et je me suis fait engueuler par London.

– Quel dommage.

Elle laisse retomber ses lunettes.

Le dégoût monte en moi comme une nausée. Peut-être que cette intense émotion va enfin déclencher les pouvoirs tant attendus. Je ferme les yeux, pince les lèvres, et me concentre.

La prochaine fois que cette pétasse
Essaie de me refaire une crasse,
Faites qu'on la pousse dans la classe...
Euh, non.
... dans la rue
Et qu'elle en tombe sur son gros...

Jewel me pince la taille avant que j'aie pu mener mon projet à terme. Hé, pas mal !... Si cette histoire de sorcellerie ne marche pas pour moi, je pourrai toujours devenir poète.

Je suis assise avec Jewel, Melissa, Doree et Stephy chez Mick, dans le canapé du salon. Melissa se moque de tous ceux qui n'ont pas eu la chance d'être invités.

– Oh, la ferme, s'écrie Jewel en levant les yeux au ciel. Tout le monde ne peut pas être aussi exceptionnel que toi, Melissa.

– Aussi exceptionnel que nous, rectifie Stephy en pouffant de rire.

C'est tout moi, ça. Exceptionnelle. Membre à part entière du groupe des êtres exceptionnels. Exceptionnelle et malheureuse. Malheureuse parce que Raf n'est pas là. J'ai mis mon jean préféré et un super-pull avec un col en V argenté emprunté à Jewel. Et j'ai passé vingt minutes à me mettre de l'eye-liner.

Ensuite en arrivant ici, je suis tombée aussitôt sur Will, qui m'a dit que Raf avait de la fièvre et qu'il était cloué au lit.

Je devrais lui apporter du bouillon de poule. Est-ce que le geste compte même si c'est préparé avec un bouillon-cube ?

Melissa donne un coup de pied dans la table basse en marbre.

– Hé les filles, vous avez vu ce que portait Janice Cooper aujourd'hui ?

Stephy pouffe de rire.

– Ouais ! Une salopette. Elle se prend pour une fermière ou quoi ?

Et c'est là que *le pire* se produit.

Avant de quitter l'appartement, j'ai laissé deux instructions à Miri. La première, si Raf téléphonait, de lui dire que j'étais chez Mick et que je comptais le retrouver là-bas. La seconde, si Tammy appelait, de lui dire que j'étais vraiment fatiguée et que j'étais allée me coucher.

Me voilà donc, assise jambes croisées à côté de Jewel dans le canapé, quand Jeffrey Stars entre dans le salon. Suivi d'Aaron Jacobs. Lui-même suivi de... Tammy.

Qu'est-ce qu'elle fait là ?

À ma vue, sa bouche s'ouvre en grand. Ensuite elle me dévisage en silence.

– Coucou, dis-je d'une voix étranglée.

J'aimerais m'enfoncer dans les coussins du canapé. J'ai envie de disparaître. J'aimerais vraiment avoir cette fameuse cape d'invisibilité. Peut-être qu'elle n'a pas appelé à la maison. Peut-être que je peux lui dire que j'ai cherché à la joindre, et que sa mère m'a dit qu'elle serait ici.

– Je viens de parler à ta sœur, lance-t-elle entre ses dents. Apparemment, tu t'es réveillée.

– Ouais.

Je m'enfonce plus profondément dans le canapé. J'ai joué à la roulette russe, et j'ai perdu.

Elle se tourne vers Aaron.

– Je veux rentrer.

Aaron passe un bras autour de ses épaules et ils s'éloignent sans un regard en arrière.

Je devrais m'élancer à sa suite. Mais qu'est-ce que je pourrais bien lui dire ? Que je n'avais pas envie de faire la baby-sitter ? que je voulais rester avec Raf ? avec Jewel ?

Aussitôt, les filles se tordent de rire à côté de moi.

— C'était quoi, ça ? hurle Melissa.

— Ils sont ensemble ? demande Doree.

— Gros Pif et Acné ? dit Melissa en se remettant à rire.

J'en reste bouche bée.

— Pourquoi tu les appelles comme ça ?

Doree pouffe.

— Parce que hier il avait le plus gros spot qu'on ait jamais vu. Mais je devrais pas dire ça, dit-elle aux autres. Rachel était copine avec elle.

Doree, Melissa et Stephy repartent de plus belle.

Je fixe le tapis du regard. « Était copine avec elle. » Maintenant, je l'ai trahie. Pour cette compagnie exceptionnelle.

Jewel me caresse le dos et m'adresse un sourire gêné.

J'ai la désagréable impression que Doree aurait bien pu tenir des propos semblables sur moi quelques mois plus tôt, avant d'ajouter : « Mais je devrais pas dire ça. Jewel était copine avec elle. »

Et que Jewel serait alors restée assise sans rien dire, à fixer le tapis.

Je prends un rapide petit déjeuner avant la répétition de samedi quand Miri entre en courant dans la cuisine, en tee-shirt et petite culotte.

— Tu reviens à une heure, hein ?

– Oui, Mir, je serai là à une heure. Pour la manif. J'ai pas oublié.

Un sourire lui illumine le visage.

– Génial ! J'ai hâte. En attendant, je vais étudier avec maman, et après, je m'entraîne pour le coup de pied circulaire.

Elle s'accroupit et lève ses poings au niveau des hanches, prête à envoyer.

– Je n'arrive pas à prendre le coup. C'est bien plus mou que le direct du pied. C'est sûrement parce que...

– T'as tout ce qu'il te faut pour le sortilège de papa le week-end prochain ?

Si j'avais envie d'une leçon de Tae Kwon Do, j'irais au cours. Et je commence à me demander ce qu'il se passe durant ces mystérieuses séances d'apprentissage. Si je n'avais pas l'esprit préoccupé par dix millions de choses, au moins, je poserais la question.

– Presque, répond-elle, en faisant surgir une liste de la poche de son tee-shirt. Il faut que je trouve du yaourt. Celui qu'on a acheté la dernière fois est périmé. Oh, j'oubliais, Tammy a téléphoné hier soir. Je lui ai raconté que tu dormais, comme t'avais dit. Elle t'a laissé un message.

J'ai du mal à avaler mes céréales.

– Qu'est-ce qu'elle a dit ?

– Que Jeffrey avait invité Aaron à une fête, et qu'Aaron l'avait invitée. Ils voulaient t'emmener. Et que si tu te réveillais, il fallait l'appeler sur son portable.

Cette fois, plus de doute, Tammy a droit au prix de la meilleure amie. Et moi à un coup de pied dans le derrière...

La journée ne s'arrange pas. Melissa est chargée de la répétition, ce qui rend les choses particulièrement pénibles, et Raf est malade chez lui.

Au moins, j'ai Jewel.

– Melissa, on en a encore pour combien de temps ?

Elle arrête la musique et plante ses mains sur ses hanches.

– Pourquoi ? T'as quelque chose de plus important à faire ? Je suis certaine que London serait ravie d'apprendre de quoi il s'agit.

Elle me menace, je n'y crois pas. On devait seulement rester jusqu'à midi, et il est déjà la demie.

– Laisse tomber.

Je m'en vais dans dix minutes, quoi qu'il arrive.

– T'es sûre ? Tu peux t'en aller, ça m'est égal. London m'a dit de la prévenir si tu faisais des histoires.

Mais pourquoi est-ce qu'elle a besoin de moi, de toute façon ? Je n'ai rien à faire à part rester debout en faisant semblant de m'intéresser à ce qui se passe. Je suis sur le point de l'envoyer promener quand Raf franchit la porte, l'épaule basse.

Melissa nous fait signe de nous arrêter.

– Comment te sens-tu ? demande-t-elle avec empressement.

– Ça peut aller, dit-il. Je suis encore fatigué, alors je vais juste regarder au lieu de danser.

291

Il est tout pâle, on dirait que quelqu'un lui a passé de la craie sur la figure.

Un frémissement parcourt la salle. Melissa lui masse le dos. Pas question de m'en aller maintenant, alors qu'elle essaie de me piquer mon quasi-petit ami.

– Je reviens tout de suite, dis-je, les dents serrées.

Encore que personne ne risque de m'entendre depuis le recoin où je me tiens. J'appelle ma sœur depuis le téléphone payant des toilettes.

– T'es où ? J'ai envie d'y aller tout de suite, crie-t-elle d'une voix aiguë. Je suis tellement contente. J'ai mis des collants sous mon jean pour ne pas avoir froid.

Je respire un grand coup.

– Mir, je suis vraiment désolée, mais il y a peu de chance qu'on me laisse partir avant un moment.

– Oh. (Silence.) Mais t'as promis.

– Je sais que je t'ai promis, mais je peux pas partir. Melissa est infecte avec moi et le spectacle est dans deux semaines.

– Mais la marche pour la paix, c'est aujourd'hui.

– Miri, je peux pas. Demande à maman de t'accompagner.

L'instant d'après, je n'entends plus que la tonalité. Est-ce que... Est-ce que ma petite sœur m'aurait raccroché au nez ? Je n'y crois pas. Elle ne m'a jamais raccroché au nez. Elle n'a jamais raccroché au nez de personne.

Je regagne mon coin d'exil en Sibérie.

– C'est gentil de ta part de te joindre à nous, crie Melissa pour couvrir la musique, avant de reposer sa main sur le front de Raf. T'es pas trop chaud, roucoule-t-elle.

Quelle semaine lamentable. Ma sœur et Tammy me détestent, et ma rivale drague ouvertement mon quasi-petit

292

copain. Vous ne pourriez pas faire en sorte qu'il m'arrive quelque chose de bien ?

Soudain, j'ai des fourmis un peu partout dans le corps. Je lève les yeux. Raf me regarde. Je lui adresse mon sourire le plus charmeur, il me rend un clin d'œil. Ma peau se réchauffe, comme si je recevais la caresse du soleil.

J'aurai ma récompense dans deux semaines. Quand je serai au Grand Bal de printemps avec lui. Quand je n'aurai plus besoin du soleil pour avoir l'impression qu'on m'embrasse.

Tout ça en vaut la peine.

N'est-ce pas ?

UN PIÈGE ENCHANTÉ
SPÉCIAL PARENTS

19

La semaine suivante est un tourbillon de répétitions, de contrôles et de devoirs.

Lundi : répète au déjeuner, répète après les cours. Virée à Soho pour essayage de la robe Izzy Simpson. Ouahouh !! Retour à la maison, Miri continue sa grève du silence depuis que j'ai raté la marche pour la paix. La traque dans tout l'appart, queue entre les jambes, jusqu'à ce qu'elle craque et me pardonne. Me rends compte que j'ai complètement oublié *Les Aventures de Huck Finn*. Décide de lire une centaine de pages. M'endors à la cinquième.

Mardi : répète au déjeuner, répète après les cours. Re-Soho pour deuxième essayage. De retour à la maison après la répète, réalise que strictement impossible de lire un livre entier en une nuit. Fais une chose que m'étais promis de ne jamais, jamais faire : m'arrête chez libraire pour acheter une version abrégée commentée.

Mercredi : répète au déjeuner. Cours d'anglais. Bizarrement, au lieu de me faire épingler par Mlle Martel pour avoir lu la version abrégée à la place de la VO, ai toutes les réponses et passe pour une connaisseuse émérite de Huck Finn. Apparemment, Mlle Martel pioche ses questions dans le guide pour enseignants à la fin de l'abrégé. Pourrais la qualifier de paresseuse, mais c'est la paille et la poutre. (Aucune idée de ce que ça veut dire. Qui est la paille ? Qui est la poutre ?) Répète après les cours. Troisième voyage à Soho pour troisième essayage. Commence à avoir mal aux pieds.

Jeudi : mortifiée quand Hayward m'a citée en exemple devant toute la classe. Jewel a eu 17/20, ce dont elle n'est pas peu fière. Aucune idée de la note de Tammy, vu qu'on ne se parle plus. Répète au déjeuner. Contrôle de français. Répète après les cours. Re-Soho. Mes pieds commencent à gonfler.

Vendredi : répète au déjeuner. Répète après les cours. Re-Soho pour ultime essayage. Ai l'impression que mes pieds sont en feu chaque fois que j'appuie dessus. Retour maison à temps pour me disputer avec ma sœur sur raisons pour lesquelles je ne l'accompagne pas à Long Island. Laquelle rappelle que FBM sera mûre pour l'asile vu l'imminence du mariage, et que 29 mises à jour ont été envoyées aux invités cette dernière semaine. (Les boîtes de réception ont été saturées à deux reprises par d'énormes documents en JPEG.) S'ensuivent d'autres suppliques. Remarque lèvres pincées et courant d'air froid soudain, avertis ma sœur que si elle porte la moindre poisse au spectacle, elle va avoir de très sérieux ennuis... Les lèvres se détendent et la température remonte. Révise plan pour voler affaires du père, et lui confie la mission. Vais regretter papa ce week-end, mais pour la bonne cause.

Samedi : répète toute la journée. Pieds sévèrement endolo-
ris. Va peut-être falloir amputer.

Dimanche : de retour à la maison après une nouvelle répétition qui a duré toute la journée, je me sens comme une
femme des cavernes, à peine capable de me tenir debout.

Je passe la tête dans la chambre de Miri.

– T'as réussi à lui piquer quelque chose ?

Elle a intérêt. Le mariage est dans six jours.

Six jours !

Elle est en train d'écrire à son bureau et ne lève pas les
yeux.

– Ouais.

– Qu'est-ce que t'as pris ?

– Une chaussette, dit-elle, toujours sans relever les yeux.

Je sais qu'elle m'en veut à mort de l'avoir laissé tomber
ce week-end, mais je n'y suis pour rien. On est maintenant
dimanche soir, il est huit et demie, et elle est même rentrée
plus tôt que moi.

Pourquoi est-ce qu'elle me casse les pieds comme ça ? hé,
Miri, lève la tête ! Je saute sur son lit et pose mes pieds sur le
mur.

– Une sale ou une propre ?

– Propre.

– Tant mieux, j'ai déjà reniflé les chaussettes sales de papa,
et je doute que maman puisse dormir dessus.

Au moins, c'est une chose dont je n'ai pas hérité de mes

parents. Les pieds qui sentent. Enfin, je crois. J'approche ma jambe de mon nez. Ça va.

– T'as besoin de quoi d'autre ?

Elle continue d'écrire.

– T'en fais pas, je m'en suis occupée.

– Tu t'es occupée de tous les ingrédients ?

– Ouais. C'est fait. La formule, les fractions, et la chaussette est déjà sous l'oreiller de maman.

Ah.

– Bon, très bien. Quelle efficacité.

Elle continue d'écrire, m'ignorant complètement. Combien de temps peut-on garder rancune ?

Lundi soir. Nous sommes en plein milieu d'un nouveau dîner végétarien absolument infect (des hamburgers à base d'un mélange d'épinards, de champignons, de chou et de légumes beiges non identifiables), quand quelqu'un sonne en bas.

– Vous attendez quelqu'un ? demande maman, reposant sa fourchette.

On secoue toutes les deux la tête. Raf est venu déclarer sa flamme ? Je me jette sur l'interphone.

– C'est qui ?

– C'est papa !

Papa ? Ohmondieu. Papa ! Ça a marché ! Il est ici !

Je hurle dans l'interphone :

– Monte !

Je sais que crier est désagréable pour celui qui est à l'autre bout, mais je suis trop excitée pour réfléchir.

Maman avale une longue gorgée d'eau.

– C'est ton père ?

– Ben ouais, dis-je, en m'efforçant de prendre un air normal et dégagé, chose horriblement difficile.

D'un bond, Miri quitte la table et se met à ranger la cuisine.

– Qu'est-ce qu'il fait là ? demande maman, en se tapotant les cheveux.

Je parie qu'elle se dit maintenant qu'elle aurait aimé faire un peu plus gaffe à ses racines, hein ?

– Vous avez fait des bêtises les filles ? Quelque chose que je devrais savoir ?

– Non, répondons-nous en chœur.

Toc, toc. Je bondis vers la porte.

– Salut, 'pa, dis-je d'une voix guillerette.

Puis je m'efforce de ne pas pousser un cri en l'apercevant.

Sa chemise dépasse de son pantalon, les quelques cheveux qu'il a encore se tiennent droit sur sa tête, pointant dans toutes les directions, et il a des valises sous les yeux.

– Coucou, Rachel. Je... euh... j'ai trouvé un livre que Miri avait oublié à la maison. Je me suis dit qu'elle en aurait peut-être besoin.

Il me le donne.

– Je peux entrer ?

– Bien sûr.

Je m'écarte pour le laisser passer.

Maman, toujours en train d'essayer de s'arranger les cheveux, nous rejoint dans l'entrée.

– Salut, Daniel. Contente de te voir. Tout va bien ?

À sa vue, ses yeux s'allument comme des phares de voiture.

– Salut, dit-il doucement.

Je ne le crois pas. Il la regarde comme s'il était Roméo et elle Juliette. Il est à nouveau amoureux ! Alléluia ! La flèche de Cupidon a touché sa cible !

– Miri a oublié un livre et j'ai pensé qu'elle en aurait peut-être besoin, s'empresse-t-il d'expliquer.

– C'est vrai, regarde !

Je brandis le livre relié comme un trophée. C'est mon livre de sciences de l'année dernière, mais qu'est-ce que ça peut faire ?

– Bon. Tu veux du thé, papa ? Maman allait justement en faire.

Ma mère me regarde comme si j'avais perdu la boule.

– Ah bon ?

Elle n'a pas intérêt à tout gâcher.

– Pourquoi est-ce que vous n'allez pas vous asseoir tous les deux, histoire d'échanger les dernières nouvelles, pendant que je mets de l'eau à bouillir, dis-je.

Je remplis notre bouilloire électrique avant de la brancher.

Mon père accepte l'invitation et s'assoit à table à côté de Miri, à son ancienne place. Maman arbore le même air dérouté et mal réveillé du petit matin, mais s'installe quand même en face de lui. J'essuie la petite boulette de pâté de légumes étalée sur le plan de travail en Formica et débarrasse les assiettes du dîner.

– Elles sont bien serviables, dit papa à maman. Quelle mouche les a piquées ?

Elle enroule ses cheveux autour de ses doigts.

– Miri a toujours été serviable, mais Rachel est transformée depuis quelques jours. On peut dire qu'elle est en grande forme. Ce défilé de mode lui fait beaucoup de bien. Elle est même montée par l'escalier hier sans se plaindre.

C'est faux. Je me plaignais, seulement pas à voix haute.

Mon père se met à rire.

– Et dire que je l'ai portée sur mes épaules pendant la marche pour les diabétiques !

Ils rient ensemble. En temps normal, je lui en aurais voulu de remettre le sujet sur la table (j'étais fatiguée, j'en ai eu marre au bout de dix minutes et je l'ai obligé à me porter pendant tout le reste de la marche), mais pas cette fois-ci. La bouilloire siffle et je pose leurs thés devant eux, en ajoutant :

– J'ai beaucoup de devoirs, je suis dans ma chambre si vous avez besoin de moi.

– Moi aussi, ajoute Miri.

On sort en trombe de la cuisine, et on regagne nos chambres en se topant dans la main.

Vers onze heures, je suis au lit, et je peux encore les entendre parler. Elle, minaudant et pouffant de rire ; lui, joyeux et détendu. Miri ouvre ma porte et entre sur la pointe des pieds.

– Il est toujours là, chuchote-t-elle, rayonnante.

Le rire en provenance de la cuisine résonne au travers des murs.

– Je sais. Je viens de leur dire bonsoir.

Les voir ensemble, assis à la table de la cuisine comme au bon vieux temps, m'a procuré une intense bouffée de bonheur. Comme s'il faisait froid dehors, mais que j'étais assise sur un canapé douillet, enveloppée dans une couverture de laine, en face d'un feu ronflant.

Le lendemain matin, maman sirote son café, un léger sourire égaré sur le visage.

– À quelle heure est parti papa ? demande Miri en engloutissant son porridge comme si elle n'avait rien mangé depuis des semaines, pendant que je me sers des Cheerios.

– Vers une heure, dit-elle. C'était sympa. Et bizarre. On ne s'était pas parlé – enfin, vraiment parlé – depuis un bail. Mais je ne comprends pas ce qu'il lui arrive. Est-ce qu'il s'est disputé avec Jennifer ?

Miri et moi gardons scrupuleusement le nez dans nos céréales.

Maman se remet à siroter son café.

FBM a dû piquer une crise s'il est rentré à deux heures du matin. Peut-être même qu'il n'est pas rentré. Et que le mariage a déjà été annulé.

– Qu'est-ce qu'il racontait ? je demande.

Qu'il est amoureux de toi ? Qu'il a largué FBM et qu'il revient à la maison ?

– On a parlé de choses et d'autres. De vous. De la vie. Comment elle nous... échappe.

Yesss ! Génial ! Ouahouh, mille fois ouahouh ! Abracatastique ! Bienvenue chez toi, papa ! Et toi, le Grand Bal, à nous deux !

Les bonnes nouvelles n'arrivent jamais seules.

Premièrement, avec l'aide de mon nouveau meilleur pote, A^2, j'ai réussi à atteindre le Graal des enfants de parents divorcés et à faire en sorte qu'ils se remettent ensemble.

Deuxièmement, Raf s'est montré adorable toute la journée. Il s'est arrêté près de mon casier pour me dire bonjour non pas une fois mais deux, et s'est assis à côté de moi pendant la répète du déjeuner.

– Justin aimerait savoir si on aimerait partager une limousine pour aller ensemble au bal samedi prochain, dit-il.

Si ça me va de me pointer au bal en carrosse avec mon prince charmant ? Pfff, à ton avis ?

Troisièmement, après l'école, on est allés chercher nos tenues de créateurs. Dans la boutique Izzy Simpson, on m'a remis une sublime robe rouge en soie, toute brodée, à mi-mollet, et d'adorables escarpins à talons en bois de neuf centimètres avec des nœuds rouges, dans lesquels je n'ai apparemment aucun problème pour danser. Jewel a la même tenue, sauf que sa robe est verte et qu'elle flotte au ras du sol. C'est un petit peu long à mon goût (j'aime bien mes mollets), mais elle est contente.

Je vais être trop canon ! Je me demande qui va m'apporter des fleurs. Après le numéro de clôture, on reste sur scène, Will Kosravi – qui est au micro – nous appelle par ordre alphabétique, et on descend le podium pour recevoir nos bouquets. Il faudra que je rappelle à maman de ne pas oublier de m'en acheter un.

La seule douche froide de cette belle journée, c'était Tammy. Elle a fait comme si je n'étais absolument pas là. Elle n'a même pas fait mine de me remarquer quand je suis arrivee en retard en cours, ni quand je suis passée devant son casier.

J'ai essayé de m'excuser.

– Tammy, j'ai dit, en lui bloquant le passage dans le couloir. On peut parler une minute ?

– Non, a-t-elle marmonné du bout des lèvres, avant de s'éloigner.

Et le geste de la main qu'elle m'a adressé est trop mal élevé pour que je le mentionne. Incroyable. Elle n'a pas intérêt à faire usage du billet que je lui ai offert. Avec ce genre d'attitude, elle peut bien cracher les dix dollars et aller s'asseoir au fond.

Je rentre à la maison après la répétition, m'attendant à apprendre que le mariage a été annulé.

– Pas de nouvelles, dit Miri.

Elle est allongée sur son lit, les jambes en l'air, en train de lire.

Mais le Grand Bal de printemps est dans quatre jours ! Je m'affale à côté d'elle.

– Peut-être que je devrais l'appeler.

– Rachel, fais pas ça, s'écrie Miri, en secouant la tête. Il doit être complètement perdu à l'heure qu'il est, mais il prendra la bonne décision. Il ne va épouser une femme s'il en aime une autre, surtout pas si l'objet de sa tendresse est la mère de ses enfants. Il va certainement nous appeler d'ici demain.

– Il a intérêt. Ça doit prendre au moins quelques jours pour annuler un mariage dans les formes. Ils ont invité une centaine de personnes. Il faut bien que quelqu'un les appelle pour leur dire de ne pas venir.

– Peut-être qu'elle va leur envoyer un e-mail. Ça fera une conclusion nickel à toutes ces mises à jour. Ou peut-être qu'ils vont l'annoncer pendant le dîner de répétition de la cérémonie et appeler les autres ensuite.

Groumpf. Je n'ai pas envie de me traîner jusqu'à Long Island un jeudi pour la répétition d'un mariage bientôt mort-né. La dernière répétition du défilé dure jusqu'à six heures du soir, ce qui veut dire que je devrai foncer directement de l'école à la gare pour arriver à Long Island pour sept heures trente.

Non. Papa ne nous ferait pas ça. Il va nous appeler demain pour nous dire que c'est annulé. C'est la seule chose à faire.

Quand je rentre à la maison à huit heures mercredi, je suis complètement trempée – il a plu – et extrêmement inquiète.

On a tous répété en tenue, les numéros sont parfaitement au point, l'équipe des techniciens a terminé les décors, et la limousine pour le bal est réservée. Le week-end du coup d'envoi des vacances de Pâques est réglé comme du papier à musique, à un petit détail près : ce stupide mariage n'a toujours pas été annulé.

Sans tenir compte du conseil de Miri, je téléphone à papa. FBM répond du premier coup, la voix hésitante.

– Allô ?

– Salut, FB... Jennifer, papa est là ?

– C'est toi, Rachel ? Non. Il est sorti.

– Sous cette pluie ?

Elle rit, mais son rire a l'air forcé.

– Il a pris un parapluie. Je ne sais pas pourquoi il est sorti, franchement. Il est tout bizarre depuis une semaine.

Yes ! Bizarre ! Un petit tour pour-méditer-sur-le-sens-de-sa-vie !

– Bon ben tant pis. Je voulais juste lui faire un petit coucou.

– Je peux compter sur toi demain soir à sept heures trente, n'est-ce pas ?

– Oui, oui.

– Tout est prêt pour le spectacle de vendredi ?

– Oui, oui.

– Vous voulez venir ici après le spectacle ? Comme ça on pourra se préparer ensemble pour le grand jour.

– Euh, on verra pour ça.

– Comme tu veux. Je dirai à ton père de te rappeler quand il rentre.

Elle ajoute, d'une voix hésitante :

– S'il n'est pas trop tard.

Il rappelle. Mais pas avant minuit et demi. (Ça devait être quelque chose cette promenade, un vrai marathon... *Yes !*) Je suis à moitié plongée dans un rêve de Grand Bal de printemps quand le téléphone se met à sonner.

Maman décroche.

– Salut, Daniel, je l'entends dire. Ça va ? Ça n'a pas l'air d'aller. Tu appelles de ton portable ?

Elle parle tellement bas que c'en est exaspérant. Je suis obligée de sortir du lit, de me glisser dans le couloir, pour aller coller mon oreille à sa porte.

– Je ne peux pas prendre cette décision pour toi... Tu as fait un choix, il faut t'y tenir... Beaucoup d'eau a passé sous les ponts... Mes sentiments ne sont plus les mêmes...

Oh non oh non oh non !

Puis :

– Évidemment que tu comptes toujours pour moi...

Oh oui oh oui oh oui !

Un sourire satisfait aux lèvres, je m'endors, la tête sur la porte comme sur un oreiller.

Je n'arrive pas à croire que je dois toujours me rendre à cette imposture de dîner de répétition. Entre le défilé et le mariage, ma vie n'est qu'une interminable répétition.

La générale se passe à merveille. Les décors sont sublimes. Les décorateurs ont réussi à mettre une tour Eiffel dans le fond pour le numéro en tenue de soirée, ils ont fait venir du vrai sable pour le numéro des filles qui est censé se passer à Miami, et peint d'énormes machines à sous pour celui des secondes qui se passe à Las Vegas. Ce qu'ils ont réussi de mieux, c'est l'horizon de gratte-ciel de Manhattan pour le numéro de clôture, dans lequel on voit un mini-Empire State Building qui change de couleur toutes les trente secondes. Les chaises sont soigneusement alignées en rangs interminables dans l'auditorium, et on a ressorti le podium de six mètres de long du magasin.

La répétition commence par nous, les cinq filles de seconde, sur scène. On enchaîne d'une traite les dix numéros, jusqu'aux salutations de la fin. Je fais semblant de recevoir mes fleurs pendant qu'on appelle London Zeal. Une fois qu'elle a fait semblant de saluer la foule, tout le monde applaudit en criant bravo. Toute vêtue de noir (OK, soyons juste pour une fois : on est tous en noir pour le numéro de New York), London sourit d'une oreille à l'autre.

– Ça fait quatre ans que je participe au défilé du lycée, déclare-t-elle, mais celui-ci est le plus réussi. De loin.

On pousse des hourras. En dépit de tout le travail que ça nous a donné, c'était vraiment une expérience géniale. Je savourerais plus pleinement le résultat si je n'étais pas complètement anéantie par le fiasco total du mariage.

– Et maintenant, tous au lit pour être en forme demain ! conclut-elle. Les filles, je vous retrouve demain à une heure au salon Bella !

On se dirige vers les vestiaires du gymnase, coincés entre l'auditorium et la cantine. C'est là qu'on se changera demain. Je m'apprête à foncer au train quand Raf me fait signe d'approcher.

– Salut, dis-je, trop tendue pour le regarder en face.

– Tu t'en vas où comme ça ? demande-t-il, en reboutonnant sa veste.

– Oh, hum... il faut que j'aille voir papa pour discuter d'un truc.

– Cool. Bon ben, à demain, alors. Ça va être le bazar, si on ne se parle pas d'ici là, je passe te prendre à huit heures et demie samedi.

Je me sens mal. Que vais-je faire si papa est une lavette et qu'il n'annule pas le mariage ? C'est dans deux jours ! Qu'est-ce que je vais bien pouvoir raconter à Raf ? « Oh, désolée, mon père se marie ce soir, j'ai oublié de te le dire ? » Est-ce que la limousine peut faire un arrêt-minute à Port Washington pour

307

que je puisse descendre l'allée en courant avant de remonter en vitesse dans la voiture ? Que faire, que faire, que faire ? Rater le mariage de papa au risque d'être punie pour le restant de mes jours ? Est-ce qu'un parent qui ne vit pas avec vous a le droit de faire ça ? Dire à Raf que je suis malade et clouée au lit, et rater la plus belle soirée de ma vie ?

– On va s'éclater sur cette piste de danse, dit-il en m'adressant un salut avant de s'éloigner.

C'est tout ce que je suis pour lui ? Une partenaire de danse ? Ou est-ce qu'il va enfin m'embrasser ? Comment vais-je pouvoir passer du statut de quasi-petite amie à celui de petite amie véritable si je dois aller à Long Island ?

Me revoici. Dans le salon privé de l'Al Dente. Je mange la même salade que celle j'ai failli recracher quand FBM et papa nous ont annoncé qu'ils allaient se marier, et j'ai à nouveau envie de vomir. J'aurais dû leur demander de ne pas mettre d'anchois cette fois-ci.

Et ce n'est pas fini. Une fois qu'on a fini de se remplir la panse, on se rend dans la salle de réception de l'hôtel Le Jardin, pour s'entraîner à descendre l'allée. Et puis quoi encore. Est-ce qu'ils s'imaginent qu'on ne va pas pouvoir se débrouiller ? Tout le monde sait marcher, il me semble.

Miri a dévoré presque toute la chair de ses doigts et laisse des traînées de sang sur la nappe blanche. Beurk. Si je n'étais pas dans un tel état moi-même, je ne me gênerais pas pour lui dire à quel point ce qu'elle fait est infâme.

C'est foutu. Pas le mariage, non. Ma vie.

Nous sommes vingt, en comptant les associés de mon père ; mon oncle Tommy et sa deuxième femme, Rebecca ; mes cousins ; la sœur de Jennifer et son époux, son frère et son épouse, leurs enfants (par bonheur Prissy est en train de piapiater avec eux) ; les parents de Jennifer ; et ma mamie.

C'est la seule qui ait l'air encore plus contrariée de se trouver là que Miri et moi-même. Elle est assise dans un coin, l'air renfrogné, et n'arrête pas de demander au maître d'hôtel si le chauffage est toujours allumé. Elle n'a pas très bon caractère.

À part ma grand-mère, tous ceux qui ont l'âge de boire sont bien partis. Surtout mon père. Ils ont éclusé chacun plusieurs bouteilles de chardonnay, mais papa a opté pour de la vodka on the rocks. Beaucoup, beaucoup de vodka. C'est la première fois que je le vois boire autre chose que du vin à table.

– Je crois que c'est foutu, murmure Miri. Il ne va pas annuler. Peut-être qu'il ne veut pas lui faire de peine. Peut-être qu'il va devenir alcoolique pendant un mois, pour noyer son chagrin, qu'ensuite le sortilège va s'estomper et qu'il aimera FBM à nouveau, voilà tout. Elle est affreuse, et maintenant on sera de la même famille, et il faudra bien s'y faire.

Je soupire et reprends de la salade. Je n'y crois pas. À quoi ça sert d'avoir une sœur sorcière si on ne peut même pas se débarrasser d'une malheureuse belle-moche ?

– Peut-être qu'on pourrait jeter un sort à maman et faire en sorte qu'elle interrompe la cérémonie. Tu sais, qu'elle intervienne quand ils demandent si quelqu'un a une objection à émettre.

Miri se marre.

– Pourquoi est-ce que je ne jetterais pas des sorts à tout le monde ? Et si je faisais en sorte que tout le monde objecte, pour plein de raisons différentes ?

Je pouffe.

– Ça, ça serait marrant.

– Alors c'est tout ? On laisse tomber ? demande-t-elle.

Mon cœur coule à pic, comme le *Titanic*. C'est fini ? J'avais peut-être le bonheur a portée de main, et le voilà maintenant couché par le fond. N'y a-t-il pas moyen de le remonter à la surface ? On a dû oublier quelque chose... une chose à laquelle je n'aurais pas pensé...

Rien. Nada. Vous savez ce que font deux nombres positifs multipliés par zéro ?

(Super plan + super plan) × que dalle = un bon gros zéro.

– Je laisse tomber. Je vais devoir dire à Raf que je suis malade.

Je m'entraîne à tousser. Peut-être que je peux lui dire que j'ai une méningite. Ou que je meurs le cœur brisé. Ça au moins, c'est vrai. Ou peut-être que je lui dirai que j'ai attrapé ce qu'il avait la semaine dernière pour qu'il se sente coupable, trop coupable pour demander à Melissa de prendre ma place à bord de la limousine – ou dans ses bras. Soupir.

FBM fait tinter son verre pour attirer l'attention générale.

– Merci à tous d'être venus, dit-elle, en se levant. Je saisis cette occasion pour vous dire combien je vous aime. Combien j'ai de la chance d'avoir rencontré Daniel et d'être tombée amoureuse de lui. Il est bon, généreux, tendre, doux et intelligent, et je suis fière d'être l'heureuse élue qui deviendra sa femme.

Les invités applaudissent poliment. Mon père se lève à son tour.

- Je t'aime aussi, Carol.

Tout le monde se fige.

Carol ?

Il a bien dit Carol ? Pas Jennifer, Carol ?

Yes, yes, yes ! ! ! Mille fois *yesss* ! ! !

Le visage de FBM devient livide. Comme un chemisier orange passé à l'eau de Javel.

On peut lire dans le regard de papa qu'il réalise soudain ce qu'il vient de dire.

- Je veux dire... je voulais dire... je crois...

Il se rassied. Ohmondieu. Est-ce que ce sont des larmes qui brillent dans ses yeux ?

- Je suis désolé, Jen, gémit-il. J'aime toujours Carol. Je ne peux pas t'épouser.

Chaos total. Papa pleure, Prissy pleure, Mme Abramson pleure, et même ma grand-mère (chose étrange, si on considère qu'elle n'a jamais aimé FBM non plus). FBM a l'air de quelqu'un qui viendrait de gober un homard – tout rond. M. Abramson se lève d'un bond et essaie de balancer un coup de poing dans le nez de mon père, mais frappe un serveur à la place quand papa esquive le coup. Une assiette de *penne arrabbiata* explose sur le tailleur jaune de Mme Abramson.

Miri et moi restons parfaitement immobiles, en nous serrant la main sous la table. Le mariage est annulé. Je devrais crier de joie, mais j'ai bien trop peur pour faire un geste.

Et je ne peux m'empêcher de remarquer la grosse larme qui monte aux yeux de FBM et s'écrase sur la nappe.

Si c'est ce que je voulais, pourquoi est-ce que je me sens aussi mal ? Je repousse mon assiette.

C'est sûrement les anchois.

CE N'EST PAS UN POISSON D'AVRIL

20

Il est revenuuuuuuu !

Il n'est que six heures et demie du matin, mais je suis parfaitement réveillée, à ruminer cette soirée désastreuse. Notre retour en train silencieux. Ce nœud dans l'estomac. Ma mère nous demandant comment s'était déroulé le dîner, et nos haussements d'épaules évasifs suggérant que tout s'était bien passé. (Super, ouais.)

– Plus de sortilèges, a dit Miri avant qu'on s'éclipse chacune dans notre chambre.

Je me suis retournée toute la nuit dans mon lit, en me demandant pourquoi papa n'avait pas rappliqué directement, s'il avait appelé ses invités pour leur dire que le mariage était annulé, si FBM avait pété un boulon – tout en espérant ne pas avoir les yeux bouffis par manque de sommeil.

Si seulement mes cernes étaient mon seul souci, en ce qui concerne mon visage. Mais le bouton que je sens pousser au bout de mon nez est nettement, nettement pire que n'importe quel cerne. On peut maquiller des cernes. Pas un deuxième nez. Je vole (enfin, pas exactement ; je n'ai été pas de dotée de pouvoirs magiques, moi) hors de mon lit, jusqu'au miroir. Mon nez n'est qu'un énorme spot rouge. Le cadeau de Noël a refait son apparition ! Dommage qu'aucun des numéros de ce soir ne se passe au pôle Nord. Pourquoi faut-il que mon nez ait pris *tout spécialement aujourd'hui* la couleur d'une bouche d'incendie ? Le *jour* où je vais me retrouver sur scène devant tout le lycée, devant un millier de personnes. Qu'est-ce que je vais bien pouvoir faire ? Impossible d'afficher un tel bouton pendant le défilé ! Personne ne parviendra à prêter attention aux danses – ils seront bien trop distraits par mon énorme bouton. Non, je retire ce que j'ai dit. Les gens ne pourront pas voir les danses parce que mon bouton leur bouchera la vue.

Eurêka ! Une idée !

Je toque deux fois à la porte de Miri avant d'entrer et de m'approcher de son lit sur la pointe des pieds. Elle a la bouche ouverte et les cheveux répandus sur son oreiller : elle a l'air toute jeune et vraiment mignonne. J'ai presque du mal à la réveiller. Presque.

Je lui tapote l'épaule. À plusieurs reprises.

Elle ouvre l'œil droit.

– Quoi ?

– Regarde, dis-je en proie au désespoir.

Elle ouvre l'autre œil et fait la grimace.

– Et c'est pour me montrer cette horreur que tu oses me réveiller ?

313

– C'est pas drôle. Il faut que tu me refasses le sortilège peau-nette.

Elle se retourne sur le ventre.

– Je ne veux plus faire de magie.

– Je sais, tu m'as dit ça hier, mais s'il te plaît ? Je t'en prie...

Ne me dites pas qu'elle va s'arrêter maintenant. Avec cette ampoule rouge au bout de mon nez.

– Il est trop tôt, gémit-elle.

– Ne m'oblige pas à me frotter contre toi.

Elle pousse un cri et remonte les couvertures au-dessus de sa tête.

– J'en ai plein la figure et je n'hésiterai pas, dis-je d'un ton menaçant.

– OK, mais tu me touches pas. Écarte-toi du lit.

Je recule de cinq pas, et elle rabat les couvertures sur ses épaules, un sourire aux lèvres. Puis elle jette un regard à son radio-réveil et ronchonne :

– Il n'est que six heures et demie !

– Je sais. Mais c'est un jour spécial.

Elle se frotte les yeux.

– Il faut que je mette la main sur mon cahier. Heureusement qu'on a acheté du jus de citron et les sels pour maman.

Deux heures et demie : je suis sublime. Sans bouton et sublime.

Peut-être que sublime est légèrement exagéré, mais j'ai l'air chouette. Vraiment chouette. Mieux que je ne l'ai jamais été de toute ma vie, en tout cas.

Sophie (une très grande coiffeuse, aux épaules larges, avec une perruque rouge vif et le visage très maquillé, qui a peut-être bien été un homme avant de devenir coiffeuse-visagiste) a passé une demi-heure à me mettre des bigoudis. Ensuite je suis restée assise sous une lampe chauffante encore vingt minutes, à rigoler avec Doree à qui on faisait un chignon serré. Les longs cheveux roux de Melissa seront tressés. Ceux de Jewel raidis. Stephy a coupé ses cheveux au carré et ressemble un peu à la fée Clochette.

Juste au moment où je commençais à me dire que le lobe de mes oreilles allait fondre, Sophie m'a sortie de là et a utilisé une douzaine de fers à friser et autres objets non identifiables pour transformer chacune de mes mèches en une anglaise impeccable. Je n'ai plus une tête d'océan. J'ai plutôt l'air... d'une sirène enchanteresse.

Puis Nathalie (qui pourrait bien être le jumeau/la jumelle de Sophie, si ça se trouve) m'a épilé les sourcils, avant de me maquiller pendant quarante minutes. J'ai maintenant des pommettes (qui l'eût cru ?) ! J'ai une peau de pêche, de grands yeux bruns de biche, assez Bambi (il/elle a mis tellement de mascara que mes cils effleurent mon nez), et des lèvres pulpeuses, rouges et bonnes à embrasser. Comme une prune appétissante. Raf ne va peut-être plus pouvoir tenir jusqu'au Grand Bal du printemps – peut-être qu'il va se jeter sur ma bouche pendant le numéro de *Moulin rouge*, juste pour goûter.

Je n'arrête pas d'étudier mon reflet dans les nombreux miroirs. Bien sûr, si je m'approche trop, je peux voir les quatre centimètres de la couche de fond de teint, ça fait un peu clown. Mais de loin ? Sublime.

— Vous êtes canons, les filles, dit London qui se pavane dans le salon en peignoir de coton et tongs blanches.

Mercedes et elle se font faire un soin intégral, avec manucure, pédicure, massage, tout ça aux frais du salon.

On est prêtes vers six heures, deux heures avant le lever de rideau, et on prend un taxi à cinq. Le chauffeur commence par refuser de nous prendre toutes, mais on le supplie si bien, de notre air le plus enjôleur, qu'il finit par nous dire de grimper en vitesse. Jewel monte la première, puis moi, ensuite Doree, tandis que Stephy se recroqueville sur nos genoux. Une moue aux lèvres, Melissa (qui ressemble étonnamment à Fifi Brindacier) prend place à l'avant en boudant.

— Lycée Kennedy, ordonne-t-elle. Et conduisez prudemment, on sort de chez le coiffeur.

— Ça va être trop top, s'exclame Doree. *On* va être trop top.

— Je peux pas croire que ça y est ! s'écrie Stephy de sa voix perçante.

Je crois qu'elle va se mettre à répandre de la poussière d'étoiles, comme Clochette.

J'ai du mal à croire que je suis là, moi aussi. En taxi avec ces quatre filles trop classes, plus belle que je ne l'ai jamais été.

— Je suis trop stressée, dit Jewel d'une voix stridente. Je crois que je vais être malade.

Le chauffeur freine brusquement pour éviter un piéton, et Jewel gémit.

— Et cette conduite n'arrange rien.

— Allez les filles ! s'écrie Doree. Réjouissez-vous. Ça va être

316

la meilleure soirée de l'année. Souris, Rachel. Ils ont vendu un millier de places. Mille spectateurs, vous vous rendez compte !

Je lui adresse un petit sourire. Je devrais être euphorique. J'ai tout ce dont j'ai toujours rêvé. N'est-ce pas ?

Le chauffeur écrase brutalement la pédale de frein, et je me cogne les genoux sur la boîte à gants. Mais cette fois-ci, ce n'est pas pour éviter un accident. L'estomac me remonte dans la gorge. L'heure est venue.

– On est arrivées ! Ça y est ! s'écrie Doree.

C'est la bousculade pour sortir. Nous entrons dans le lycée par la porte de l'auditorium et trouvons le reste de la troupe affalé çà et là dans la cantine.

Assis avec Sean Washingon et Will, Raf mange une pizza. Il siffle en me voyant. Voilà qui devrait me remonter le moral. Ce garçon devrait me remonter le moral. Il est cool, intelligent, sexy, gentil, et il m'aime bien. Enfin, peut-être.

J'ai comme un malaise persistant au creux de l'estomac. Qu'est-ce qui me prend ? C'est censé être l'un des plus beaux jours de ma vie. Pourquoi est-ce que je me sens aussi cynique et déprimée ?

– Hé, Raf, dit Will, en ébouriffant les cheveux de son frère tandis que je m'approche d'eux. C'est un vrai petit canon, ta cavalière pour le Grand Bal !

– Vire tes paluches graisseuses de mes cheveux, proteste Raf, en l'éloignant d'une tapette. Ou je demande à maman de te balancer des tomates quand tu feras l'animateur au micro. Elle est au premier rang, je te le rappelle, grâce à toi.

Qui trouvera-t-on dans les places qui me sont réservées ? J'imagine que FBM ne viendra pas ce soir. Ni Prissy. Après ce dîner de répétition cauchemardesque, peut-être que papa ne

317

sera pas là non plus. Je ne sais même pas où il est. Ni même où il a passé la nuit. Peut-être qu'il est retourné à Putter's Place, dans l'immeuble des pères divorcés. J'imagine que Tammy ne va pas utiliser le billet que je lui ai offert. Super. Quatre places vides dans mon secteur. Au moins, maman et Miri seront là pour m'applaudir.

Je suis les autres filles dans le vestiaire pour me changer. J'entends déjà le brouhaha que font les gens dans l'auditorium, les parents qui arrivent en avance, les amis tout excités de voir leurs camarades de classe. L'une des amies de London fait le guet à la porte de service de l'auditorium, pour empêcher que quelqu'un se glisse dans le couloir et dans le vestiaire pour venir nous voir avant le spectacle.

Même avec les vêtements de créateurs et les cheveux tout propres et laqués, le vestiaire sent toujours les pieds.

– C'est l'heure, dit Jewel en se glissant dans sa robe bustier rose métallique.

Je porte la même, mais rouge. Je remonte la fermeture éclair de sa robe et la complimente : elle a vraiment l'air super-canon. Avec ces robes, on dirait plus qu'on est dans une rave-party qu'en train de chanter dans un club de jazz des années vingt, mais peu importe. C'est chouette d'assurer l'ouverture du spectacle à nous cinq. Je remonte mes bas couleur chair, puis enfile les chaussures rouges assorties avant de demander à Jewel de fermer ma robe.

– Merci, dis-je. (Je fais un tour sur moi-même.) Je suis comment ?

Elle commence par les pieds et remonte lentement les yeux.

– Sublime.

Mais parvenu à la hauteur de mon visage, son regard se fige, et elle fait une grimace.

318

– Oh-oh, dit-elle.

– Oh-oh ? Quoi, oh-oh ?

– Je crois qu'il te faut encore un peu de correcteur. Ou alors t'es peut-être en train de faire une réaction allergique au maquillage.

– Tu te moques de moi ?

– J'ai du correcteur, propose Doree, déjà parée de sa tenue jaune métallique.

Je me rue dans les toilettes d'à côté pour regarder dans le miroir ce qui les fait piailler comme ça.

Oh non. Il est revenuuuuuuu...

Comment se peut-il que le cadeau de Noël fasse son come-back alors que j'ai fait le sortilège peau-nette ce matin même ?

– Excuse-moi, j'entends derrière moi. Tu peux pas entrer ici. Tu ne fais pas partie de la troupe.

– Il faut que je parle à ma sœur, dit une voix implorante.

Miri ? Qu'est-ce qu'elle fait là ? Elle n'a pas le droit de venir dans les coulisses.

L'instant d'après, elle est dans les toilettes, et ouvre la bouche en grand en découvrant mon reflet dans le miroir. Elle est toute pâle, sa lèvre inférieure tremble.

– Il faut que je te parle, dit-elle. Il faut que je te parle *tout de suite*.

– Je vois ça, oui.

Je désigne l'horreur au bout de mon nez.

– Qu'est-ce qui se passe ?

Elle jette autour d'elle un regard furtif, et bien que nous soyons seules près du lavabo, me fait signe de la suivre dans une cabine.

319

Je referme la porte derrière nous.

– Qu'est-ce qu'il y a ? je demande.

Elle commence vraiment à me foutre les jetons.

– T'as eu des nouvelles de papa ?

Elle ronge son pouce.

– Faut pas m'en vouloir. C'est pas ma faute.

Ma bouche se dessèche et j'ai la tête qui tourne, mais je n'ai pas envie de m'asseoir sur les toilettes dans mon fourreau rouge métallique.

– Qu'est-ce que tu veux dire ?

Elle se bouffe le pouce maintenant. Après avoir recraché une rognure d'ongle dans la cuvette, elle déballe tout.

– Papa s'est pointé pendant qu'on se préparait à partir. Il a dit qu'il voulait y aller *en famille*. Et là il s'est mis à supplier maman de se remettre avec lui. En soutenant qu'il l'aimait tellement qu'il n'arrivait pas à y voir clair. En lui disant qu'il avait annulé le mariage et qu'il voulait revenir habiter avec nous. J'étais dans ma chambre en train de me changer et j'ai tout entendu. Là-dessus maman a répondu qu'elle avait besoin de réfléchir et qu'elle avait mal à la tête, et elle est allée chercher un cachet dans la salle de bain. Alors voilà : je crois que j'ai dû renverser des sels de mer sous le placard du lavabo ce matin, et que ça a dû lui mettre la puce à l'oreille.

Miri fait la grimace.

– Hum, je crois que le fait que j'ai oublié mon cahier de magie par terre n'a pas aidé.

– Miri ! je hurle. Je vais te tuer !

– Je sais, je sais, mais j'étais fatiguée et à la bourre.

Des larmes roulent sur ses joues.

– Elle a d'abord trouvé le sortilège peau-nette. Ensuite elle

320

a dû tomber sur le sortilège amoureux, parce qu'elle a débarqué comme une furie dans ma chambre. Elle a montré la cuisine et exigé de savoir si c'était moi qui avais fait ça. J'étais obligée de lui dire la vérité, tu comprends ? Pas à cause d'un sortilège de sincérité, mais parce que j'étais bien obligée ! Elle a déchiré un morceau de papier de mon cahier, l'a léché et déchiré en mille morceaux, ensuite elle l'a jeté par la fenêtre, en récitant une formule. Après elle s'est retournée vers moi et elle a dit « j'ai annulé tous tes sortilèges ». Ensuite elle s'est mise à hurler et à me dire que j'étais irresponsable et elle m'a demandé si t'étais dans le coup. J'ai dû avouer. Après on est retournées dans la cuisine. Papa était tout pâle et tout bizarre, et il n'arrêtait pas de marcher de long en large. Maintenant on est tous les trois assis à nos places. Maman est furieuse, papa a l'air tout malheureux et c'est franchement pénible là-bas.

Je me sens mal.

— Est-ce que ça veut dire ce que je crois que ça veut dire ?

Elle désigne mon nez.

— Aucun des sorts que j'ai jetés ne marche plus. Ni le peaunette, ni celui pour que papa-retombe-amoureux-de-maman, ni celui pour faire mon coup de pied circulaire, ni celui...

— Quel sortilège pour faire un coup de pied circulaire ?

— Laisse tomber. Je suis vraiment désolée. Qu'est-ce que tu vas faire ?

Une minute. A-t-elle bien dit *plus aucun* ? Je hurle :

— Et le sortilège pour danser ?

— Envolé, dit-elle tristement.

Ohmondieu. Je peux plus respirer. Est-ce que cette cabine

vient de rétrécir ? Je crois que je fais de l'hyperventilation. Je regarde ma montre. Huit heures moins dix.

– Il faut je parle à London, je marmonne.

J'ouvre la porte et me précipite dans le vestiaire en glapissant :

– Quelqu'un a vu London ?

Personne ne fait attention à moi. Ils sont bien trop occupés à piailler et à répéter leurs enchaînements une dernière fois. Je ne peux pas y aller. London comprendra, elle n'a pas le choix. Je me précipite dans le couloir.

Elle se tient à la porte de l'auditorium, en train de revoir ses notes.

– Prête ? demande-t-elle en me voyant.

– Je suis désolée London, mais je peux pas. Je suis malade. Je suis vraiment désolée. Il va falloir vous passer de moi.

Elle plisse les yeux, et agite un poing sous mon nez.

– Tu pourrais être en train de crever, ça m'est égal, Rachel. *De crever*, tu m'entends ! Tu y vas, un point c'est tout.

Elle regarde sa montre.

– Tout de suite.

Jamais de la vie.

– Je peux pas.

– Je te demande pas ton avis.

Elle plante ses ongles dans mon bras et me traîne jusqu'au vestiaire.

– En scène, les secondes, allons-y, le rideau va se lever, c'est à vous.

– Mais, mais...

– La ferme, Rachel. Tu ne vas gâcher mon spectacle, tu entends ? Tu as le trac. Je l'ai eu moi aussi, la première fois.

322

Ça te passera dès que les spots vont s'allumer. Tout ira bien. Tu connais parfaitement l'enchaînement.

Je respire un grand coup. C'est vrai. Je connais l'enchaînement. J'ai appris à danser. Je dois pouvoir me rappeler comment on fait. Je regarde mes chaussures rouges. Peut-être que c'est comme dans *Le Magicien d'Oz*. Peut-être que j'ai toujours eu la magie en moi. Il fallait juste que je m'en rende compte par moi-même. Ouais ! Je peux le faire ! J'ai des pouvoirs magiques !

Le cœur battant, je suis London et les autres filles dans les coulisses. On prend toutes les cinq place dans le décor de *Chicago*. Il fait nuit noire. J'entends le grondement de la foule, un millier de personnes assises dans leurs fauteuils.

Je peux le faire.

— Bonne chance, les filles ! chuchote Doree.

La musique démarre. La foule crie une dernière fois, le rideau se lève, les spots s'illuminent.

Que le spectacle commence.

IL VA ME FALLOIR DES COURS
PAR CORRESPONDANCE

21

La musique démarre.

– On y va les filles !

– On est les meilleures !

– Ouuuaaaaaaaaaaaaaaaaaaaaaaaaiiiiiiiiiiiiiiiiiiiiis !

Aveuglée par le spot, je ne distingue rien au-delà de la scène.

Je peux le faire. Je peux le faire, j'en suis sûre. Je me souviens de l'enchaînement. Je lève le bras comme je suis censée le faire, comme le font toutes les autres, et tout va bien. *Yes !* Jusqu'ici tout va bien.

Plus ou moins. Elles ont environ une demi-seconde d'avance sur moi. Oh, non. Je ne suis pas en rythme. Pourquoi est-ce que je n'arrive pas à les rattraper ? Je me sens comme celle qui, dans une chorale, chante un tout petit peu plus fort et plus aigu que les autres.

Mais juste quand je suis au bord de la panique, notre petit

morceau de cinq secondes se termine, le reste de la troupe déboule et ça n'a plus d'importance.

Pfiouuuu… Personne ne semble avoir remarqué mon écart de tempo. En tout cas, je ne le crois pas, puisque personne ne me fait de réflexion.

Jusqu'ici tout va bien.

La prochaine danse à laquelle je participe est le numéro Las Vegas, celui dont Melissa a conçu la chorégraphie. Après avoir enfilé mon tailleur rose, je regagne mon exil en Sibérie et adresse une petite prière à Melissa, pour la remercier de m'avoir remisée au fond – loin, loin au fond, le plus loin possible de tout le monde. Je n'ai pas de mouvement compliqué, à part faire semblant de battre les cartes, ce que je parviens à accomplir sans me ridiculiser.

Au lieu de m'en faire, j'en profite pour scruter l'assistance. En dépit de l'obscurité, les places qui me sont réservées ne sont pas difficiles à repérer : elles se trouvent tout à l'avant, et surtout, dans la seule rangée avec trois chaises libres. Les trois autres places sont occupées par les personnes les plus mal à l'aise que j'aie jamais vues. Ma mère est d'un côté, une expression de fureur sur son visage livide, les bras serrés sur la poitrine, de rage. À l'autre bout se trouve papa, qui n'arrête pas de se tortiller et semble compter les secondes avant de pouvoir s'enfuir. Avachie entre eux comme un vieux morceau de viande rance dans un sandwich avarié, se trouve Miri.

J'essaie de lui dire de ne pas s'en faire par télépathie. *Ça va aller. Je suis Dorothée, et je détiens des pouvoirs magiques.* Ouais, c'est ça, comme si ça allait marcher.

Je vais enfiler la tenue du numéro des filles, qui se passe à Miami : short en velours, tongs, et débardeur de stylistes (Dieu merci, je ne suis pas de celles à qui l'on a proposé de mettre un haut de bikini). Will annonce la danse des secondes et des premières, en avant toute ! Je peux le faire !

On prend position toutes les dix. Allez, Dorothée, on y va !

La musique s'élève.

Cinq, six, sept, huit, bras gauche, bras droit, on tourne, on se déhanche, on se penche, coup de pied... coup de pied... Coup de quoi ?

Oh. Changement de pied. J'ai oublié de changer de pied.

Oh non oh non oh non. Je suis sur la mauvaise jambe. Tout le monde est en train de lancer la jambe droite et moi la gauche. Qu'est-ce que je fais ? Je ne suis vraiment plus synchro.

L'heure est venue d'agiter les épaules. Je sais secouer les épaules. Alors pourquoi mes épaules n'obéissent-elles pas à mon cerveau ? Arrêtez ces soubresauts, épaules ! Maintenant on secoue l'arrière-train. Mon derrière ne remue pas.

Je suis sûre que j'ai l'air de recevoir une décharge électrique.

Des rayons de toutes les couleurs tournent autour de moi, et je ne me souviens même pas de ce que je suis censée faire. Je tourne et donne des coups de pied dans la mauvaise direction, et les gens dans la salle commencent à ricaner. Oui, à ricaner. Gonflé, vraiment. À rire de moi. De ma misérable position. Les yeux de Jewel s'agrandissent quand elle réalise que je suis du mauvais côté de la scène et non pas en train de descendre le podium avec elle comme je le devrais.

Elle m'indique le T du menton, avec insistance. Oh, non... Je ne descends pas le podium. Quand je ferai le body wave, tous les regards seront rivés sur moi. Vraiment pas de quoi

326

être stressée. Argh. Il est strictement impossible que je fasse un body wave dans ces conditions, mais je cours quand même le long de la planche à mon supplice au côté de Jewel. Comment faire autrement ? Et là, nous voilà au bout du podium, en train de faire le body wave. À part que... je n'y arrive pas. Mon corps n'ondule pas. Il est secoué de spasmes. Quelqu'un fait une grimace en me voyant danser. Avec la chance que j'ai, c'est probablement la mère de Raf. On ne va pas m'inviter à dîner de sitôt.

– Qu'est-ce qui te prend ? dit London entre ses dents, de retour en coulisses, quand la torture a pris fin.

Je lui réponds d'une voix hargneuse :

– Je t'avais dit que je me sentais pas bien.

– Avale un Normogastryl et remets-toi ! Va enfiler ta tenue de soirée !

Évitant le regard des filles, je mets ma sublime robe de chez Izzy. Ça ne peut plus empirer. De toute façon, cette danse est lente, et danser lentement n'est qu'une question de balancement. Tout le monde sait se balancer, non ?

Oh-oh. Je prends conscience d'un nouveau problème dès que je pose le pied dans le couloir. Ces talons sont hauts. Maintenant que mon rythme n'est plus tout à fait au top, je frissonne en pensant à ce que ces talons aiguilles vont infliger à mon équilibre.

Je manque de m'écraser face contre terre quand je sens un bras fort autour de moi. Raf.

– Tu es magnifique, dit-il, un grand sourire aux lèvres.

Manifestement, il ne regardait pas, *lui*, le numéro des filles. Il était probablement en train de se changer en coulisses et n'a pas encore eu vent de ma performance désastreuse. Oh, non. J'avais oublié le bouton. *Il louche sur mon bouton.* Je ne suis qu'une monstrueuse catastrophe ambulante.

– Prête à casser la baraque ? dit-il.

Je suis plus inquiète à l'idée de lui casser la sienne, de baraque, sur le podium.

– Ouais, dis-je en cachant mon nez avec ma main.

Je gagne les coulisses clopin-clopant. Je peux le faire. C'est lent. Lent et romantique. Je peux le faire. Tant que je ne trébuche pas sur mes propres pieds, je peux le faire.

Quand le morceau de *Moulin rouge* démarre, nous sommes tous les vingt correctement en place. Puis dix garçons avancent en se pavanant sur le podium, et nous suivons. Je vacille, mais parviens à gagner ma place devant Raf. Wouh-hou ! ! J'ai réussi ! Il me fait tourner, et on commence nos mouvements sexy. Enfin, lui, moi j'essaie d'avoir l'air sexy aussi, mais je vous garantis que je suis raide comme un piquet, et donc pas sexy du tout. Ce que me confirme Raf en me chuchotant : « Relax », lorsqu'il se penche sur moi. Ses lèvres ne sont qu'à trois centimètres de mon visage. Et là il me demande :

– Ça va ?

Ce n'est pas le moment romantique que j'ai attendu toute ma vie.

Je hoche la tête et m'efforce de rester concentrée. Une fois que cette partie de la danse est achevée, je pousse un grand soupir de soulagement. *Yes !* Il ne me reste plus qu'à quitter le podium et à regagner la scène.

Un couple après l'autre, nous retournons sur scène en deux rangs. Nous sommes les derniers de la file, Jewel et Sean sont juste devant nous.

Et là, patatras.

Je marche sur la robe de Jewel. Je lui avais bien dit que cette robe était trop longue.

Elle tombe en une fraction de seconde. Et à sa suite, comme des dominos, Melissa, Doree, Stephy, et toute la rangée des filles. L'une d'elles atterrit sur la tour Eiffel et la décapite.

Les responsables du décor poussent des hurlements en coulisses.

La salle tout entière retient son souffle.

Sonnée, Stephy tourne la tête en se massant le coude. Le chignon de Doree est défait et ne ressemble plus à rien. Melissa se frotte la nuque.

Ohmondieu. Ohmondieu. Ohmondieu.

J'envoie un regard désespéré à Miri, en la suppliant mentalement de faire en sorte que la scène m'avale, mais elle se cache la figure entre les mains.

Ohmon dieu. Ohmondieu. Ohmondieu.

La musique continue, mais personne ne bouge. Tout le monde me fusille du regard. Finalement, le morceau s'achève et nous battons silencieusement en retraite. Raf ne me jette même pas un regard. Il ne m'adressera plus jamais la parole, c'est évident. J'ai gâché tout le spectacle.

Melissa, Jewel, Doree et Stephy m'encerclent comme des requins sitôt que nous sommes en coulisses. J'entends Will faire ses blagues d'animateur et raconter que nous avons mis la France à genoux.

– Mais qu'est-ce qui t'a pris ? hurle Melissa. T'as tout gâché.

J'ai une balle de golf dans la gorge.

– Je suis désolée.

Jewel se contente de secouer la tête.

– Je vais pas faire le final, dis-je. Pour ne pas en rajouter.

– Pas question, dit Doree, en agitant les mains. On a besoin de toi pour le final. La partie des secondes ne dure que vingt secondes, et ça aura l'air débile s'il manque quelqu'un. Mais mets tes baskets au lieu de tes talons, que tu n'ailles pas gâcher ce numéro-là aussi.

– Pauvre débile, gronde Melissa. Espèce de loseuse.

Malheureusement, mes baskets d'enfer ont disparu en même temps que mon talent. Faute de mieux, j'enfile donc ma tenue noire et mes vieilles bottes défoncées.

Assise sur la lunette des toilettes, je hurle en silence à la mort, dans cette même cabine où Miri et moi nous trouvions tout à l'heure. Je ne sors pas d'ici. Plus jamais. En tout cas, pas avant que tout le monde ait quitté l'immeuble.

Melissa a eu raison de me traiter de pauvre débile. Comment est-ce que ça pourrait être pire ? me suis-je demandé. Qu'est-ce qui pourrait être pire que décapiter la tour Eiffel et faire rire tout le monde de moi ?

Et pourtant...

Après avoir mis mon pantalon noir et le débardeur, j'ai repris ma place. Mais alors que toute la troupe devait avancer en ondulant des hanches en rythme, je me suis déhanchée dans le mauvais sens. J'ai fait un écart à contretemps. Tourné au mauvais moment. Je faisais n'importe quoi. Mais attendez ! Ce n'était pas le plus horrible.

Dans la mesure où les salutations venaient juste après ce dernier numéro, j'ai dû patienter sur scène (pendant que toutes les secondes et les premières m'envoyaient des regards venimeux) tandis que Will appelait chaque personne par ordre alphabétique. Il a ainsi nommé chaque membre de la troupe, et bien sûr, la salle applaudissait et criait et se jetait sur scène pour offrir un bouquet à leurs petits chéris. Ensuite il a annoncé : « Rachel Weinstein ! »

Personne n'a applaudi. Ou peut-être une personne, mais je ne pouvais pas entendre à cause de tous ces rires. Je me suis avancée sur le podium comme j'étais censée le faire, pour réaliser que personne, *personne*, ne m'attendait avec des fleurs. Même pas mes parents, encore que je ne puisse pas trop leur en vouloir. Ils avaient vraisemblablement d'autres soucis en tête.

Et là, avant que je puisse quitter la scène en courant d'humiliation, Will a crié « London Zeal ! », le dernier nom de la liste, et elle a descendu l'allée en saluant, levant les bras comme une reine pour attraper ses bouquets.

C'est là que je me suis emmêlé les pieds, que j'ai télescopé London, et que nous sommes tombées sur scène, elle, moi, et toutes ses fleurs.

Et que j'ai entendu un crac sinistre.

– Ma jambe ! Espèce de cata ambulante !

C'est elle qui criait, pas moi.

Elle a hurlé à nouveau puis m'a frappé la tête avec une rose. J'ai présenté mille excuses avant de m'enfuir comme un prisonnier en cavale.

Je suis coincée dans ces toilettes depuis quarante minutes et j'ai dû entendre à travers la porte les pires choses, dans la mesure où personne ne savait que j'étais ici et qu'elles ne se sont pas gênées pour me casser. Ce n'est pas que j'espérais de la pitié, après ce que j'ai fait. Melissa m'a traitée de loseuse, Doree a dit qu'elle ne me reparlerait plus jamais, et quand j'ai entendu Stephy dire qu'on avait emmené London en ambulance, j'ai craqué. J'ai dû tirer la chasse à plusieurs reprises pour qu'on ne m'entende pas pleurer. Personne n'a débarqué dans les toilettes depuis dix minutes, mais je ne suis toujours pas prête à en sortir.

Il va falloir que je change de lycée sur-le-champ. À moins que la nouvelle de ce désastre ne soit déjà parvenue dans tous les établissements de la région, auquel cas il faudra peut-être que je suive mes cours par correspondance ou que j'arrive à convaincre maman de déménager avec moi dans l'Iowa. Encore qu'elle me déteste aussi sans doute maintenant, alors il y a plus de chance qu'elle m'envoie en pension.

Inutile de le préciser, je n'ai aucune envie de rentrer à la maison. Si seulement je pouvais aller ailleurs. Je ne peux même pas trouver refuge chez papa, puisque j'ai gâché sa vie. Celle de FBM aussi. Prissy devra suivre une psychothérapie pour le restant de ses jours. Tammy me hait. Il n'y a aucune chance que Raf m'adresse à nouveau la parole, et encore moins qu'il m'emmène au Grand Bal de printemps.

Je ne serai jamais branchée. J'ai été rétrogradée à jamais dans la catégorie des losers.

Quelqu'un entre dans les toilettes et s'installe dans la cabine voisine. J'essaie de m'arrêter de pleurer. Je reconnais les chaussures à bout pointu sous la paroi. Ce sont celles de Jewel.

– Jewel, dis-je dans un murmure.

Elle a été ma meilleure amie tellement longtemps. Elle saura me dire ce qu'il faut que je fasse. Elle ne va pas me laisser tomber maintenant que j'ai besoin d'elle.

– Rachel ?

Elle tire la chasse d'eau et ouvre sa porte.

– Y a quelqu'un d'autre ? je chuchote.

– Non.

Je m'aventure dehors et, une fois de plus, fonds en larmes. Je suis comme une fontaine déréglée.

Elle se tripote les cheveux, qui recommencent à friser au bout.

– Heum... Ne pleure pas. Ça va aller.

J'aimerais qu'elle me tape gentiment dans le dos, qu'elle fasse un geste, n'importe lequel, mais elle se tripote seulement les cheveux.

Une idée. Je ne suis pas obligée de rentrer à la maison. Quand je me disputais avec maman, j'allais dormir chez Jewel.

– Tu crois que je peux dormir chez toi ce soir ? Cette journée est un cauchemar.

Elle recule d'un pas.

– Ce soir ? Ben en fait, je vais chez Mercedes ce soir. Y a une fête pour toute la troupe. Une autre fois, peut-être.

Je la regarde droit dans les yeux.

– Mais c'est maintenant que j'ai besoin de toi.

Elle sort des toilettes.

– Je peux pas, dit-elle, un peu triste.

La porte se referme derrière elle.

Et voilà, elle m'a laissé tomber. Une fois de plus. Désemparée, je vais me regarder dans le miroir. Une fête pour la troupe. Sympa.

J'ai cessé de pleurer, mais mon maquillage a coulé partout, mon bouton est hideux, et mes cheveux sens dessus dessous.

L'océan a traversé une sacrée tempête. Je suis passée du rang de superstar à celui de lépreuse en moins de quatre heures. J'ai perdu ma meilleure copine à nouveau, comme mon quasi-petit copain.

Je respire un grand coup et quitte mon refuge. Adossées au mur, ma mère et ma sœur m'attendent dans le couloir. J'essaie de déchiffrer l'expression de maman. Pas terrible.

Génial. Juste ce dont j'ai besoin. Qu'on m'engueule.

Elle passe un bras autour de mes épaules et me serre dans ses bras.

Je fonds en larmes à nouveau.

De retour à la maison, je n'ai qu'une envie : m'enfouir sous les couvertures et ne jamais en ressortir, mais maman dit d'un ton un peu inquiétant :

– Venez à la cuisine. Je veux vous parler, à toutes les deux.

Nous prenons place et gardons le silence pendant qu'elle prépare du thé et se verse une tasse. Elle s'assied à table et secoue la tête.

– Ce que vous avez fait est cruel. Cruel pour votre père, cruel pour Jennifer...

Je l'interromps :

– Mais elle n'est pas assez bien pour lui.

Elle me fait taire d'un geste de la main.

– Je sais que vous ne l'aimez pas, toutes les deux, mais ce n'est pas à vous de décider qui votre père va épouser. Non seulement vous avez été cruelles avec eux, mais vous l'avez aussi été avec moi. Avez-vous la moindre idée du mal que vous avez fait ?

– On essayait de t'aider, dit Miri en reniflant.

– De m'aider ? Vous croyiez que ça m'aiderait de croire que votre père m'aimait à nouveau ?

Elle secoue la tête et reprend une gorgée de thé dans son mug I♥NY.

– Il m'a fallu deux ans pour apprendre à me passer de lui. Quand il est parti, j'étais une loque. Je pleurais tous les soirs jusqu'à ce que je m'endorme.

– Je ne savais pas, dit doucement Miri, tandis que ses yeux se remplissent de larmes.

Les miens font de même.

– J'essayais d'être forte pour vous, les filles. J'étais tellement folle de lui, et soudain il a annoncé que ses sentiments avaient changé. Je n'ai même pas essayé de le faire changer d'avis. Je me suis dit : à quoi bon ? On ne peut pas forcer quelqu'un à éprouver quelque chose qu'il ne ressent pas. Alors j'ai fait de mon mieux pour me reconstruire une existence. Pour m'occuper de ma carrière et vous élever sans lui. Et je me suis bientôt rendu compte que je pouvais m'endormir sans pleurer. Petit à petit, je me suis consolée de son départ. J'ai renoncé à l'espoir auquel je m'accrochais.

Et au sweat-shirt, je réalise soudain.

Elle sourit tristement.

– J'ai commencé à voir ce qu'avait vraiment été ce mariage. Cette façon qu'il avait de rentrer tard du bureau tous les soirs et de ne pas être là pour moi – ni pour vous. Cette façon qu'il avait de s'occuper de lui d'abord. Mon chagrin a fait place à la colère, mais avec le temps ça s'est tassé, ça aussi. J'ai pris conscience qu'il n'était pas le seul à blâmer. Quand on était mariés, je ne lui confiais jamais ce que je ressentais. J'étais douce et effacée. Peut-être que si j'avais été plus forte... si je m'étais fait entendre...

Elle secoue la tête.

– Si j'avais..., si je m'étais..., psalmodie-t-elle. Je suis passée à autre chose, et lui aussi. Je suis devenue plus forte, j'ai plus confiance en moi. Et il a changé lui aussi. Il est moins égocentrique.

Miri lève les yeux au ciel, et maman rit.

– OK, peut-être qu'il a plus de chemin à parcourir que moi, mais vous êtes bien obligées de l'admettre, il essaie.

Son visage redevient grave.

– Quelque chose en moi continuera de l'aimer... mais pas de la même façon. C'est fini.

Elle pointe un doigt accusateur dans notre direction.

– Mais vous deux ! Juste quand je commençais à me sentir heureuse à nouveau, vraiment heureuse, voilà qu'il ressurgit dans ma vie, en soutenant qu'il m'aime. Et ensuite je me rends compte que tout ça n'est qu'une farce... Toute ma peine a ressurgi, et ça m'a fait mal.

– On pensait que tu voulais qu'il t'aime, dis-je avec peine, la gorge serrée.

– Si je tenais à une relation fondée sur des bases fausses, à un amour qui ne serait qu'une illusion, ne crois-tu pas que j'aurais fait appel à la magie moi-même ?

Oh. Miri et moi nous recroquevillons sur nos chaises.

– Je suis une sorcière, vous vous souvenez ? continue-t-elle. Quand votre père m'a quittée, j'aurais pu jeter un sort pour

336

qu'il reste. Mais je ne l'ai pas fait. Parce que ce n'est pas le genre d'amour dont j'ai envie.

Sur ces mots, elle se lève et va reposer son mug dans l'évier.

Les joues me brûlent de honte. Après m'être ridiculisée de la sorte sur scène, on aurait pu croire que je m'habituerais à la chose, mais non. Égocentrique. C'est tout moi, ça. Miri a hérité du don de sorcellerie de maman, et moi de l'égocentrisme de papa. S'il existe un club d'égocentriques, vous pouvez me compter dedans.

Club de la honte.

J'ai manipulé tout le monde – maman, papa, Miri, et même FBM – pour obtenir ce que je voulais. Seulement, ce à quoi je croyais tenir ne vaut pas un clou. De fausses amies. Un amour truqué. Parce que l'amour qui n'est pas spontané n'est pas de l'amour.

Pour la toute première fois, même si ses ongles sont moches et ses racines pas soignées, et même si elle n'a pas de petit ami, j'aimerais ressembler plus à ma mère. Sage. Forte.

– Je suis désolée, maman. Désolée, Miri.

Mes yeux se remplissent de larmes. Une fois de plus.

– Comment est-ce que je vais pouvoir réparer tout ça ?

Miri hausse les épaules.

– Papa est rentré chez lui pour s'excuser auprès de FBM, mais je ne suis pas sûre qu'elle acceptera de retourner avec lui. Je ne sais pas comment arranger les choses, moi non plus.

Je plonge ma tête entre mes mains, et ma mère passe ses doigts dans mes cheveux ébouriffés.

– Je ne sais pas si on peut arranger ça, dit-elle

Et je sais sans l'ombre d'un doute qu'elle ne parle pas de mes cheveux.

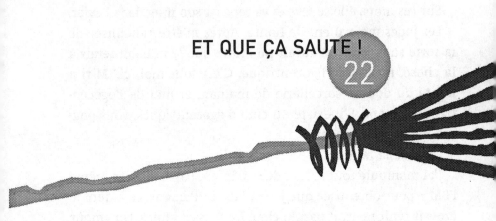

ET QUE ÇA SAUTE !

22

Au lieu de dormir, je fais des plans. En buvant du café soluble. Beaucoup de café soluble. Ce n'est pas du Macchiato frappé, mais ça y ressemble vaguement.

Je réveille Miri à sept heures.

– Voilà ce qu'on va faire. Je prends le train de 8 h 22 pour Port Washington pour aller convaincre FBM de reprendre papa. D'ici là, j'appelle les cent huit amis et membres de la famille du mailing de FBM pour leur dire que le mariage n'est plus annulé. Comme j'imagine que la plupart sont en couple, ça représente cinquante-quatre coups de fil de quarante secondes chacun. Ça devrait me prendre trente-six minutes. Pendant ce temps, tu prends ta douche et t'appelles le personnel qu'ils avaient embauché à partir de neuf heures. Je t'ai accordé trois minutes par appel pour plaider notre cause auprès des seize postes décisifs. En tout, ça devrait te prendre quarante-huit minutes. Dis-leur que le mariage a toujours lieu. S'il y en a qui font des difficultés, tu m'appelles chez papa à dix heures et je commencerai à faire du grabuge. Pigé ?

Elle saute hors du lit, l'air ébahi – et soulagé.

– Wouhaouh. Ta cervelle est une vraie calculatrice magique. Tu vas tout arranger, tu crois ?

– Je vais essayer, dis-je, même si je ne sais absolument pas comment. Peut-être que mon super-pouvoir, c'est les maths. Et que je peux soumettre FBM à plein d'équations jusqu'à ce qu'elle craque et qu'elle lui pardonne. Nan. Je ferais mieux de la menacer de me ronger mes ongles. Certes, il me reste encore à trouver papa, et personne ne semble avoir la moindre idée de l'endroit où il peut bien être. Peut-être que ce n'est pas une si bonne idée que ça, après tout.

– Rachel, dit maman, en passant la tête dans l'embrasure.

Elle porte sa sempiternelle tenue de charme qui plaît aux hommes, à coup sûr : tee-shirt, short à rayures vertes et chaussettes de tennis blanches.

– Je peux vous parler une seconde ?

On hoche la tête, et elle s'assied sur le bureau de Miri.

– Vous savez que je ne crois pas qu'on puisse avoir recours à la magie pour jouer avec les émotions des gens. Ma conviction est que chacun doit pouvoir ressentir des émotions authentiques.

Oui, m'man, on sait, on sait. Je jette un coup d'œil à ma montre.

– Mais je crois que FB...

Elle s'éclaircit la voix.

– Je veux dire, Jennifer, souffre probablement d'un traumatisme affectif à l'heure qu'il est, dont je me sens en partie responsable. Après tout, ces pouvoirs viennent tout de même de moi. Et Miri, j'aurais dû prendre conscience qu'en dépit de ta maturité, tu n'es qu'une enfant, et qu'il est donc normal que tu cherches à expérimenter tes pouvoirs.

Elle me tend un petit flacon.

— Cela dit, j'aimerais que tu vides ça sur ta future belle-mère.

Hein ?

— Tu veux que je la nettoie ?

Elle secoue la tête.

— Cette nuit j'ai préparé un sortilège pour toi... et fait un peu de magie sur les musiciens du mariage, les traiteurs, et toutes les annulations qui ont été faites.

Miri tape dans ses mains.

— Voilà qui me simplifie sacrément le travail !

— Oui, mais cela ne veut pas dire que je fermerai les yeux à l'avenir si tu as recours à la magie pour résoudre des problèmes, continue maman, en agitant un doigt en direction de Miri. En fait, j'espère que cette expérience vous a appris que chaque sortilège avait des conséquences.

Elle ferme les yeux une seconde, l'air triste. Je me demande à quoi elle pense.

— Mais aujourd'hui, reprend-elle, on peut faire une exception. Après tout, c'est la magie qui nous a mises dans ce pétrin.

— Et c'est ça qui va nous en sortir ? je demande, en désignant le flacon.

— C'est simple, explique maman. Tout ce que tu as à faire, c'est de le vaporiser sur la poitrine de Jennifer. C'est une potion pour retourner les sentiments.

Yes ! Miri et moi jetons nos bras autour de ses frêles épaules.

– T'es la meilleure ! lui dis-je.

– Je sais, répond-elle en souriant.

Cinquante-quatre coups de fil, une tonne d'explications vite expédiées et un trajet en train plus tard, j'arrive à Long Island. Je sonne à la porte et me tiens prête à l'attaque. On gèle. Pourquoi fait-il si froid aujourd'hui ? On est déjà en avril !

J'entends des pas, la porte s'ouvre, je suis parée pour vaporiser...

Mon père et FBM se tiennent par la main.

Ah. Bien.

– Salut, dis-je, faute de mieux.

– Salut, chérie, dit papa. On s'est réconciliés.

C'est ce que je vois. FBM, toujours dans sa robe de chambre super-décolletée, arbore un large sourire. Je les suis dans le salon et referme la porte derrière moi.

– Quand est-ce que t'es rentré ?

– Après le spectacle, répond papa. J'ai passé la nuit à plaider ma cause et à supplier Jennifer de me pardonner d'avoir calé.

Mon regard tombe sur dix douzaines de roses rouges, au moins, dans des vases sur la table de la salle à manger. Je suis bien certaine qu'elles ne sont pas étrangères à son succès.

FBM caresse son crâne dégarni.

– Cette petite tirade au restaurant relevait du cas de démence passagère, hein ?

– J'aurais dû organiser un enterrement de vie de garçon pour évacuer toute cette pression, plaisante-t-il.

Elle jette un regard sévère à mon père.

– Ne te fais pas d'idées, Daniel. Tes années de célibat sont révolues. Tu as intérêt à te tenir à carreau dorénavant, parce que tu es mis à l'essai pour le restant de tes jours.

Il l'embrasse sur la joue et elle rougit. Ensuite elle se tourne vers moi.

– Rachel, ne me dis pas que tu as rapporté de la gadoue dans la maison. On ne t'a jamais appris à retirer tes chaussures avant d'entrer chez quelqu'un, dis-moi ?

Hum. Si je vaporise cette potion sur son décolleté plongeant, est-ce que son cœur va faire volte-face à nouveau ?

Sois gentille, me dis-je en réprimant l'envie de passer à l'attaque.

FBM pousse un soupir.

– Il faut qu'on reprogramme le mariage. J'ai appelé tout le monde jeudi soir pour annuler.

– Non, dis-je en posant d'un coup sec le flacon sur la table. Inutile. En ce moment même, Miri est en train d'appeler tout le monde pour leur dire que ça tient toujours. Je hum... J'étais sûre que vous alliez vous remettre ensemble.... Ouais. J'en étais sûre... et donc, heu... je crois que je vais... heu...

Je brandis mon vaporisateur.

– ... aller faire le ménage.

FBM regarde papa avec un sourire radieux. J'espère que c'est à cause du mariage, et pas du ménage.

L'instant d'après, ils s'embrassent. C'est assez dégoûtant, pour être honnête. Je peux voir des bouts de langue. Je me replie donc dans la cuisine et appelle à la maison pour m'assurer que tout a marché comme prévu. Miri me certifie que tout le monde vient ce soir.

Évidemment. Ma mère est une ensorceleuse de première.

Pour être gentille, je commence à faire couler un bain pour Prissy (il faut se bouger !), et pendant que la baignoire se remplit, je respire un grand coup et passe un nouveau coup de fil.

Je tombe sur le répondeur de Tammy dès la première sonnerie.

– Salut, c'est moi, dis-je. Je sais que tu me détestes pour tout ce que j'ai fait. Et tu en as parfaitement le droit. J'ai été au-dessous de tout, et je voulais te dire que je suis désolée. Désolée pour ce qui s'est passé chez Mick, désolée de t'avoir laissé tomber pour Jewel, pour tout. Tu as été une amie formidable dès le premier jour, une vraie amie, et je ne t'ai pas appréciée à ta juste valeur avant maintenant. Enfin bref, le mariage a toujours lieu ce soir, et je suis chez papa. Tu n'es pas obligée de me rappeler ou quoi que ce soit. Je sais que t'es en train de te préparer pour le bal. J'espère que tu passeras une super-soirée avec Aaron.

Je raccroche en espérant qu'elle me pardonnera, un jour.

Il est temps de préparer Prissy. (« J'adore les bains parce que c'est chaud, et doux, et j'ai un oreiller pour la baignoire, et ça sent bon, et est-ce que tu aimes les bains, Rachel ? »)

C'est le moins que je puisse faire.

Miri arrive chez papa deux heures plus tard (« T'avais raison : les coups de fil m'ont pris exactement seize minutes ! Pourquoi est-ce que je ne peux pas avoir un super-pouvoir, comme celui des maths ? »), ensuite on enfile nos immondes

343

robes roses, qui, manque de bol, sont prêtes et nous attendent dans nos armoires.

– Vous pouvez m'aider, les filles ?

FBM nous appelle de leur chambre. Prissy et Miri sautent sur le lit. Mon père est en train de se raser dans la salle de bain.

Face au miroir, FBM nous tourne le dos. La fermeture éclair de son élégante robe beige avec bustier est ouverte. Ses cheveux blonds sont ramenés sur sa nuque en un impeccable chignon.

– Je suis désolée de ne pas avoir assisté à ton spectacle hier, Rachel. J'aurais vraiment adoré. Mais c'était au-dessus de mes forces...

Sa voix s'éteint. Dans le miroir, ses lèvres brillent et ses joues resplendissent.

– Je comprends, dis-je, en refermant sa robe.

Et je réalise que je suis prête finalement. Prête à laisser FBM devenir Jennifer.

La cérémonie est simple et magnifique. À part Prissy qui se cure le nez, Miri qui se ronge les ongles jusqu'à l'os, et moi avec mon nez comme un phare, tout se déroule comme dans un rêve.

Après avoir descendu l'allée, je me précipite dans les toilettes. Trop de café soluble. Quand j'ouvre la porte à la volée, je reconnais des cheveux et un nez familiers.

Tammy, dans une longue robe de satin bleu, est en train de se laver les mains.

Ma gorge se noue et je ne peux pas parler. Je me précipite vers le lavabo et me pends à son cou.

— Je... Je peux pas croire que tu sois venue, dis-je dans un murmure.

Elle me serre à son tour.

— Évidemment que je suis là. Ton père se marie.

— Mais j'ai été tellement odieuse.

— Ouais, je sais. Mais je me rappelle quand maman s'est mariée. C'est dur. Je me suis comportée comme une débile, moi aussi. Je me suis ratiboisé les cheveux et je me suis cachée dans un placard.

Elle hausse les épaules.

— Enfin bref, je me souviens de ce que ça fait.

— T'es formidable.

Plus jamais je ne laisserai tomber Tammy. C'est une véritable amie. Mais attendez une minute !...

— Et le Grand Bal de printemps ? Tu étais tellement contente qu'Aaron t'ait invitée.

Je ne peux pas croire qu'elle ait raté le bal pour moi !

— En fait, dit-elle en rougissant, il est ici. J'ai pensé que peut-être Jewel ne viendrait pas, et je savais que tu avais le droit d'inviter deux amis, alors je lui ai demandé de venir.

Elle fait la grimace.

— Oh-oh. Je n'aurais peut-être pas dû ? T'as invité Raf à la place ?

Je ris, même si entendre son nom me pince le cœur.

— Non, après le désastre d'hier soir, Raf ne veut certainement plus entendre parler de moi, tu peux me faire confiance. Ni qu'on le voie en train de danser avec moi.

Ni m'inviter au bal.

Au moins, je ne suis pas à la maison en train de regarder *La Guerre des étoiles* pour la énième fois.

– Tu es sûre que ça n'est pas un problème qu'Aaron soit venu ?

Je lui adresse le OK sous-marin, et bras dessus, bras dessous, nous retournons dans la salle de réception, où les musiciens jouent un air de mariage cul-cul.

Miri et Prissy dansent au milieu de la pièce, comme presque tous les autres invités.

– Viens ! crient-elles en me voyant.

Elles sont malades ? Je ne danserai plus jamais.

– Viens, on va danser, dit Tammy, en faisant signe à Aaron. Il est trop mignon dans son costume gris.

– Je ne crois pas que ce soit une bonne idée, je marmonne.

Là-dessus papa et Jennifer rejoignent la foule, et soudain tout le monde est en train de s'agiter et de groover, et je n'ai pas vraiment le choix, si ?

Et donc, sans le moindre sens du rythme, et avec l'air de subir une décharge électrique, je rejoins mes amis et ma famille sur la piste de danse. Et je passe un super bon moment.

PAS UNE PANTOUFLE
DE VAIR, MAIS PAS LOIN

23

– Coucou !

Dimanche matin. Nous sommes de retour à la maison. Papa et Jennifer nous ont déposées au train avant d'aller prendre un avion pour Hawaii pour y passer leur lune de miel. Prissy est allée chez ses grands-parents. J'espère qu'ils vont supporter : tout ce babillage doit être un peu fatigant pour des personnes âgées.

– Coucou, les filles, dit maman dans la cuisine. Je suis en train de vous préparer le tofu au beurre de cacahuètes que vous aimez tant.

Elle dispose la chose dans un plat pendant que nous nous glissons à nos places.

– Alors ? demande-t-elle, en levant un sourcil. C'était comment ?

– Bien, dit Miri.

– Ouais, très chouette, j'ajoute.

Elle sourit.

– Tant mieux.

Ensuite elle se gratte la nuque et fait une grimace.

– Rachel, tu as eu de la visite hier soir.

Hein ?

– Ah bon ? Qui ça ?

– Un garçon. Il était très déçu.

Elle plisse le front, pensive.

– Rafi ? Non, Raf. Il portait un costume et il a dit qu'il venait te chercher pour aller à un bal. Quand je lui ai répondu que je ne savais pas de quoi il parlait, Tigrou a essayé de l'attaquer. Je lui ai dit que tu étais au mariage de ton père.

Je n'y crois pas. Je n'ai pas imaginé une seule seconde qu'il se pointerait. Ni qu'il pourrait avoir envie qu'on nous voie à nouveau ensemble en public.

– Et qu'est-ce que… qui s'est passé ? dis-je d'une voix étranglée.

– Qu'est-ce que tu crois ? Il est parti. Je n'allais pas l'accompagner au bal.

Je saute de ma chaise et cours téléphoner dans ma chambre. Je compose son numéro (que je connais par cœur, même si je n'ai jamais eu le courage de l'appeler). Ça sonne. Une fois, deux fois. Trois fois. Réponds, Raf !

– Allô ? dit une voix grave.

– Raf ? Je suis vraiment désolée. Je me sens complètement idiote.

Seul un lourd silence me répond à l'autre bout de la ligne. Oh non. Oh non.

– Je ne pensais pas que tu voudrais encore m'emmener au bal après…

– Rachel ? C'est toi ? C'est pas Raf. C'est Will.

J'enchaîne les humiliations.

– Pardon, je marmonne.

Imbécile, imbécile, imbécile...

– Heu... est-ce que Raf est là ?

– Non, dit Will. Il est à La Nouvelle-Orléans avec les parents.

– Ah oui.

J'avais oublié. Je tire sur le fil du téléphone en me demandant s'il serait assez grand pour me le passer autour du cou.

– Pourquoi t'as dit à mon frère que tu l'accompagnerais alors que tu savais que ton père se mariait le même soir ? C'est pas cool. Il était vraiment content d'aller au bal avec toi. Il t'aimait vraiment bien.

À l'imparfait : j'ai bien reçu le message.

– Je suis vraiment désolée, je répète.

Silence, à nouveau. J'imagine qu'il n'y a pas grand-chose à ajouter.

– Au revoir, dis-je.

– À plus.

Je n'arrive pas à croire que j'aie pu tout gâcher à ce point-là. Même après m'être complètement ridiculisée, il m'aimait encore, et j'ai tout fichu en l'air. J'ai crevé toute seule le ballon de mon bonheur potentiel. Et pas avec une aiguille, non : j'ai massacré ce pauvre ballon à la tronçonneuse. Je m'effondre sur mon lit et enfouis ma tête dans l'oreiller en gémissant.

Maman frappe à la porte.

– Oui ? dis-je le nez dans l'oreiller.

Je ne sortirai plus ma tête de là, même pour respirer. Peu m'importe si j'étouffe.

– Vous vous êtes rabibochés ? demande-t-elle.

Ben voyons. Elle croit vraiment que les choses sont toutes simples pour moi.

– Pas encore.

– Bon. Quand vous le ferez, rends-lui son gant. Il a dû tomber de sa poche quand Tigrou l'a attaqué. Le repas est prêt dans dix minutes.

Elle retourne à la cuisine en fredonnant.

Un gant ?

Je me rassois d'un bond.

Un gant gris repose sur mon édredon. Un gant gris qui appartient à Raf.

Je contemple le gant. Ça crève les yeux.

OK, je sais que les sortilèges amoureux sont interdits. Mais quoi ! Ce gant n'est pas qu'un simple gant. C'est un signe.

Pourquoi est-ce que Tigrou l'aurait attaqué si ce n'est pour qu'il le laisse tomber ?

Un tout petit sortilège ne peut faire de mal à personne.

Qu'est-ce que maman a dit, déjà ? Quand la magie nous met dans le pétrin, on peut faire une exception ? C'est bien ça ?

– Hé, Miri...

www.wiz.fr

Logo wiz : Cédric Gatillon

Composition Nord Compo
Impression Bussière en décembre 2004
Éditions Albin Michel
22, rue Huyghens, 75014 Paris
N° d'édition : 13112. – N° d'impression : 045140/4.
Dépôt légal : janvier 2005.
ISBN 2-226-15624-0
Loi n° 49-956 du 16 juillet 1949
sur les publications destinées à la jeunesse.
Imprimé en France.